JN242613

どうやら
貧乏男爵家の末っ子に
転生したらしいです 2
Hanmenkyoushi
反面教師
ill. キッカイキ
3女神に貰った
3つのチートで、
最高のスローライフを
目指します！

CONTENTS

ILLUSTRATOR kiltukaiki　　DESIGN AFTERGLOW

「はあああ！」
気合を入れて蹴りを放つ。
極限まで鍛えた魔力と身体能力が、
自分の数十倍もある巨大な緑の恐竜を吹き飛ばした。
侯爵家令嬢
ローズ・ミル・リコリス
貧乏男爵家の末っ子
ヒスイ・ベルクーラ・クレマチス

光の女神
フーレ
戦の女神
アルナ
混沌の女神
カルト

どうやら貧乏男爵家の末っ子に転生したらしいです 2

3女神に貰った3つのチートで、最高のスローライフを目指します!

Hanmenkyoushi
反面教師

ill. キッカイキ

序章　女神のアドバイス？

クレマチス男爵領から、アザレア姉さんがいなくなった。

彼女は15歳から入学を許される王都の学園へ向かった。親の許しを得ないまま一人で。

あれから一週間。

アザレア姉さんほどの魔力(まりょく)の使い手ならば、もう王都に着いている頃かもしれない。

頭上に広がる青空を仰ぎながら、僕は呆然(ぼうぜん)と過去の記憶を振り返る。

アザレア姉さんは、僕の数少ない理解者だった。僕が魔力を扱えることを知る唯一の人物とも言える。他の家族たちは、たとえ仲がいいアルメリア姉さんやコスモス姉さんでも、僕が能力を使えることは知らない。

そんなアザレア姉さんがいなくなって、今更ながらに強い哀(かな)しみを覚えた。あの時、確かに僕は彼女を見送った。アザレア姉さんならきっと大成できると信じて。

だが、やはりというかなんというか、大切な姉が自分の住む家からいなくなるのは寂しい。胸にぽっかりと穴が開いた気分だ。それでも今は、その穴を埋めてくれる存在がいる。だから、僕はこうして外に出て日課の鍛錬に精を出せている。

「ヒーくん？　空なんて見上げてどうしたの？　疲れた？」

僕の視界にひょっこりと桃色髪の少女が入ってきた。彼女の名前はフーレ。世間では神力(しんりょく)を生み出した《光の女神》として知られている。

フーレは、太陽以上に強く輝く黄金色の瞳に僕の顔を映し、首を傾げて不思議そうにしていた。

「ううん、ちょっと考え事をしてただけだよ。体力はあり余ってるくらいさ」

「それならいいけど……いったい、何を考えていたの？」

「アザレア姉さんのこと。姉さんが旅立って一週間。時間が過ぎるのはあっという間だね。ふとした瞬間に侘しいよ」

「あの子はヒスイの姉なのだから、哀しむのは当然よ」

そう言ったのは、フーレより背丈の小さい、前世基準で中学生くらいの少女だった。彼女もまた、光の女神同様に信仰される女神の一人、《戦の女神》アルナである。

平らな胸の前で腕を組み、ふふ、と小さく笑ってフーレの隣に並ぶ。笑った拍子に、彼女の薄紫色の髪が揺れた。

「アルナにまで気を遣われちゃったね」

「私たちも家族よ」

「くすくすす。アルナの言う通りです。ヒスイが哀しめばわたくしたちも哀しい。ヒスイが喜べばわたくしたちも喜ばしい。そういうものです」

最後に声を重ねてきたのは、《混沌の女神》カルト。他の二人と違って、全身が黒く背が高いものだから異様な雰囲気を醸し出している。

会った時は少しだけ不気味に感じたが、三年以上も一緒にいると慣れる。むしろ、彼女は控えめで大和撫子なところがあって可愛い。背丈が高い代わりに、三人の女神たちの中で一番胸も大きく、女性的な印象が凄く強いのも特徴的だ。

長い前髪の隙間からちらちらと見える唐紅色の瞳が、うっとりと僕を捉える。

「いいこと言うねぇ、カルトちゃん！　私たちはヒーくんと同じ気持ちを共有することはできない。直接的な関わりがないから、アザレアちゃんがいなくなっても哀しめない。けど、気持ちは理解できるよ。私たちだって、いきなりヒーくんと離れ離れになったら辛いもん！」

「ありがとう、フーレ。僕もフーレたちと離れ離れになるのは嫌だなぁ。最近ずっと傍にいるし、たぶん耐えられない」

アザレア姉さんはまだ耐えられた。僕には他にも、僕を慕ってくれる、仲良くしてくれる姉が二人もいるから。

しかし、フーレたちは違う。三人が一度にいなくなったら、これまで過ごしてきた時間が酷く空虚なものに変わる。日常の大半を占めていた温もりが消え、立ち直れないかもしれない。三人の女神たちは、それだけ僕の心を占領している。共にした時間は、二人の姉より長い。それこそいなくなったアザレア姉さんよりも。

「そんなに嫌なの？　私たちがいなくなると」

「当たり前だろ、アルナ。号泣しちゃうよ」

「ヒスイが……泣く……」

「ヒーくんが私たちのために泣いてくれるの⁉」

「なんでちょっと喜んでるの？」

「くすくす。胸を締め付けるような罪悪感と底知れぬ独占欲がせめぎ合いますねぇ。考えただけでも身震いします」

大袈裟にカルトが自らを抱きしめるようなポーズを取った。頬には、彼女の瞳と同じ色が滲んでいる。なんとなく、心臓がドクンと強烈に鼓動を刻んだ。

カルトから伝わってくる感情はなんだろう？　恐れとは違う……照れ臭い？　言葉にするのは難しい。だが、彼女が僕のことを想ってくれていることだけは理解した。

「安心して、ヒーくん！　私だけは絶対にヒーくんの前からいなくなったりしないよ！　ずっとずっと一緒だよ！　逃げようとしても離さない」

フーレが僕に突進してくる。体幹が崩れて倒れそうになったが、背中に腕を回したフーレによって支えられる。同時に、彼女の豊かな双丘がこれでもかと顔面に押し付けられた。もはや顔が沈んでいる、と表現すべきだ。

「ふ……フーレ？　苦しいんだけど……」

「ごめんねぇ、ごめんねぇヒーくん。ちょっとだけ我慢してね？　今、これまでにないほど昂ってるから！」

「えぇ……このまま？」

僕は前世の記憶を持つ転生者だ。前世、地球と呼ばれる世界で過ごしていた頃は三十路手前の大人だった。それが異世界転生を果たして八歳だ。記憶以外の容姿なども別物だが、それでも恥ずかしいし心はざわつく。

幸いなのは、肉体が彼女の体に反応しないこと。これで何がとは言わないがアレが反応していたら、気まずいってレベルじゃない。今すぐ首を吊りたくなるほどの醜態だ。

僕がそんなことになっているとはつゆ知らず、光の女神様は僕の顔に胸を押しつけたまま微動だにしない。ギリギリ空気は吸えるが、果たしていつまでこの状態でいればいいんだろう？

僕が困惑と照れを同居させている中、フーレの後ろからアルナの苛立ったような声が聞こえた。

「何ちゃっかり『私だけは』とかふざけたこと言ってるのよ、フーレ。私もカルトも絶対にいなくなったりしないわ」

「そうですよ！　フーレだけが特別ではありません！」

アルナの横では、普段大人しいカルトがブーイングを飛ばしていた。

カルトが珍しく感情的になっている。彼女は他の二人と違って、笑ったりはしても怒ったりはしない。いつだって僕の隣で不敵に笑みを浮かべているタイプだ。

まあ、女神同士で喧嘩することはよくある。僕は苦笑しながら辛うじてフーレの胸元で声を発した。

「も……もちろん僕は分かっているよ。アルナも、フーレも、カルトもずっと一緒にいてくれるって」

「ちぇっ。いいところだったのに」

「故意犯ね。カルト、ちょっとこの子をお仕置きしてくるからヒスイのことを頼むわ。ちゃんと素振りさせるのよ」

「畏まりました」

「畏まらないでよカルトちゃん⁉　アルナちゃんも、暴力で解決するのはお姉ちゃんダメだと思――」

フーレの必死な声は途中でかき消えた。

つい今しがたまでフーレに抱擁されていたはずが、唐突に圧迫感と膨らみを失う。無くなるとそれはそれでもったいないな……と内心で囁きながらも、フーレがいなくなったことに何一つ疑問を抱かない。

　いつものことだ。アルナが恐ろしい神業でフーレを連れ去ったに違いない。その証拠に、遠くの空で白い雲が円状に弾けた。あそこで女神二人が争っている。

　僕は視線を空からカルトに移し、木剣を握り直す。

「えっと……剣術の鍛錬に戻ろうか」

「いえ、どうせなら呪力（じゅりょく）の練習をしましょう」

「アルナに怒られるよ」

「むむっ……ダメですか？」

「僕はカルトを心配しているんだ。夜になったら練習はできるんだし、諦めなよ」

「はあい」

　可愛らしく頬を膨らませて、カルトは僕から距離を取った。集中して素振りを始める僕の姿を、静かに見守る。


　突発的に喧嘩を始めたアルナとフーレは、しばらくすると戻ってきた。

　これもいつも通りだが、圧倒的な武力を誇るアルナにボコボコにされたフーレが、全身に汚れやら血を付けて地面に降り立つ。傷は神力で直したが、それ以外は取り除けていない。神力の技の一つ、《浄化》を使えば綺麗（きれい）になるのに。

　きっとアルナに罰として禁止されているのだろう。僕にくっ付けないよう。

　着地したフーレは、双眸（そうぼう）に大粒の涙を溜（た）めてこちらに走ってきた。両腕を広げて、

「ヒーくーん！」

と声を上げる。だが、僕の後ろからぬっと出てきたカルトに止められた。

「いけません、フーレ。あなたはヒスイに触れすぎです。たまにはわたくしたちにも譲ってください。あと汚いです」

「えぇ⁉　アルナちゃんに散々痛めつけられたのに、その上ヒーくんと接触禁止ぃ⁉　横暴だ！　私は決して理不尽には屈しないぞーー！」

左手を振り回してフーレは抗議するが、彼女の声はカルトに届かない。そっぽを向いて見事にスルーされた。そして、背後からアルナにも諌められる。

「我慢を覚えなさい、フーレ。また私に叩かれたくなかったらね」

「うぐぐ！　叩くっていうか、アルナちゃんの場合は脳筋だから殴るって表現のほうが適切——」

「何か言ったかしら？」

アルナが珍しく微笑んだ。その表情を見た瞬間、フーレは言葉を詰まらせて真っ青になった。次いで、首がもげるんじゃないかと思えるほど高速で左右に振る。

「いやいやいや！　何も言ってないよ！　あはは……」

不死身に近い光の女神でも、最強の女神であるアルナは怖いらしい。フーレ曰く、痛覚を神力で遮断しても体が傷つくと気持ちが悪いんだとか。たとえコンマの時間で切断された腕を治せるとしても。

「まったく……まあいいわ。それより、ヒスイ、鍛錬の続きをしなさい。休憩にはまだ早いでしょう？」

アルナのアメジスト色の瞳が僕のほうへ向いた。僕は素直に従う。

「そうだね。あと一時間は剣を振りたいかな」

「いい子いい子。本当にヒスイは偉いわ。一度もサボろうとしないし、私の求める以上をこなしてくれる。自慢の弟子ね」

「ぶーぶー。そろそろ神力の練習でよくないぃ？　魔力で他の能力が強化できるって判明したんだし、ヒーくん的にもそっちのほうが絶対いいよ！」

「どういうこと、フーレ？」

なんだか妙に引っかかる言い方だった。首を傾げる僕に、フーレはにかんだ。

「だってヒーくん、お姉さんの一人を神力で治したいんじゃないの？　病気かなんかだよね？」

「う、うん。でも、今の僕じゃまだ……あ」

そこまで言って、フーレが何を伝えたかったのか理解した。

「もしかして……今の僕なら、アルメリア姉さんの病気を治すことができる、とか？」

声がやや震えた。三年前から渇望していた答えを聞きたくて、思わず体が前のめりになる。アルナとカルトも、空気を読んで口を挟まない。

人差し指を立てたフーレが答える。答えを、示してくれた。

「いけると思うよ～。少しだけ練習は必要だけどね」

一章　病を治そう！

「…………」

僕は用意していた言葉を失う。言いたいことは山ほどあるはずなのに、なぜか喉を通ってくれない。

「ほ、本当に……僕はアルメリア姉さんを？」

わなわなと慄く自らの両掌を見下ろす。

フーレが僕に偽りの情報を伝えるはずがない。これまでそんな悪質な嘘を吐かれたことはなかった。

つまり……魔力を使って神力を強化すれば、本当にアルメリア姉さんの病気を治せるってことだ！

ようやく現実を受け止め、ぐっと拳を強く握りしめる。

「やった！　やったよみんな！　僕、今まで頑張って……」

感無量とはこのこと。感情の波が激しすぎて自然と涙が零れてくる。

「おめでとう、ヒスイ。あなたはずっとずっと頑張ってきたものね」

「おめでとうございます、あなた様。自分のことのように喜ばしいですわ」

「おめでとうヒーくん。立派だよ、ヒーくんは」

アルナ、カルト、フーレの三人が僕を祝福してくれる。更に涙の勢いは加速した。涙で視界が歪む。

服の袖で拭うが、いくら拭いても涙は途切れない。膝を突いた僕を、三人の女神たちが優しく抱きしめてくれた。

三人分の温もりに包まれ、久しぶりに大泣きした。落ち着くまで、思い切り泣いた。

たっぷり三十分ほどかけて涙を流し、喉を嗄らしたあと、僕はもの凄くいたたまれない気持ちを引っ提げて三人の女神たちに声をかけた。

「……あの、三人共？」

「どうしたの、ヒスイ？　まだ足りない？」

「たくさん泣いていいからね？　お姉ちゃんはヒーくんの味方だよ！」

「くすくすくす。わたくしの胸でよければいくらでもお貸しします。遠慮しないでください」

「いや、そういうことじゃなくて……もう出尽くしたし、そろそろ離れてくれると嬉しいなぁ、なんて」

「もう終わりぃ？　ざんねーん」

そう言って最初にフーレが体を離す。口をすぼめながら頬を膨らませていた。

次いで、アルナとカルトが順番に離れていく。

「ごめんね、みんな。急に泣き出して」

その上あやしてもらうなんて小っ恥ずかしい。先ほどまでは顧みる余裕もなかったが、落ち着いた途端に顔を覆いたくなる。とても頬が熱い。

「気にしなくていいわ。ヒスイはまだ子供だもの。泣くのも仕事の内よ」

「僕、中身は結構いい歳したおじさんなんだけど？」

「関係ない関係ない。いくら精神が大人と同じでも、たまには肉体に引っ張られることもあるよ。そういうヒーくんも可愛くて好きだなぁ」

「可愛いって……」

あー、恥ずかしい。穴があったら入りたいとはこのことだ。

ぱたぱたと右手をうちわの代わりにして顔を扇ぐ。

「それで？　どうするぅ、ヒーくん。神力の練習を始めてお姉さんを助ける？」

「チッ。悔しいけど、魔力や剣術の鍛錬よりそっちを優先したほうがいいわね」

本当に悔しそうにアルナが舌打ちする。だが、僕は首を横に振った。

「ううん。アルナのメニューはしっかり終わらせるよ」

「え？　いいの？」

アルナが唖然（あぜん）とする。意外だったかな？

「アルメリア姉さんの病を簡単に治せるとは思ってない。一分一秒でも早く治療したい気持ちはあるけど、急がば回れ。普段通りの行いも大切だよ」

一つ歯車が狂うと、他の歯車までおかしな動きをする。やがて全体が歪（いびつ）になるくらいなら、落ち着いて一つずつ段階を踏んでいくべきだ。

そもそも、どうせあと一時間もすれば神力の訓練に入る。一時間じゃほとんど何もできない。

「……ヒスイがそれでいいなら私は文句ないわ」

「ふふ。すっかり大人になったねぇ、ヒーくん」

「今のあなた様も素敵です」

「はいはい。あんまり褒められると照れるから、そこまでにしておいてくれ」

赤くなった相貌を隠すように木剣を中段で構える。笑みを刻んで剣を振る。有言実行。ちゃんと一時間は素振りを続けた。

フーレの報告で心も体も軽くなった。

時刻は昼。大きな岩の上に腰を下ろした僕は、予め用意しておいた昼食を取りながらフーレに訊ねる。

「フーレ、質問いいかな？」

「なになに～？　私に分かることだったらなんでも訊いてね！」

「助かるよ。さっきの話だけど」

「さっき？　……ああ、ヒーくんのお姉さんのこと？」

「うん。アルメリア姉さんを神力で治療する場合、魔力が必要なんでしょ？　具体的には、どうすればいいのかな？」

「ええっとね……まず、魔力の特性である『強化』を利用して、神力の効果を上げます。次に、ヒーくんのお姉さんの体を蝕む病を壊します」

「病を壊す？」

「お姉さんの病気って、目に見えない小さな生き物が引き起こしてるんだよね。その生き物を浄化の光で駆逐して、傷付いた細胞とかを後から治していくの」

そういえばアルメリア姉さんの病気は何かの感染症だと聞いたことがある。となると体の中に細菌やウィルスがいるんだろうけど、神力はそうしたものを殺す力もあるのか。

「割と力技だね。もっとこう、体の免疫能力？　を強めて対抗するのかと」

「それだと魔力だけで足りる。神力が優れているのは回復能力。多少強引でも、すぐに治ったほうがいいでしょ？　この方法なら、どんな病にも効くしね！」

自信満々にフーレが親指を立てる。

「ただ、完璧に神力をコントロールしないと、癒やしの力が細胞や筋肉、臓器なんかを破壊しちゃうから気を付けてね」

「うわぁ……説明を聞く限り、とても難しそうだね……」

「薬だって多用すると体を傷付ける。どんな良薬も適量だよ」

「なるほどね。制御と操作能力をもっと上げないといけないのか」

「そういうこと。まあ、出力を抑えれば怪我をするようなことにはならないよ。あくまで調整を失敗したらまずいってだけ」

「練習段階でも、それは肝に銘じておくね」

「うん、頑張って～」

「無理しないようにね。魔力と神力はいつでも私とフーレが補充するわ」

「疲れたらわたくしが膝枕して差し上げますよ」

「ひ、膝枕？」

それっているかなぁ？

「ダメよ、カルト」

じろりとアルナがカルトをねめつける。険悪な空気が漂い出した。

「なぜですか？」

「私がヒスイに膝枕するもの」

「えぇ……」

まさかの発言に僕は両目をぱちくりと開閉させた。呆然とする。

「膝枕なんて、二人には荷が重いんじゃないの～？　そこは光の女神であるお姉ちゃんが――」

「あなたには聞いてない」

「黙っていてください、フーレ」

最後に混ざろうとしたフーレが、アルナとカルトから集中砲火を喰らって撃沈した。彼女を無視してアルナとカルトは睨み合う。二人の間に激しい火花が散っている……ように見えた。

「三人共……まずは僕に許可を取ろうよ……」

まるで膝枕されることが当然みたいになっている。嫌じゃないけど、今日はもう羞恥心が限界だ。

勢いよくパンと肉をかっ喰らい、アルナたちをその場に放置して神力を強化する練習を始めた。

最終的に、アルナとカルトが疲れた僕を交互に膝枕するってことで落ち着いた。なんでやねん。

▼△▼

フーレからアルメリア姉さんの体を蝕む病を治せると聞いてから、僕の日常は目まぐるしく加速していった。

その日から魔力による神力の強化と、強化された神力の制御訓練に移る。

内容は非常にシンプルだ。

右手に宿した神力を、左手に宿した魔力で覆う。すると魔力の特性《強化》が神力に適用される。

しかし、二つのエネルギーが合わさった瞬間、制御難易度が急激に跳ね上がった。正直、最初は何度も強化した直後に神力を消滅させてしまい、上手くいかない。これを制御した上で操り、アルメリア姉さんの病を退治しなきゃいけないのに。

バジリスクと戦った時より大変だ。

「はいはーい、集中力が落ちてきたよ～ヒーくん。一度神力を消して体を休めようね」

神力の強化訓練に入って二週間。

いまだまともに神力を操ることはできていない。一応、神力の強化自体には成功した。バジリスク戦で見せた能力の並列使用が糧になっている。強化だけならそこまで難しくはない。だが、強化された神力を自在に動かそうとすると、魔力の制御が途端に困難になる。前はそもそも強化自体を躊躇（ためら）ったのだ、強化が成功しただけでも大きな前進ではある。

「苦戦してるわね、ヒスイ」

地面に寝転がった僕をアルナが見下ろす。

「まあね。発動に制御、操作まで同時にしなきゃいけないんだ……脳みそがもう一つ欲しいくらいだよ」

「フーレに頼めばそれくらいやってくれるわよ？」

「言葉の綾だよ……さすがに人間を辞めたくはないかな」

あっさりアルナが言うものだから、脳みそが二つある自分の姿を想像してしまった。

完全にホラーである。というか、脳が二つって具体的にどんな感じだ？　頭も首も二つあるってことかな？　それとも、首は一つで頭が二つ？　顔が大きくなるか脳みそが小さくなって一つの頭部に二つの脳みそが入ってるの？　どれもこれも恐ろしい。絶対にフーレには頼みたくないな。

「ふふ、冗談よ。私も、ヒスイがそんな化け物になるのは嫌だもの。今のヒスイが一番よ」

「ッ。ありがとう……アルナ」

面と向かって褒められると面映ゆいな……。

「あー！　カルトちゃん！　アルナちゃんがヒーくんのこと口説いてるよ！　破廉恥だよ！」

「抜け駆けは反則ですよ、アルナ。あなたはそのような卑怯な真似はしないと思っていました」

「どの口が言うのよ、カルト」

「わたくしは卑怯な真似をするタイプなので問題ないです」

「ぶっ飛ばすわよ」

カルトの開き直り具合にアルナが薄っすらと眉間に青筋を浮かべた。僕は二人が喧嘩する前に上体を起こして言う。

「二人共、ここで暴れないでよ？　僕、また神力の練習を再開するから」

「……そうね」

「……そうですね」

不満たらたらな様子で二人は視線を逸らした。

やれやれと肩をすくめ、僕は強化訓練に戻る。

できるだけ早く、アルメリア姉さんを救いたい。

▼△▼

月日は更に過ぎて、一ヵ月後。

それくらい時間も経つと、女神たちにサポートしてもらっている僕の技術は、飛躍的に進歩を遂げた。

「――できた！」

右手に宿った濃密な神力を見て、僕は歓喜の声を上げる。

「わー！　おめでとう、ヒーくん」

「おめでとう、ヒスイ」

「おめでとうございます、あなた様」

三者三様、笑顔で女神たちが拍手してくれる。

「ギリギリの及第点だけどね」

「それでも充分に凄いよ！　コツを摑んでからはあっという間だったね、ヒーくん」

「うん。これもフーレの教え方が上手かったからかな？」

「えっへん！　それほどでもあります！」

僕に褒められたフーレが、嬉しそうに胸を張った。二つの大きな塊がぷるんと揺れる。

「どうする、ヒスイ？　すぐにでもあなたの姉を治しに行くの？」

「もちろん。ちょうど神力の訓練の時間も終わったし、これから実践だ」

「そう。頑張りなさい」

　聖母と見間違うほど優しい微笑みを作るアルナに背中を押されて、僕は勢いよく地面を蹴った。

森の中を疾走し、急いでアルメリア姉さんの下へ。

　心臓が強く跳ねる。それはきっと、溢れんばかりの高揚感と、興奮に支配されている証拠だ。


　脇目もふらず、僕は真っ直ぐに自宅へ帰った。

　屋敷の玄関をくぐり抜けると、妙に建物の中は静かだ。誰もいないのかな？

　小首を傾げたあと、ロビーを通って階段を駆け上がる。そのままアルメリア姉さんがいる角部屋の前に立つと、胸に手を当てて深呼吸を一回。息を整え、扉をノックする。

「はい？　どなたでしょうか」

　起きているかどうか不安だったが、よかった。室内からアルメリア姉さんの高い声が聞こえてくる。

「アルメリア姉さん、僕だよ、ヒスイ」

「ヒスイ？　どうかしましたか？　こんな時間に」

「ちょっとアルメリア姉さんに話したいことがあるんだ。入ってもいいかな？」

「どうぞ」

「失礼します」

　許可を貰ってドアノブを捻る。木製の扉は、ぎぃぃ、と軋む音を立てて開いた。部屋の中に入ると、ベッドの上で本を読んでいるアルメリア姉さんを発見する。

「こんばんは、ヒスイ。夕方に来るのは珍しいですね」

「こんばんは、アルメリア姉さん。どうしても姉さんと話したくてね。いてもたってもいられなかったんだ」

「話とは？　何か面白い本でもありましたか？」

「違うよ。落ち着いて聞いてほしいんだけど……」

僕はゆっくりとアルメリア姉さんに近付いた。ベッドの前まで移動すると、彼女を見下ろす形で告げる。


「実は僕、神力が使えるんだ」


「……え？　し……神力？　神力ってあの神力？　癒やしの力を司るっていう……」

「うん。僕はそれを使って、今からアルメリア姉さんの体を治そうと思うんだ」

「そんな……どうして……だって、ヒスイはまだ八歳でしょう？　能力の開花は、十歳を過ぎないと起こらないんじゃ……」

予想通りアルメリア姉さんは驚いていた。普段は穏やかな笑みを湛えているのに、珍しく動揺で体が震えている。視線もあっちへいったりこっちへいったりと忙しない。おそらく、自分の病が治るかもしれない——と急に伝えられて、どう呑み込んでいいのか分からなくなっているのだろう。

僕は努めて冷静に、彼女を落ち着かせるよう語り掛けた。

「納得はできないかもしれないけど、僕は少しだけ特別なんだ。そういうわけで……姉さん、治療を始めていいよね？」

一応、アルメリア姉さんの許可を貰っておく。一種の礼儀だ。姉さんだからこそ、礼儀を欠いちゃいけない。

僕の問いにアルメリア姉さんは即答できず、額に汗を滲ませながらやや迷う。治療を拒否する気配はないが、とても信じられないと顔に書いてある。

それでも最終的に、アルメリア姉さんは頷いた。か細い声で言う。

「まだ、理解しきれていないけど……ヒスイの気持ちは伝わりました。どうか、私の病を消し去ってください」

アルメリア姉さんが恭しく頭を下げた。彼女がこれまで抱えていた数々の感情がなんとなく読み取れる。治まっていたはずの気持ちが再燃し、気分が高揚する。

「任せて、姉さん。僕が必ずアルメリア姉さんを苦しませる病を取り除いてみせる！」

宣言し、右手を前に突き出した。座っているアルメリア姉さんの肩に触れると、僕の神力を流して体内の状態をスキャンする。脳内に、まるでレントゲン写真のようなイメージが浮かび上がった。

続いて、アルメリア姉さんの体を侵す病原菌を探す。体内を細かく調べようとすると、頭脳に多大な負荷が掛かる。ぴりぴりとした痛みが走るものの、我慢して隅々まで視回る。

「――見つけた」

数ヵ所、明らかに細胞が弱っている。神力で探知しているからか、病の反応はとても気色が悪い。これに間違いないな。

「姉さん、ちょっと痛むけど堪えてね」

「は、はい」

淡々とした僕の口ぶりに、アルメリア姉さんが緊張を表す。自然に僕の服を掴んだ。グッと歯を噛み締める。

「行くよ」

滑らかに、素早く神力を病原菌のもとへ集めた。周りを囲むように円を描く。侵された細胞ごと病原菌を駆逐する。慎重に対象を選択し、元気な細胞を除外して……神力の出力を一瞬だけ跳ね上げた。浄化の光が小さく弾ける。

「ッ！」

少なからずアルメリア姉さんの体を傷付けた。痛みを感じて服が強く引っ張られる。シワができた。

それでもアルメリア姉さんは文句の一つも口にしない。大量の汗をかきながら俯いて治療が終わるのを待った。

僕はできる限り急ぐ。アルメリア姉さんの体に負担をかけないよう、最後のステップへ。

邪魔なウイルス、細胞を潰したあとは……回復だ。

傷んだ人体を元に戻す。健康だった状態へ。本来の健康なものへと。

今までで一番の発光が部屋を照らす。神力を練り上げた僕でさえ目を開けていられない。金色の煌めきがアルメリア姉さんを包み――。

やがて、徐々に光量を失っていった。僕もアルメリア姉さんもほとんど同時に瞼を開く。姉さんが視線を下げた。胸元から足の爪先までじっくり観察する。

「体が……ずっと痛くて苦しかったのに……軽くなった……」

「成功だ！」

治療を受けた本人より先に、僕が両手を上げて喜声を発した。

「やったね、アルメリア姉さん！　これでもう姉さんを縛るものは何もない。外で走り回れるし、どこにでも行けるよ！」

「はい……はい！　ありがとうございます……ヒスイ……」

アルメリア姉さんは感極まって泣いた。ぽたぽたと涙が布団の上に落ちる。

普段は穏やかで怒ったり泣いたりしないアルメリア姉さんが、歳相応に泣きじゃくっている。それだけ元気になれたことが嬉しいのだろう。

狭い一室の中で、アルメリア姉さんの嗚咽(おえつ)だけが響いた。彼女が満足するまで、僕は優しく頭を撫(な)で続けた。

「…………」

しばらくして、アルメリア姉さんの激情は引っ込んだ。目がパンパンに腫れ上がっている。

僕の服から手を離した姉さんは、どこか気恥ずかしそうな顔で唇を噛んだ。しかし、直後に頭を下げる。

「改めて、ありがとうございました、ヒスイ」

ベッドから足を出して座り直す。真横に腰かけた僕に対して感謝の意を示す。

「どういたしまして。体のほうは大丈夫？　急に苦しくなったりしない？」

「平気ですよ。……いえ、まだ痛みは残っていますね」

「え⁉」

嘘だろ⁉

動揺した僕を見て、アルメリア姉さんがくすくす笑った。

「あまりの嬉しさに、心臓が破裂しちゃいそうです。こういう痛みもあるんですね」

「な……なぁんだ、そういう痛みか……」

てっきり病を治すことができなかったのかと。珍しくからかわれたな。

「ふふ、ごめんなさい。ちょっと意地悪しちゃいましたね」

「本当だよ。アルメリア姉さんの冗談は心臓に悪いなぁ」

「もうしませんよ。でも、今更ながら驚きです。まさかヒスイが神力を扱えるなんて」

「魔力も使えるよ」

「ま……魔力も⁉」

能力を持たないアルメリア姉さんは、魔力が発するエネルギーを感知できない。遅れて目を見開いた。

「ありえない……歴史上、二つの能力を持つ人間はいないはずじゃ……」

「本で読んだの？」

「ええ」

実は呪力(じゅりょく)も使えるんだぁ、とか言ったら、アルメリア姉さんをもっと困らせてしまいそうだな……。

ここはあえて彼女には秘密にしておこう。話すのは、タイミングを見計らってね。

「アザレア姉さんには注意された。他の人には吹聴（ふいちょう）するなって」

「アザレア姉さんはヒスイの秘密をご存じなんですね。賢明な判断かと」

「今のところ、僕の秘密を知っているのはアザレア姉さんとアルメリア姉さんだけだよ。それ以外には誰にも教えてない」

「コスモスにも？」

「うん。そもそもアザレア姉さんにバレたのだって、やむをえない事情があったわけだし。アルメリア姉さんも同じくね」

どちらも僕の意思で話したんじゃない。アザレア姉さんは魔力で助けなきゃピンチだったたし、アルメリア姉さんの病を見て見ぬフリはできなかった。こう言っておいてなんだが、別に後悔はしていない。これが正しい選択だと思う。

「なるほど。ヒスイは案外用心深いのですね。昔からどこか大人びていましたが。その調子で誰にも話してはいけませんよ？　お姉ちゃんと約束です」

「分かった。肝に銘じておくよ」

「ではヒスイ、早速質問いいですか⁉」

「え？」

話が一段落すると、突然アルメリア姉さんが体を前のめりに近付けてきた。

「目の前に二つの能力を持つ人間がいるんですよ？　私の知的好奇心が強く刺激されてしまいます！」

「は、はぁ……」

これはまずい。アルメリア姉さんに能力の話はタブーだったのか⁉

彼女の黄金色の瞳が、いつも以上に輝いて見えた。

「実際に魔力と神力、二つの能力を発動する際には――」

アルメリア姉さんの楽しい質問タイムが始まる。ちなみに僕は全然楽しくない……。


アルメリア姉さんの関心に火が点いた。

彼女は知識欲の権化だ。外に出られずひたすら本を読んでいた弊害か、元からそういう気質だったのか、喋り出すと止まらない。

追加の問いが二も五も十も溢れてくる。僕は時間が許す限り、アルメリア姉さんの質問に答えた。

時間は流れ、夜遅く。

途中で話を打ち切り、アルメリア姉さんの分の食事を運んで休憩を挟み、食べ終わったら風呂だ。

もう家にはアザレア姉さんはいない。僕たちのためのお湯は無い。

だが、僕は呪力が使えるからお湯くらいはいつでも作れる。アルメリア姉さんにバレないよう、わざわざ廊下に出てお湯の入った桶を準備する。あとはタオルで体を拭くだけだ。

本当は、大きな浴槽に並々とお湯を張ってくつろいでほしいが、さすがにそれはグレンたちの目を引く。僕が呪力の使い手だとバレてしまう。病み上がりな彼女の体のことも考慮して、これに落ち着く。

「アルメリア姉さん。ほら、このお湯とタオルで体を拭いて」

「お湯？　そんな貴重なもの、いったいどこから……」

「まあまあ。気にしない気にしない。完治祝いさ」

「ヒスイはどうするんですか？」

「僕の分もあるよ。このあと、部屋に戻ってね」

「……でしたら、ヒスイにお願いがあります」

「お願い？」

まだ話がしたい、ということなら丁重にお断りするよ？　呪力の練習が残ってるし、夜更かしは体に悪い。病が治ったばかりなのだから、アルメリア姉さんにはたっぷり睡眠を取ってもらわないと。

しかし、アルメリア姉さんのお願いはそんな可愛いものではなかった。僕の度肝を抜く。

「体を、ヒスイに拭いてほしいんです」

「誰の？」

「私以外にはいませんよ？」

「……僕が？」

「はい」

「…………」

一拍置いて、僕は咄嗟に口を両手で塞いだ。そして、

「えええええええ!?」

盛大に叫ぶ。両手で口を塞いでいなかったら、家族に見つかって面倒なことになっていただろう。

彼女の部屋には用事もなく入ってはいけない、という言いつけをすでに破っているのだから。

「もちろん前は自分で拭きますが、背中は届かないでしょう？　せっかくこの場にはヒスイがいる

のです、効率的にいきましょう」

「コスモス姉さんを呼べばいいだろ⁉」

「時間がもったいないです。私はまだヒスイと話していたいのに」

「それは……」

ズルい言い方だ。アルメリア姉さんにそう言われてしまっては、僕に拒否権などないようなもの。

自覚できるほど顔に熱が集まる。僕は言葉を飲み込んで……頷いた。アルメリア姉さんの表情が笑顔になる。元から笑ってはいたが、今は太陽のように眩しい。

「了解だよ、アルメリア姉さん」

「ありがとうございます、ヒスイ！　では」

許可を貰ったアルメリア姉さんが、僕の眼前で振り返り、服を脱ぎだした。思わずぎょっとする。瞬時に視線を後ろに送った。

「ちょっ、いきなり脱がないでよアルメリア姉さん！」

「？　これから体を拭いてもらうのですから、服は脱がないと」

「心の準備というものがあってね……」

一応、僕とアルメリア姉さんは血の繋がらない家族だ。長い年月を共に過ごしたとはいえ、年頃の男女なんだよ？　……いや、僕は八歳の子供だけどさ。

それにしたってアルメリア姉さんは無防備だ。ベッドのほうから聞こえてくる衣擦れの音とか、見えないからこそ余計に心をざわつかせる。

「――ヒスイ、お願いしていいですか？」

声を掛けられ、渋々正面を向いた。

僕の視界に、アルメリア姉さんの白く柔らかそうな肌が映る。

昔、アザレア姉さんに無理やり風呂に入らされていた頃とは違う。病に倒れる前だ。すっかり女性らしい体付きになっている。

女は男より成長が早いと聞くが、どうやら事実らしい。目のやり場に困る。

白い無地のタオルとお湯の入った桶を持って、ベッドに近付く。桶は傍にある机に置いた。一度タオルをお湯の中に浸し、軽く絞る。手に伝わってくる熱より、顔にせり上がった熱のほうが高く感じる。

「それじゃあ……拭くよ？」

「お願いします」

おそるおそる、僕はタオルをアルメリア姉さんの肩に当てた。冷たい水と違って、温かなお湯だ。

アルメリア姉さんはその温度に「気持ちいいですね」と感嘆の息を吐く。

彼女が少しでも動くと、背中越しにちらちら胸が見えたりして気まずいんだが……。それでも僕は、一度決めた以上はしっかりと役目をこなす。

無心だ。何も考えずに手だけを動かせ。

「ヒスイ」

「ん？　なに？」

「アザレア姉様は、きっと一人で王都へ行ったのでしょう？」

「ッ。なんでそれを……」

何も見ていない、何も聞いていないはずのアルメリア姉さんが、まるで現場を知っているかのように言った。

「容易に想像できます。アザレア姉様は戦闘に秀でた魔力を持っていた。そして王都には、能力者を集める学園がある。常々、姉様はこの領地を出てみんなで暮らしたいと仰っていました。それを叶(かな)えるなら、王都の学園へ行き、卒業し、騎士団にでも就職するのが無難でしょう。姉様ほどの才覚があれば、きっと王都でも通用すると私は思います」

「たったそれだけのヒントでよく辿(たど)り着いたね」

「あとは当てずっぽうですよ。私がアザレア姉様だったらそうするな、と。きっと姉様は私たちのために無理をしている。間違っていますか？」

「……正解。先に家を出て、お金を稼ぐんだってさ」

アザレア姉さんと話した内容をアルメリア姉さんにも伝える。

「本当に、アザレア姉様はズルい人。私はこんな家でも、家族全員が揃(そろ)っているならそれでよかったのに……」

ほんの少し、アルメリア姉さんの声のトーンが落ちた。僕やコスモス姉さんがそうだったように、アルメリア姉さんもまた、アザレア姉さんがいなくなって寂しいんだ。

「ですが、今は違います！」

あれ？　急に話の雰囲気が変わったぞ？

「ヒスイが私の病気を治してくれたおかげで、私も外に出られます！　アザレア姉様に頼るだけじゃないということをお見せできます！」

「もしかして……アルメリア姉さんも働くつもり？」

「当たり前でしょう？　家族みんなで協力しないと！　アザレア姉様が私たちを待っていてくれるなら、その想いにも応えないと！」

「あはは……やる気があるようで僕は嬉しいよ。でも、無理しないでね？　僕やコスモス姉さんだっているんだから」

「うん」

「ありがとうございます。私にできることを精一杯やる。それが、今出せる結論ですかね？」

最初はアルメリア姉さんの発言に驚いたが、彼女が生きる気力を持ってくれたなら幸いだ。病気に罹（かか）っていた時は、いつ死ぬか悩んでいるようにも見えた。だが、今のアルメリア姉さんには活力が溢れている。実にいい傾向だ。

「――っと、もう拭き終わったよ、アルメリア姉さん。残りは自分でお願いね」

「え？　いつの間に……分かりました。感謝します、ヒスイ。おかげでスッキリしました」

「ならよかった。話はまた明日にでも。お湯は窓から外に捨てておいて。じゃあね、アルメリア姉さん。おやすみ」

「おやすみなさい」

お互いに手を振って別れる。僕は扉を開けて廊下に出た。

上機嫌で廊下を歩いていく。今日はいい夢が見られそうだ。見ないほうが体にはいいんだけどね。

翌朝。

体に重みを感じて目を覚ます。僕の視界に、桃色の何かが映った。

「?」

気になって体を起こす。桃色の何かは……僕の上で眠っている女神フーレだ。

彼女は頭の位置が下にずれて腰まで落ちた。割とまずい。急いで、かつ彼女を起こさないようフーレの頭部を持ち上げると、

「――ん、んん? ヒーくん、起きたのぉ?」

のんびりとした声を発し、フーレの髪が左右に揺れる。ばっちりと目を開けた彼女と視線が交錯した。

「あ、ごめんフーレ。邪魔しちゃったね」

「ううん。私がたまにはヒーくんと一緒に寝たくて寝たんだもん、これくらいどうってことないよ～。元から、私たち精霊は睡眠をとる必要もないしね」

「寝てなかったの?」

「寝てたよ。ちゃんと意識は薄れていたし」

「でも寝なくてもいいって」

「人間みたいに、睡眠をとらないと死ぬわけでもないからねぇ」

へぇ、精霊って意外と便利なんだな。

「だったらさっさと退きなさい。ヒスイ苦しそうよ、フーレ」

「アルナ」

姿が見えないと思っていたら、壁を透過してアルナとカルトが現れた。

「ふーんだ。じゃんけんは私が勝ったんだし、アルナちゃんにとやかく言われる筋合いはないもーんだ」

「じゃんけん？」

「くすくすくす。あなた様が寝落ちしたあと、誰が添い寝をするかで揉めました。それを解決させたのがじゃんけんです」

「なるほど？」

なんで勝手に僕と添い寝しているんだ、というツッコミをごくりと飲み込む。どうせ訊ねてもまともな答えは返ってこない。

「添い寝の時間は終わり。だから私が口を出す権利はある」

「ないよー！　負けたくせにアルナちゃんってば偉そう」

「偉いもの」

「私のほうがお姉ちゃんなのに⁉」

隣でフーレとアルナが毎度の口喧嘩を繰り広げる。僕は二人を置いてベッドから立ち上がると、日差しを浴びるために部屋から出た。カルトだけがついて来る。

「ごめんね、カルト。昨日は呪力の練習があんまりできなかったよね」

「構いません。あなた様はお疲れのご様子でしたし、無理はよくないですよ」

「フーレに疲れを取ってもらえばよかったのに」

そう思うあたり、僕の価値観もだいぶ変わってきたなぁ。ごくごく自然と呟いていた。

「たまにはヒスイにもゆっくりする時間は必要です。充分に努力しているのですから」

「そっか。でも、おかげで凄く気分がいいんだ。今日も一日頑張れそう」

「何を頑張るんですか？　ヒスイ」

廊下を歩いて階段を下りようとした瞬間、右からアルメリア姉さんの声が聞こえてきた。顔をそちらに向けると、ちょうど起床してきたのか、寝間着のままのアルメリア姉さんが数メートル先に立っていた。

「アルメリア姉さん。おはよう」

「おはようございます、ヒスイ」

「姉さん、もう歩き回ってもいいの？」

「平気ですよ。ヒスイのおかげで体力はあり余っています」

「それは何より」

「ところで……何かブツブツ囁いていましたね。頑張るとかなんとか」

「あー……それね」

しまった。二階フロアを使っているのは、僕とコスモス姉さんとアルメリア姉さんだけだから油断した。僕が誰かと話しているとは思っていないだろうが、今後はより注意しなきゃ。コスモス姉さんだけじゃない、アルメリア姉さんも動けるようになったんだし。

「今日も一日、畑仕事頑張ろうかなって」

「畑仕事……本来は、まだ八歳のヒスイは働く必要はないというのに……」

「気にしないで。僕にはあれがあるから、肉体労働くらいはへっちゃらだよ」

「あれ？　……ああ、あの力ですね」

アルメリア姉さんは僕が魔力を使えることを知っている。魔力は万能の力。身体能力を上げれば常人を遥(はる)かに凌駕(りょうが)するパワーを得られる。超人的だったアザレア姉さんを見ていたなら、心配いらないことがよく分かる。

「それでも無茶はダメですよ？　まだヒスイは子供なんですから」

「うん。それじゃあ外に行ってくるね！」

「はい。気を付けてください」

アルメリア姉さんに手を振って階段を下りていく。真っ直ぐロビーを突っ切って玄関扉を開けると、茹(ゆ)だるような熱風が頬を撫でた。日差しが肌を焼く。

「あっっつ」

そろそろ夏も終わりだろうに、いまだに苦痛に感じるほどの暑さが残っている。いわゆる残暑というやつだ。

前世の日本みたいに三十度を超えることはないだろうが、二十度台半ばくらいはあるんじゃないかな？　人間、その世界に適応すると二十度台半ばでも暑いものだ。今の体で日本に行ったら、ほぼ確実に熱中症で死んじゃうね。

暑さを振り払うように、体に魔力を練り上げて走り出した。いつものように森の奥を目指す。

「引っ越し？」

軽い運動を終わらせたあと、魔力を放出しながら訓練に励む僕の隣で、アルナが首を傾げた。

「そ、引っ越し。厳密には、この領を出ていこうかなって」

「くすくすくす。それはまた唐突ですね」

訓練を見守っていたカルトも話に混ざってくる。

「前から考えてはいたんだ。王都にいるアザレア姉さんのもとへ行く前に、少しでもいいからお金を稼いでおきたいって」

「お金……まあ、人間の社会では大事ね」

「お金が無いと何も買えない。他にも、アザレア姉さんの負担を軽くしたい。姉さんだけに苦労をかけるわけにはいかないし」

「さすがヒーくん。立派だねぇ。でも、具体的にはどうやってお金を稼ぐの？　こんな廃れた領地じゃ、お金を稼ぐのも一苦労だと思うけど……」

フーレが至極真っ当なことを言う。その辺の問題は、つい最近片付いた。

「バジリスクだよ、バジリスク」

「バジリスク？」

三人の女神は同時に疑問符を浮かべる。ちょっと言葉足らずだったね。

「前にアザレア姉さんと倒したあのバジリスクの素材を売るんだ。バジリスクほどの魔物なら、きっと高額で取引されるだろ？」

「なるほど。名案ですね。人の世ではバジリスクは強敵。強靭な鱗や皮で装備を作るという話を聞いたことがあります」

「本当かい？　なら、やっぱりバジリスクを売ったほうが早いね。カルトが死骸を保管してくれて助かったよ」

「それほどでもありません。あなた様の労力あってこそです」

「カルトは控えめだね。ありがとう」

今の僕にカルトがくれた収納袋と同じ性能の魔法道具(マジックアイテム)を作る技量は無い。素直に受け取ってもいいと思うんだけどなぁ。そこがカルトの美点でもあるんだけど。

「そういうわけで、近々、隣にある《リコリス侯爵領》に行こう」

「リコリス侯爵領？」

おや？　三人共知らないのか。この屋敷からだいぶ離れてはいるが、隣っちゃあ隣の領なのに。

「クレマチス男爵領の隣にある領地だよ。ここから北東にある。クレマチス男爵領がちっぽけに見えるほど広くて発展してる。まさに天地の差だね」

僕もリコリス侯爵領の話は、物知りなアルメリア姉さんに聞いた。

街道は整備されており、綺麗(きれい)な建物が並び、ウチとは比べるのもおこがましいほど多くの人が住んでいる。

「ふうん。そこに行ってどうするの？」

「もちろんバジリスクの素材を売るんだよ。この領地には無いんだけど、きっとリコリス侯爵領にはある。――《冒険者ギルド》が」

「冒険者ギルド……ダンジョンなんかに潜ったり、魔物と戦う冒険者たちの根城ね？」

「根城って……アルナらしい回答ではあるけどさ」

意味も間違ってはいない。

「その冒険者ギルドで素材を売ってお金を稼ぐのね。クレマチス男爵領にはないから、わざわざリコリス侯爵領に行くと」

「大正解。ここには、バジリスクを買い取れるほどお金を持ってる人はいないし来ない。仮に売れても、僕がバジリスクを倒したって噂が広まって困る」

「だから遠出をするのね」

「うん。ちょうど近くに発展した街があるんだ、それを活かさない手はないよ」

「出発はいつにする?」

「んー……練習をサボるほど切羽詰まっていないし、その内かな」

「そうね。のんびり決めなさい」

かなり適当に結論を出す。余裕がある時はとことんクールというかマイペースだ。

しかし、この時の僕は考えもしなかった。まさか……味方であるはずの時間が、あんな風に迫ってくるなんて……。

▼△▼

訓練を終わらせて屋敷に帰る。

時刻は夕方。すっかり空は橙色に染まり、彼方には薄っすらと紺色の夜空が広がり始めていた。

魔力が使えなかったらと思うと恐ろしい。夜の森は月の光すら遮るほどの暗黒。方向感覚も狂ってしまう。そんな状態で家まで歩いて帰るなど、正気の沙汰ではない。

アルメリア姉さんとコスモス姉さんを心配させないように、魔力の放出量を上げて地面を強く蹴った。

「……ん？」

屋敷の、玄関扉をくぐった直後、ロビーの中心で二人の男女が話し合っていた。あれは……グレンとアルメリア姉さん？

妙なデジャヴを感じながら、僕は二人に近付く。二人もまた僕の存在に遅れて気付いた。

「あ……ヒスイ……」

なぜかアルメリア姉さんは顔色が悪い。僕に何かを隠すように視線を横に逸らした。

「おお、ヒスイじゃねぇか。ちょうどいい。お前の意見も聞いといてやるか」

「意見？　何かアルメリア姉さんに言ったの？」

「大したことじゃない。アルメリアの奴、昨日から急に元気になりやがってな。さっきは外で走り回ってたんだぜ？」

「走り……」

じーっとアルメリア姉さんを軽く睨む。

昨日の今日でそんなことするなんて僕は聞いてないよ！　と無言で訴えるが、依然、アルメリア姉さんは僕の顔を見てくれない。

……何か、嫌な予感がした。

「それで？　話は終わり？」

「チッ。一々ムカつく奴だな。他にも話はある。つうか、もっと大事なことがな」

「さっき大したことないって言ってなかったっけ？」

「うるせぇ！　話っていうのは……アルメリアが元気になったから、こいつをジェレメー子爵に嫁がせる」

「は？」

な……何を言ってるんだ？

僕はグレンの言葉に激しく動揺した。だが、なおもグレンは楽しそうに続ける。

「最初はアザレアを嫁がせる予定だったがな。あいつは魔力を覚醒させたから婚約の話自体が白紙に戻った。そこに、ちょうどいい女がいるじゃねぇか。年頃だし、ジェレメー子爵も断ったりしないさ。大の女好きって噂だしな」

「ま、待ってよ！　ジェレメー子爵って……四十超えてたよね？」

「あ？　それがどうした。相手が三倍以上あるおっさんでもいいだろ。子爵家の側室になったら食うものにも困らねぇ。嫁はそこそこいるらしいから、構ってもらえるかどうかは知らんが」

「ふざけるな……」

「なんか言ったか？　ヒスイ」

ダメだ。僕、我慢の限界だ。

血が繋がっていないとはいえ、妹のアルメリア姉さんを四十過ぎたおっさんに嫁がせようとするなんて。それも、嬉々（きき）として。自分のことしか頭にない。とても許せる提案じゃない。

ぎゅっと右手を握り締めて拳を作る。これまで散々堪えてきたが、さすがに堪忍袋の緒が切れた。

アルメリア姉さんは、これから人生を楽しんでいくってところなのに！

「僕はアルメリア姉さんの結婚なんて認めない！　認めるものか！」

左足で踏み込み、グレンの顔を思い切り殴っ――――。

「落ち着いてください、ヒスイ！」

グレンの顔を殴り飛ばす寸前、後ろからアルメリア姉さんに羽交い絞めにされる。彼女の力なんて簡単に振り払えるが、怪我はさせたくない。押さえつけられ、少しばかり怒りも静まった。

「アルメリア姉さん！　どうして止めるんだ！」

「あんな人のためにヒスイが怒る必要はありません。冷静に、理知的に話をしましょう」

「…………くっ！」

腹の虫がおさまらなかったが、アルメリア姉さんの言う通りだ。僕がグレンを殴っても、グレンの思惑が潰えるわけじゃない。むしろグレンは、僕への当てつけでより上手く両親や子爵を説得しようとするだろう。

必死に怒りを抑え、深呼吸を繰り返す。どうにか、落ち着きを取り戻した。

「ごめん、アルメリア姉さん。ありがとね、止めてくれて」

「いいえ。ヒスイなら私が止めなくてもきっと……」

「ふんっ。無能な末っ子と元病人、仲がよくて羨ましい限りだな」

鼻を鳴らしてグレンが悪態を吐く。こいつの声を聞いていると、抑えた怒りが再燃してくる。もう黙っててくれ。

「精々、大切な姉が子爵のもとへ行かないよう祈ってるんだな！」

捨て台詞を吐いてグレンが立ち去っていった。僕は嫌味ったらしく言う。

「まずは子爵に話を通してから言えっての」

次期当主のくせに当主気取りかよ。

だが、子爵はともかく両親はグレンの意見に賛同する。彼らにとってアルメリア姉さんもコスモス姉さんも目の上のタンコブだ。これを利用しない手はない。

「困ったことになったね、姉さん」

「ええ。私、まだ結婚なんてしたくないです。するとしても、自分が心から愛した人じゃないと……」

「安心して。僕が絶対にアルメリア姉さんをどこぞの変態貴族に渡したりしない。何かしら、婚約を避ける方法があるはずだ」

真剣に考えてみる。

まず、グレンがアルメリア姉さんをジェレメー子爵に嫁がせたい理由。これは明白だ。

ジェレメー子爵との繋がりを強固にするため。

子爵は月に一度、小規模の商隊をクレマチス男爵領に派遣してくれている。我が領で採れる豊富な資源が目的だ。代わりに、領主や村民が調味料、食料、食器や中古の服を手にできる。

要するにアルメリア姉さんは担保だ。今後も商いをよろしくお願いしますっていう。加えて、商隊の規模が少しでも大きくなれば嬉しいな……ってのが本音だろう。

弱小貧乏貴族によくある話だ。

問題は、メリットしかない婚約話をどう破談に持っていくか。普通に懇願しても却下されるのは目に見えている。かといって、ジェレメー子爵を物理的に消したら僕が大犯罪者だし……。

ジェレメー子爵を消さず、アルメリア姉さんにも迷惑がかからない、僕にとっても喜ばしい案を模索する。

都合がいいってことは百も承知だ。それでも僕はアルメリア姉さんを縛りたくない。自由に行動してほしい。

「……ん？　自由？」

ふと、何かが僕の中で引っかかった。

喉に刺さった小骨を丁寧に取り除く。すると、シンプルな答えが閃（ひらめ）いた。

「そうだ！　勝手にすればいいんだ！」

「ひ、ヒスイ？　どうしたの？」

おもむろに大きな声を上げると、後ろに並ぶアルメリア姉さんが狼狽（うろた）えた。

「打開策が浮かんだよ、姉さん。僕に任せて。必ずアルメリア姉さんの問題を解決してみせる！」

「ちょ、ちょっと待って、ヒスイ。私にも分かるように説明を……」

「ごめん、万が一にもグレンにバレたくないんだ。誰にも教えられない」

本当は、話したら確実にアルメリア姉さんに止められるから黙ってるだけだ。結構荒っぽい、強引な手を使うからね。

「ヒスイ……」

なんとなく、アルメリア姉さんは、僕が危険な真似をしようとしてることに気付いていた。何か言おうとして、しかし口を噤（つぐ）んだ。無理やり微笑み、僕に謝罪する。

「ごめんなさい。私は、ヒスイに迷惑ばかり掛けますね」

「迷惑だとは思ってないよ。僕が姉さんを助けたくて動くんだ。家族に力を貸すのは当然でしょ？　姉さんは待ってて。吉報を持ち帰る」

言い終えると、僕は踵を返した。屋敷の玄関扉を見据える。

「じゃ、行ってきます！」

「え？　ヒスイ⁉」

後ろからアルメリア姉さんの悲痛な声が響いた。けど僕は一度たりとも振り返ったりしない。床を蹴り、魔力を練り上げて家を飛び出す。

大丈夫だよ、アルメリア姉さん。山のような大金を持って帰るから。それまでは、どうか幸せに――。

アルメリア姉さんの制止を振り切り、後ろ髪を引かれる思いで走った。全力で森の中を駆けた。

寂寥感が胸を締め付ける。遠く離れた夜空のように冷たい感情が全身を巡った。

一時的にでも家族と別れるのは、こんなな気分だったのか。

神力で作った光源を頭の上に乗せ、ただ真っ直ぐ森の中を突っ切った。

二章　ドラゴン現る

木々の隙間を縫って駆ける。

魔力による強化で夜目が利く。かすかな月明りさえあれば、森林を踏破するのは難しくない。グリーンの絨毯を踏み締め、複雑に生え絡む自然をものともしない。

途中、上空から三人の女神たちが下りてきた。

「ヒーくん、よかったの？　あの子、もの凄く心配そうな顔をしていたよ？」

フーレが僕の横に並びながら言った。こちらの心境はとっくにお見通しだ。

「……いいわけないさ。けど、僕がやらなきゃ誰がやる？　アルメリア姉さんを救えるのは、力を持ってる僕だけ。そのための力でしょ？」

「ヒーくん……」

「いいじゃない、フーレ。どちらにせよ、遅かれ早かれ行動には移していたんだし。これもチャンスだと思いなさい」

僕を挟んでフーレの反対側に並んだアルナが毅然とした態度で僕の意思を尊重してくれる。

「チャンスねぇ。私はヒーくんの中身が心配だなぁ」

「私だって憂慮してるわよ。その上で、ヒスイならすぐにお金を稼ぐことができるわ。過保護すぎるのも困ったものね」

「アルナちゃんだって、最近は『ヒスイの奴、思いつめていないかしら？　ちゃんと休みを取っているのかしら？　面倒くさがっていないわよね？』とかなんとか言って～、悩んでいませんでしたぁ？」

「はぁ!?　い、いつ私が！」

「こんな時まで喧嘩しないでください、お二人共。ヒスイは傷心中。空気くらいは読みましょう」

「「ぐっ！」」

　僕の背後から、カルトが鋭いツッコミを入れる。自覚があるのか、注意されたアルナとフーレは揃って苦虫を噛み潰したような顔を作る。たまらず僕はくすりと笑ってしまった。

「ふふ……ありがとう、カルト。それに、アルナとフーレもごめんね。僕はやれるよ。みんなのおかげで元気も出てきたし、後悔する暇もないくらい早く、アルメリア姉さんたちを助けてみせる！」

「くすくすくす。それでこそヒスイです。いい子いい子」

　走ってる僕に追走しているはずのカルトが、器用に僕の動きに合わせて頭を優しく撫でる。無駄に高度な技術だな……。

「ちなみにヒーくんは今、リコリス侯爵領って所に向かっているんだよね？」

「そうだよ。今朝言ったけど、クレマチス男爵領にはバジリスクの素材を売れる場所が無い」

「バジリスク……あの雑魚蛇がいったいいくらで売れるのかしら」

「雑魚蛇って」

　そりゃあ戦の女神アルナ様からしたら、命を削ったとはいえ子供の僕にも倒せたバジリスクは、そこら辺を這う普通の蛇と大差ないよね。

ただまあ、バジリスク戦から少なくとも二年は過ぎた。今の僕はあの頃より更に強くなったし、バジリスクくらいなら簡単に倒せるかもしれない。

「お金を稼ぐなら、バジリスクを乱獲する覚悟は持ちなさい。ドラゴンとか出てきてくれるといいんだけど」

「ドラゴン!? この辺りにドラゴンが生息しているなんて話は聞かないよ。そもそも勝てるかどうか」

数ある魔物の中でも、最強の魔物として有名な竜種。どの魔物が一番強いか、という話題には必ず挙がるトップクラスの化け物だ。

「分からないわよ? ドラゴンは特定のエリアに留まらない。飛行能力の無い緑竜以外は飛んで移動できるわけだしね。遭遇する可能性はあるわ」

「嫌なこと言わないでよ……」

変なフラグを立てるとその通りになるってアルナは知らないのかな? 僕、ドラゴンとは戦ったことがないからどれくらい通用するか予想もつかない。アルナの口ぶりから察するに、勝率はゼロではないんだろうが。

「う～ん、でもドラゴンと戦うヒーくんは見たいなぁ。きっとカッコいいよ!」

「親指立てないでくれ、フーレ。そんな邪(よこしま)な考えでドラゴンと戦わされても困るよ」

「くすくすくす。ですが、ドラゴンの素材は最上級。どこに出しても高額で売れますよ? 引っ越し資金の足しにはなるでしょうね」

「むっ……そう言われると急にドラゴンが宝の山に思えてくるな……」

そりゃそうか。最強クラスの魔物ってことは、その素材を使えば最上級のアイテムが作れる。一攫千金も夢ではないと。

「あとは僕がドラゴンに勝てるかどうかだね」

そもそも倒せないようなら話にすらならない。

「飛行能力を持つドラゴンは難しいでしょうけど、飛行能力の無い緑竜なら余裕で狩れるわ。あいつ、単純だし」

アルナが客観的に僕とドラゴンの力量差を教えてくれる。それによると、緑竜なら九割方勝てるらしい。これって僕が強いのか、竜種の中でも緑竜が特別弱いのか分からないな。

「ちなみにその緑竜の素材も高く売れるの?」

「さあ? 人間が付ける素材の価値なんて、私たちが知るわけないでしょ?」

「だよねぇ」

多少の情報は持ってても、彼女たちは人ならざる存在、精霊。僕以外にはあまり人間に興味が無いし、積極的に干渉したりもしない。つまり、どうでもいいってこと。

「ドラゴンの素材だし、緑竜のも高く売れると思うよ〜」

「くすくすくす。そうですよ、あなた様。フーレが言ったように、ドラゴンですから」

「違いない。じゃあドラゴンが出てきてくれることを祈りますか。みんなが言う、飛べないドラゴンが出てくることを」

魔力の放出量を上げて加速する。このペースなら、休憩を挟んで昼過ぎにはリコリス侯爵領の街に到着するかな?

女神たちと雑談を交わしながら、僕はひたすら前へ進んだ。

夜間、休憩を取りながら走っていると、次第に夜空が明るくなってきた。

木々の隙間から差し込む陽光に気付き、地面を擦って減速する。

「あ……もう朝か。さすがにクレマチス男爵領は出たかな?」

「そうね。すでにあなたの家からは遠く離れているわ。もうリコリス侯爵領に入っているかもね」

「うん。それにしても……結構走ったな。こんなに魔力を消費したのはずいぶん久しぶりじゃない?」

訓練は主に魔力の制御や放出、操作がメインだ。剣術はもちろん、筋トレや体力作りも最小限に抑えられている。走り込みなんて本当に懐かしく感じる。

「魔力を鍛え続ければ体力や筋力なんかはいくらでも替えが利くもの。今のヒスイがまさにそれね。疲れた?」

「平気。神力を使って体力も回復させてるし、まだ走れるよ」

魔力は体力量を増やすことはできても、回復させることはできない。だが、僕はフーレの力、神力(しんりょく)も使える。この二つの力さえあれば、正直休憩を取る必要もなかったが……いざという時のために、魔力も神力も温存しておかないと。いつどこでドラゴンと遭遇してもいいようにね。

「なら、空が完全に明るくなるまで走りましょう。頑張って」

「了解」

アルナに言われた通り、僕は進行を再開した。彼女からストップがかかるまで走り続ける。

休息を挟みながらリコリス侯爵領？　を移動すること数時間。

真上に浮かぶ太陽が中天を過ぎている。おそらく時刻は昼。肉が恋しくなってくる時間だなぁ、と考えながら走っていると、ふいに僕の頭の上でタンポポが動いた。両翼を交互に振り落として頭を叩く。

「タンポポ？　なに？」

「ぴぴ！　ぴー！」

鳴き声を上げ、パタパタと頭の上から飛んで眼前に移る。視界の中心で、必死に明後日の方角に左羽根を向けていた。

「この反応……何か大きな生き物がいる？」

「ぴ！」

その通りだとタンポポが首肯する。直後、遠くからかすかに咆哮が轟いてきた。

「グルアアアアア‼」

低い、化け物の声。

「今のは……」

「ドラゴンね。まさか本当に出てくるとは思わなかったわ」

僕の左隣で腕を組むアルナが、にやりと笑った。

これはあれだ……確実に戦わされるやつだ。僕の不安は見事に的中した。

「行くわよ、ヒスイ。このチャンスを活かさなきゃ！」

「ですよねー」

アルナに腕を掴(つか)まれ引っ張られる。個人的には、相手次第ではぜひとも逃げ出したかったが、そうも言ってられない。あっという間に現地に着いた。

「陣形を組め！　馬車を……旦那様たちを守るのだ！」

「おおおおおおお‼」

しばらく走った先で、緑色の、前世でいう恐竜みたいな化け物と対峙(たいじ)する鎧(よろい)姿の集団を見つけた。鎧姿の彼らは騎士か。背後に、壊れた馬車が転がっている。目を凝らすと、馬車の傍には綺麗(きれい)な服を着た男性と少女が地面に座り込んでいた。

「誰かが襲われてる⁉」

状況は明らかだ。

あの恐竜みたいな魔物が、先ほどアルナたちが語っていた緑竜だろうか？　ドラゴンと言えばドラゴンっぽいが……まるでティラノサウルスだな。僕の腕より太く大きな牙がずらりと口元に並んでいる。その上、周囲の樹木を薙(な)ぎ倒すほど図体がデカい。見上げ、僕は額に汗を滲(にじ)ませる。

直観で理解した。緑竜はバジリスクより強いと。

「さあ、剣を構えなさい、ヒスイ。見てくれだけの雑魚よ。あなたのほうが遥(はる)かに強いわ。私を信じて」

「アルナ……」

萎縮(いしゅく)した僕の背中をアルナがぽんと軽く叩く。

魔力を注入されたわけでもないのに、急にやる気が出てきた。彼女に「信じて」と言われたら、僕はやらざるを得ない。逃げるなんて選択肢は無しだ。

呪力(じゅりょく)で作った鈍色(にびいろ)の剣を、腰に吊(つ)った鞘(さや)から抜き放つ。全身を巡る魔力の量を爆発的に増加させ、僕は勢いよく地面を蹴った。凄まじい爆発音と共に、景色が急速に切り替わる。

一瞬で緑竜の目の前に到達した。

「はあああ！」

気合を入れて蹴りを放つ。ドロップキックだ。緑竜の顔面を捉え、極限まで鍛えた魔力と身体能力が、自分の数十倍もある巨大な緑の恐竜を吹き飛ばした。

背後の木々を左右に押し倒し、地面を跳ねながら緑竜の姿が消える。

「な……何が……起こった？」

突然、目の前にいたはずの緑竜がいなくなり、代わりに八歳の子供が現れたとなれば、覚悟を決めていた鎧姿の騎士たちが狼狽(うろた)えるのは当然のこと。

彼らの装備は見るからにボロボロだ。すでに緑竜とぶつかった後だろう。近くには血を流して倒れた者もいる。だから僕は、あえて緑竜を蹴り飛ばして彼らから遠ざけた。ここで戦えば、被害が大きくなる。

「あの魔物は僕に任せてください。後で戻ってきます。それまでに、負傷者の治療を！」

返事を待たずに僕は、蹴り飛ばした緑竜を追いかけて走る。

最後、騎士たちに囲まれていた同い歳くらいの少女と目があった、気がした。

「グルルル……ガアアアアア!!」

騎士たちから離れて数百メートル。

ちょうど緑竜が体を起こしているところだった。血走る真っ赤な眼は、近付いてきた僕を完全に敵対者として認識している。耳が痛くなるほどの咆哮が響き、涎をぽたぽたと垂らしながら巨大な顎を開く。

「あはは……あんなもので嚙み砕かれたら、さすがに僕の魔力でも防御しきれないかな？」

「ええ。緑竜は他のドラゴンと違い、飛行能力には恵まれなかったけど、反対に身体能力がとんでもなく高いの。特に発達した顎の力はとんでもないわ。鋼鉄すらも砕く」

「本当に僕、あれに勝てるんだよね？」

話を聞く限り、なんだか自信が無くなってきた。

「大丈夫よ。さっき攻撃が通用したでしょ？　緑竜はタフで攻撃力もあって凶暴だけど、攻撃力ならヒスイの魔力も負けていないわ」

「そっか……なら、アルナの期待に応えないとね」

どちらにせよ、僕がここで退けば再びあの騎士たちが襲われる。彼らを守るためにも、僕は前へ踏み込んだ。緑竜と交錯する。

「まずは一撃──！」

挨拶代わりに、懐へ飛び込んで剣を振るう。剣身に紫色のオーラを纏わせ、目も眩むほどの速度で緑竜の皮膚を斬り裂いた。

アルナの言う通り、緑竜の皮膚は死ぬほど硬かったが、僕の魔力ならその防御力を貫ける！

「グギャアアアアア‼」

痛みに緑竜が叫ぶ。より近付いたことで鼓膜が破れるかと思った。戦闘前に、聴覚の強化だけはしないでおいたのが功を奏したな。強化していたら、今頃耳から血を垂れ流していただろう。

「まだまだ終わりじゃないよ！」

僕の攻撃は続く。

これまでろくに傷を負わされたことがないのか、緑竜はたった一撃にすら強い反応を見せた。その反応は隙を生む。僕のほうが攻撃速度も速く、緑竜は図体が大きいから技を当てやすい。あとは単純だ。

紫色の閃光が、降り注ぐ雨のように緑竜を襲う。あまりの速さに、光が帯のように揺らいで見えた。同時に、緑竜の体から夥しい鮮血が飛び散る。

「グル……ガアアアア‼」

「おっと」

とうとう緑竜が反撃してきた。半ば無理やり、牙を剝き出しにして顔を左右に振る。たったそれだけでも充分な攻撃だ。

僕は剣を盾代わりに前へ出し、緑竜の攻撃をガードする。

「なんだ……意外と大したことないね、お前」

魔力を介して伝わってきた衝撃は、手が痺れるほどのものじゃない。何度防御しても耐えられる。凶悪な顔に凶悪な図体と違って、身体能力は予想外ってほどでもない。どうやら僕が過剰にビビりすぎていただけらしい。アルナの言う通り、こいつが相手なら九分九厘勝てる。

剣身に、魔力を集中させる。鈍色の刃は魔力で覆われ、きらきらと紫色の光を周囲に放つ。この瞬間も、僕の剣には莫大なエネルギーが集束している。それを、ドラゴンへ向けた。

「次で最後にしようか」

「グルアアアアア!!」

僕の言葉に応えるように、緑竜が地面を砕いて走る。軽い地割れが起こった。ぐらぐらと足下が不安定になる。だが、足場なんて関係ない。踏み込みが甘くても――相手の急所に剣を刺し貫くだけでいい。

僕は腰を落とし、口を大きく開いて突進してきた緑竜の足下へ滑り込む。そこから左胸を狙って剣を突いた。

悪いね、緑竜。

ドラゴンの心臓がどこにあるのか知らなかったから、ひとまず人間と同じ左胸を狙った。そして、心臓がどれくらいの大きさかも分からなかったので、剣先に呪力も集めていた。

呪力は攻撃にも転用できる。集束した紫色の光の中に、光を喰らう闇が這い出てくる。闇は、ビームのように真っ直ぐ空へ放出された。緑竜の左胸を大きく抉り、空高く伸びていく。

「魔力による呪力の強化……ぶっつけ本番だったけど、神力で練習を積んだ甲斐があったね。成功だ」

緑竜の左胸が、胴体の三割ほどを巻き込んで削られていた。今のは呪力の性質変化。エネルギーを火の属性に変えてぶつけた。

色はなんとなく黒で。ほら、黒ってカッコいいじゃん?

しかし、強化された呪力は凄まじいな。コントロール重視でだいぶ威力を抑えたが、それでも火力だけなら魔力より圧倒的に上だ。その分、魔力と呪力をとんでもなく消費したが。

「討伐成功……っと」

前のめりに倒れる緑竜。力を失い、地面を粉砕して転がる。もう二度と起き上がることはない。

遅れて、削り取った胸元から大量の血液が流れる。

「ああもったいない……しょうがないとはいえ、竜の血も何かに使えそうなんだよねぇ。ファンタジーものの定番としては、やっぱり薬かな？」

それでも今回は倒すことを優先した。相手を散々挑発したが、呪力を使わなければそこそこ長期戦になっていただろうし。

ふぅ、と息を吐いて剣を鞘に収める。その直後、女神たちとタンポポが僕の周りを囲んだ。

「お疲れ様、ヒスイ」

「お疲れ〜、ヒーくん！」

「お疲れ様です、あなた様」

「ぴぴ！」

「お疲れ、みんな」

「ヒスイ、あなた最後の一撃、呪力を使ったわね」

労いの言葉も早々に、アルナが鋭い質問を投げてくる。

「正解。魔力で強化した呪力を使ったんだ。奥の手に相応しい威力だったね」

「確かに。緑竜の皮膚をあんな簡単に貫けるのは、今のヒスイなら呪力だけね。魔力じゃさすがに無理だと思うわ」

「くすくすくす。わたくしの力があなた様の役に立ったのなら、これ以上に喜ばしいことはありません」

パチパチパチ、とカルトが大袈裟に拍手する。

「ありがとう、カルト。君の力にはいつも助けてもらってる」

呪力は他の能力に比べて恐ろしく万能だ。戦闘どころか日常でも欠かせない。三つの能力の中で一番使用率が高いのは呪力なんじゃないかな？

「それは何よりです」

「ねーねー、ヒーくん。ドラゴンを回収して戻らなくていいの？　あの騎士たち、早く助けてあげないとたぶん死んじゃうよ？」

「ほんとに？」

「うん。私が見た感じ、結構深い傷を負ってる人もいたから」

「フーレが言うなら間違いないね」

僕は収納袋の中に緑竜の死骸を入れ、急いで来た道を戻る。

魔力をだいぶ消費したから、できるだけ温存したいが、そうも言ってられない。温存して彼らが一人でも死んだら、それは僕の責任ってことになる。たとえ赤の他人、無関係の人間だとしても。

緑竜を蹴飛ばして更地になった道を、全速力で駆け抜けた。

元の場所に戻ると、僕を出迎えたのは……、

「も……戻ってきたぞ！　お前ら、武器を構えろ！」

一斉に剣やら槍やら、物騒なものをこちらに向ける騎士たちだった。

せっかく緑竜を倒してきたのに、彼らの表情には余裕が無い。汗をかき、体を震わせながら僕と一定の距離を保つ。背後には、騎士数名に手を引かれている男性と少女が。なんだか、緑竜より怖がられてない？

「えっと……僕は不審者じゃないですよ？」

「嘘を吐け！　緑竜はどうした！　それに……子供とは思えない身体能力だったぞ。何者だ、貴様！」

「何者といわれてもね」

ひょっとしなくても、僕のことを疑ってる？

ドラゴンを蹴り飛ばし、追いかけていったと思ったらすぐに帰ってきた。外見は少年だが、見るからに怪しい、と。

この世界には魔法道具なんて便利な代物があるくらいだしね。変身系の道具があってもなんら不思議じゃない。それを使って不審者が近付いてきたとでも考えているのかな？

騎士たちの後ろに隠されている男性と少女は、明らかに服装から貴族だと判別できるし……。

「どうしよう……説明しても信じてもらえる気がしない」

僕だって彼らと同じ状況だったらとても信用できない。異世界だろうと地球だろうと、子供があ

んな化け物に立ち向かえるはずがない。

割と八方塞がりだった。できれば彼らが背負っている負傷者の治療をさせてほしいんだけど……怪しい男に治療させてくれるわけがない。

だが、このままでは街に着く前に死ぬ。主を守って死ぬのは騎士にとって名誉なことかもしれないが、僕からしたら馬鹿馬鹿しい。本当に誰かを想っているのなら、死ぬより生きろって話だ。

「ろ、ローズ⁉　どこへ……！」

「ん？」

騎士たちの背後から、渋い男性の声が聞こえてきた。次いで、騎士の間をすり抜けて少女が一人、僕のほうへ走ってくる。

僕も、周りを囲んでいる騎士たちも唖然とする。緊張感からか、即座に対応できなかった。気付いた時には、目の前に少女が立っていた。

「あの……緑竜を倒してくださったんですか？」

少女は僕の顔を見つめながら訊ねた。

年齢は同い歳くらいかな？　背丈は僕よりわずかに高い。それに、恐れを感じていない。クールなのか、もしくは単なる考えなしなのか。どちらにせよ、彼女から歩み寄ってくれたし、素直に答えよう。

「倒しましたよ。さっきのデカい奴なら」

「凄い……お、お名前を伺っても？」

「名前？　僕の名前はヒスイ。ヒスイ・ベルクーラ・クレマチスです」

うぅ……両親やグレンと同じクレマチス姓を名乗るのは、若干抵抗があるな。けど、彼ら以外にもアザレア姉さんたちと同じ家名だ。アザレア姉さんたちの家名が取れるまでは、僕もしっかり名乗り続けないと。

「クレマチス？　クレマチスと言えば、我がリコリス侯爵領のお隣にあるという、男爵領の？」

おっ、ラッキー。目の前の少女は僕の家名に心当たりがあるらしい。しかも、ちょうどこれから向かおうとしていたリコリス侯爵領の人間だ。身なりからして、リコリス侯爵令嬢だったりするのかな？　念のため、敬語を使っておいてよかった。

「はい。僕はクレマチス男爵家の三男です」

「まあまあまあ！　貴族の方でしたのね！　名乗るのが遅れました。わたくしの名前はローズ。ローズ・ミル・リコリスと申します」

「リコリス……」

やっぱり僕の予想通り、リコリス侯爵家の人間だった。ということは、あの騎士たちに囲まれてあわあわしている男性が、彼女の父親にしてリコリス侯爵本人か？　まさか、こんな所で遭遇するとは思ってもいなかったな。

「お父様――！　この方はお隣の領地の、クレマチス家の方ですよ――！」

お互いに自己紹介が終わると、ローズは振り返って背後の男性に大きな声を発する。手を振り呼びかける。

武器を構えていた騎士たちも毒気を抜かれてしまった。ゆっくりと武器を下ろし、僕の傍へやってくる。

「ええと……クレマチス男爵のご子息とのことだが」

「はい。お嬢様にはもう名乗りましたが、ヒスイ・ベルクーラ・クレマチスと申します」

「そ、そうか。どうか無礼を許していただきたい。緑竜から我々を救ってくれた恩人に武器を向けてしまった。私はリコリス侯爵家当主、クラウス・ミル・リコリスだ」

リコリス侯爵は丁寧な挨拶を返してくれた。本当に僕が隣のクレマチス領から来たかどうかも不明なのに。

言動からいい人なのが伝わってくる。

「気にしないでください。状況が状況でしたから。警戒するのは当然ですよ。僕も、自分の身分を証明する物を持ち合わせていませんし」

「それでも謝罪を受け入れてくれると助かる。ヒスイ殿は命の恩人だ」

「分かりました。ありがたく受け取ります……が、それより先にやるべきことが」

「やるべきこと?」

「リコリス卿(きょう)の護衛に被害が出ていますよね? 僕、神力が使えるので治療をお手伝いしますよ」

いまだに仲間を治療する素振りすら見せないということは、神力を扱える人がいないか、いても緑竜に襲われたかの二択。

二つの能力持ちだとバレるのは面倒だが、重傷者を放置もできない。苦渋の選択だ。

「なっ⁉ 君は魔力の使い手ではないのか? 先ほど、緑竜を凄い力で蹴り飛ばしていただろう」

「どちらも使えます。この通り」

右掌に神力を集める。小さな光が灯り、それを見たクラウス様と騎士たちが、目玉が飛び出るんじゃないかという勢いで、揃って驚愕した。

「えええええええ⁉」

「馬鹿な……二つの能力に適性を持つ者など……存在するというのか？」

怪我人のことも忘れて騒然となる。全員の視線が僕に集中すると、非常に気まずいんだが……。

「お父様！　早く治療していただかないと、騎士の方々が死んでしまいますよ！」

「ハッ⁉　そうだった。すまない、ヒスイ殿。治療をお願いしてもいいだろうか？」

「お任せください。致命傷でない限りは助けられます」

ローズのナイスアシストにより、話が進んだ。

僕はクラウス様に頼まれ、倒れた騎士たちの傍に寄る。

騎士たちは合計十人。内四人が緑竜に襲われて負傷していた。一度ぐるりと見回し全員の傷口を確認する。

「……なるほど」

「ヒスイ様、彼らを助けることはできそうですか？」

僕の背後にローズが立つ。格上の貴族令嬢に「様」を付けられて呼ばれるのはなんだかむず痒いな。まあ、お互いに貴族であることには変わりない。貴族に対する一種のマナーとか礼儀とかそういう話だ。深くはツッコまず、僕はこくりと頷いた。

「問題ありません。四人共、急所は外れています。僕の神力でも充分に治療可能かと」

「まあまあまあ！　さすがヒスイ様。緑竜を倒せるほどの魔力の使い手でありながら、高度な神力の治癒まで扱えるなんて！」

ローズが手を合わせる。妙に嬉しそうだが、そこまで大層な人間ではない。確かに二つの能力を持つという点では優秀かもしれないが、どれもまだまだ納得のいかない技量だ。発展途上にもほどがある。三人の女神たちからも、「慢心はしないように」と耳にタコができるくらい言われている。

内心で感謝をしつつ、僕は決して自惚れたりはしない。

服の袖を捲り、次々と横になった騎士の傷口を治していく。袖を捲った深い理由は無い。こうしたほうが気分的に集中しやすいと思っただけだ。

しばしの時間、沈黙が流れる。

僕が騎士たちを治療している間、なぜか誰も喋ろうとしない。じっと僕を観察するような視線を背中に感じた。だが、集中力が途切れることはなく——無事、四人の騎士の治療が終わる。

「終了……っと」

騎士たちの呼吸が安定した。それを見て盛大に一息吐く。疲労が一気に押し寄せてきた。

人前で能力を使うのは初めてだ。これまで、僕が能力を見せてきた相手は、魔物と女神を除けばアザレア姉さんとアルメリア姉さんの二人だけ。初めての行いに、無意識に緊張でもしていたのかな?

ひとまず立ち上がると、見守っていたローズが力強く拍手する。

「なんてスムーズな治療でしょう！　ヒスイ様の技量は、魔力だけでなく神力まで突出していますね！」

「あはは……それほどでもありませんよ」

騎士たちの傷は、どれも深くはなかった。あれなら僕でなくとも治せる。

唯一誇れるとしたら、二年半で増やした神力の量かな？　最終的に女神たちと同じだけの力を振るえると考えたら、量だけはすんごいと思う。まだ全然届いていないけど。

「ご謙遜を。ヒスイ様の才能は、王国一と言っても過言ではありません！」

「王国……一……」

なんだかベタ褒めされている。僕と彼女は初対面のはずだ。にも拘らず妙な好意を感じる。

緑竜から助けられ、僕を白馬の王子様か何かと誤解でもしているとか？　どう見たって白馬よりロバ顔だろ。馬になんか乗れないよ。八歳だぞ。

「落ち着きなさい、ローズ。ヒスイ殿が困っている」

「あっ……申し訳ございません、ヒスイ様」

父に諫められ、ローズはしゅんと肩を落とす。

「気にしないでください。褒められる分には嬉しいですから」

「改めて緑竜から救っていただいたこと、当家の騎士を治療していただいたこと、心から感謝申し上げる。ヒスイ殿がいなければ、今頃我々は竜の腹の中だったかもしれない」

わーお、とんでもないブラックジョーク？　だな。僕はなんて言い返したらいいのか分からず、苦笑しながらクラウス様の言葉が終わるのを待った。

「……とまあ、感謝はこれくらいにしておこうか。いつまでも話し続けていたら、他の魔物に襲われる」

いえ、充分長かったです……。

「ところでヒスイ殿、こんな所で一人、何をしていたんだ？」

「リコリス侯爵領にある街へ向かっていました」

「私の領の街に？」

「はい。こんなこと言うのは恥ずかしいのですが、我がクレマチス男爵領には冒険者ギルドがありません。魔物の素材を売りたくても売れず、リコリス侯爵領になら……と」

「ああ、魔物の素材を売りたいのか。それなら安心するといい。街にはちゃんと冒険者ギルドがあるよ」

「本当ですか⁉　よかった……」

万が一にもリコリス侯爵領に冒険者ギルドが無かったら、今度はアルメリア姉さんの婚約相手――になるかもしれないジェレメー子爵領に行かなくちゃいけないところだった。無駄足にならずに済んでホッとする。

「ちなみに、ヒスイ様はどのような素材をお売りになる予定なのでしょうか？」

クラウス様の隣に並んだローズが、興味津々に訊ねる。

バジリスクのこと、喋っても平気かな？　緑竜を倒してるし、それより弱いバジリスクくらいならいいいか。

「最初はバジリスクの素材を売る予定でした」

「ばっ……バジリスクぅ⁉」

ざわっ。クラウス様とローズはもちろん、周囲を警戒していた騎士たちの間にも強い動揺が生まれる。

はて？　緑竜より弱いのに驚くことか？

「バジリスクとは、あの石化の魔眼を持つという巨大な蛇の魔物のことかね？」

恐る恐るといった風にクラウス様が問う。その通りだと僕は即答した。

「クラウス様の仰るバジリスクで間違いないかと」

「……緑竜を倒したくらいだ、バジリスクを倒せてもなんら不思議ではないが……凄いな。君はまだ子供なのに」

「もしやヒスイ様は、外見がお若いだけ？」

「いいえ、ローズ様。僕は正真正銘の八歳ですよ」

「八……歳⁉」

またしてもクラウス様が唖然とする。目を限界まで見開き、口も閉じていない。貴族にあるまじき醜態だが……いいの？

「ローズと同い歳で、二つの能力をあれだけ使いこなし、あまつさえ緑竜を倒すなど……ヒスイ殿は、まるで女神様に愛された使徒のようだね」

「使徒？」

びくん、と肩が跳ねた。

「王国の人間なら誰もが知っている、戦の女神アルナ様と光の女神フーレ様に選ばれた存在ってことさ。例えば、神殿に所属する聖女様は生まれながらに神力が扱えた、と噂（うわさ）されている。まさに女神フーレ様の生まれ変わりの如く。ヒスイ殿も、そんな特別な人間に見える」

「ぴんぽーんぴんぽーん！　せいかーい！　この男の人、結構鋭いねぇ。聖女の件はまったく知らないけど、ヒーくんに関しては当たってる！」

頭上からフーレの高らかな声が届いた。

お願いだから静かにしてくれ、フーレ。僕は今、自分の激しい動揺を隠すので精一杯なんだ。

「ちなみにローズも、この歳で神力を覚醒させた逸材だよ。早くに能力が開花したからといって、他の人たちより優秀かどうかはまだ分からないけどね」

「お嬢様も神力を？」

これは驚いた。

先ほどクラウス様は、僕の年齢が娘と同じだと言っていた。つまりローズの年齢は八歳。普通、能力が覚醒するのは十歳を過ぎてから。アザレア姉さんでさえ能力が目覚めたのは十歳。それより二年も早いとは。

「ローズ、とお呼びください」

「え？」

僕の疑問にクラウス様が返事する前に、顔を近付けてきたローズが僕に告げる。笑っているはずなのに、なぜか圧を感じた。

「いや……さすがに侯爵令嬢を名前で呼ぶのはちょっと……」

「大丈夫です。さあ、ローズと」

「…………」

「さあ、さあ」

「……ローズ、様」

「むぅ。ダメですか」

「すみません……もう少し仲良くなれたら、ということで」

「仕方ありませんね。今はそれで我慢しましょう」

渋々ローズは僕の提案を受け入れてくれた。話を戻す。

「それで、ローズ様も神力を？」

「使えますよ。……といっても、あくまで神力を練り上げることができる、程度ですが。ヒスイ様のように自在に操ることはもちろん、治療術を施すこともできません」

「ローズが神力を覚醒させたのはつい最近なんだ。これから家庭教師をつけるつもりだよ」

「王都の学園を卒業された方だそうで、今から楽しみです！」

「へぇ」

それはまた凄い……のか？　イマイチ伝わってこない。僕は学園の生徒を知らないし、アザレア姉さん基準だと納得はできる。

少なくとも、人にものを教えるのは得意そうだ。

「そういえば、ヒスイ殿はずいぶん能力の扱いが上手だね。いったい何歳の頃に能力が開花したんだい？」

「ッ」

これはまた、鋭い、それでいて答えにくい質問が飛んできた。

僕は思わず言葉を詰まらせ、どう返事したものかと頭を悩ませる。

誤魔化すか否か熟考していたら、タイミングよく騎士がクラウス様に声をかけた。

「クラウス様、そろそろこの辺りから離れないと。魔物が寄ってきます」

「おっと、そうだったね。ヒスイ殿とのお喋りが楽しくてつい長居するところだった。あいにくと馬車は壊れてしまったが、もう街は目と鼻の先。ここから先は歩いて行こう。大丈夫かい、ローズ？」

「あまり自信はありません。ですが、ヒスイ様が一緒なら……きっと大丈夫だと思います」

「え？　僕ですか？」

いきなり話を振られてきょとんとする。

「だって、ヒスイ様もカンナへ行かれるのでしょう？　であればご一緒したほうが楽しいですわ」

笑顔で言われた。確かに、そのほうが賑やかではあるだろうけど……。

ちらりと空を見上げる。僕の視線の先には、ふわふわと自由な体勢で浮かぶ女神たちの姿があった。

僕は彼女たちがいるから別にローズたちについて行く必要はない。話し相手にも困ってない。だが、女神たちのことを話せない以上、適当な理由で彼らと別行動を取るのは不自然だ。冷たい印象を持たれるかも。

「それに、先ほどヒスイ様は身分を証明する物が無いと仰ってましたよね？」

「はい。着の身着のまま家を出てきましたから」

「でしたら尚更、一緒に行くことをおすすめします」

「というと？」

「これから向かうカンナは、父が管理する街なのです。通常掛かる通行税も免除できますよ」

「通行税の免除？　それは反感を買うのでは？」

他の人たちは身分証を持っていたり、しっかり税金を払っているのに、ぽっと出の僕が免除されるのは、支払っている人からしたら面白くないはずだ。僕だって気まずい。

「命の恩人からお金は取れません。ね、お父様」

「ああ、そうだね。緑竜から我々を守ってくれた上、騎士たちの傷まで治してくれたんだ、むしろ通行税の免除では足りないくらいだよ。感謝の証として、別途報酬は用意するつもりだ」

「それに、また緑竜のような魔物に襲われれば、わたくしたちは今度こそおしまいでしょう。護衛ということで……ダメでしょうか？」

うるうる、とローズが瞳を揺らす。

可愛くお願いされると弱いんだよねぇ、僕。それに、ローズの言葉は正しい。彼女たちと一緒に行動すれば、街へ入るのもスムーズだろうし、報酬までくれるんだから固辞する理由は無い。

少し悩んだ末に、僕は甘えることにした。

「では……もうちょっと、一緒にいましょうか」

「はい！」

明るくローズが答え、僕らは固まって街を目指すことにした。

道中、やたらローズが話しかけてきて、退屈とは無縁だった。

雑談を挟みながらしばらく森の中を歩いていると、ひらけた草原地帯に辿(たど)り着く。
一面緑色の絨毯は、地平線の彼方まで続いているのではないかと思ったが、その中に悠然と石造りの外壁がそびえ立つのが見えた。
「あそこが……クラウス様の治める街ですか」

ぽつりと小さく囁くと、クラウス様はどこか胸を張るように答えた。

「そうとも。我ながら栄えている。ヒスイ殿が気になるものもあるんじゃないかな？」

「それは楽しみですね」

まあ、僕は観光しに来たわけじゃない。大道芸をするピエロがいようと、巨大な石造が置いてあろうと、美味しい料理が売られていようと見向きもしない。できない。

さっさとバジリスクの素材を売ってアルメリア姉さんとコスモス姉さんをクレマチス男爵領から連れ出さないと。

……ああでも、アザレア姉さんが待つ王都へ行く前に、リコリス侯爵領で過ごすのも悪くないな。隣接するリコリス侯爵領とは違い、王都はここから馬鹿みたいに離れている。

どうせアザレア姉さんが就職するまではろくに会えないし、今すぐ王都へ向かうメリットは皆無だ。いきなり訊ねてアザレア姉さんを心配させるのは気が引けるし、少なくとも三年、カンナでのんびりしてみるか。

アルメリア姉さんとコスモス姉さんも、僕と同じで男爵領を出るのは初めて。きっと喜んでくれるだろう。

僕は前向きに結論を出し、どんどん先を行くクラウス様たちのあとを追いかけ、十メートルはありそうな大きな外壁の前まで辿り着いた。正面に門がある。

門の前には、商人やら冒険者らしき男女が数十名並んでいる。そんな彼らの横を通り抜け、クラウス様は真っ直ぐ門を守る兵士たちのもとへ。

「！　お帰りなさいませ、リコリス侯爵様。馬車はどちらに……？」

兵士の一人がクラウス様に気付き、即座に敬礼のポーズを取った。

「途中でドラゴンに襲われたんだ。緑竜にな」

「ど……ドラゴン⁉　本当ですか⁉」

「ああ。でも、そこにいるヒスイ殿に救われた。馬車は壊されてしまったが、なんとか歩いて戻ってきたんだ」

「はぁ……その、少年が？」

平然と説明したクラウス様に、兵士の男性は怪訝な目を向けてしまう。次いで、その視線が僕に移った。

信じていないっぽい。当然だ。実際にドラゴンを倒したところを見てもいないのに、僕に何かできるとは考えられないだろう。気持ちはよく分かる。

「彼を客人待遇で屋敷へ連れていく。通ってもいいかね？」

「か、畏まりました！　どうぞ、お通りください！」

疑いの気持ちは拭えないが、領主の歩みを妨げるほどの度胸はなかったようだ。

勢いよく頭を下げると、ばっと横にずれて道を開ける。僕らはクラウス様を先頭に、そのまま門をくぐって街中に入った。


石造りの門を越えると、僕の視界に多くの情報が飛び込んできた。

前を見ても右を見ても左を見ても、人人人！　住民が百人いるかどうかも不明なクレマチス男爵領の村とはまったく違う、圧倒されるほどの人がそこかしこを行き交っていた。

遠くからは、商人らしき男女の声が聞こえ、香ばしい肉の匂いが鼻をくすぐる。

「凄い……これが、街……」

「領地を出られたのは初めてですか、ヒスイ様?」

隣に並んだローズが、激しく瞬きを繰り返す僕を見てくすりと笑った。ちょっとだけ恥ずかしい。おのぼりさんだ。

「初めてですね。僕の住んでいるクレマチス男爵領には、これほど大きな街はありませんから」

超が何個も付くほどの田舎だ。畑と森しかない。終わってる。

「その分、クレマチス男爵領には豊富な資源がある。暮らしには困らないと思うよ」

言ったのは前を歩くクラウス様。納得でき――ない。だって、いくら資源があろうと、僕の父親はボンクラだから。その資源を活用しようとしない。危険だからと滅多に魔物は狩らないし、安全な村の中に閉じ籠って畑仕事ばかり。

広大な土地を持っていようと、手付かずの資源がいくら眠っていようと、それを採取できる者がクレマチス領にはいない。だから宝の持ち腐れだ。

「わたくし、一度クレマチス男爵領に行ってみたいです。ヒスイ様が生まれ育った場所を見てみたい……」

「来ても何も面白くないですよ? 自然しかありません」

内心で「何を馬鹿な。キャンプか? キャンプでもするのか⁉」と叫ぶ。

「ヒスイ様のお家があるじゃないですか。ご家族の方に挨拶しないと!」

「あ、挨拶……?」

なんのために挨拶をするつもりだろう。なんとなく嫌な予感がした。

「やめておきましょう。実は僕、家族とはあまり仲がよくなくて。ローズ様が不快な思いをするかと。ほら、三男ですし」

ウチの両親のことだ、侯爵家と繋がれるかも？　と考えたら何をしでかすか分からない。身内の恥は晒さないに限る。

「そうだったのか。すまない。娘が無遠慮に」

「いえ、それほど重い話でもありませんよ」

悪くなった空気をクラウス様が元に戻してくれた。察しのいい人である。

ローズも、僕の気持ちを慮る。話題を無理やり変えた。

「そうだ！　あれを見てください、ヒスイ様。あそこにあるお店、前に私が一人で行ったことがあるんです」

「お一人で？　危険では？」

この街は僕の知るクレマチス男爵領の村とは違って、何倍も人が住んでいる。ゴロツキのような者もいるだろうし、そこをローズ一人が歩いているなんて、カモがネギを背負っているようなものだ。

「そうそう。もっと言ってやってくれ、ヒスイ殿。私はダメだと言ったんだが、目を離した隙に屋敷を抜け出してね……」

「嫌な言い方はよしてください、お父様！　私はちゃんと護衛の騎士を連れて行きました！」

「許可が出てなきゃ護衛がいようと関係ない。お前はもう少し、貴族令嬢であることを自覚しなさい」

「うぅ……分かっています。ええ」

自分に責任があることを理解しているのか、クラウス様に叱られたローズは、がくっと肩をすくめて口をすぼめた。

クラウス様の心配は尤もだ。僕がクラウス様と同じ立場で、コスモス姉さんなんかがいなくなったら死に物狂いで探すし超心配する。現在進行形でコスモス姉さんに心配をかけているであろう僕が言ったところで、なんの説得力も無いが。

「次、家を出る時はヒスイ様も来ますか？　ヒスイ様がわたくしを護衛してくれるなら、お父様も納得してくれますわ」

「いやいやいや……子供が一人増えたくらいじゃ……」

「構わないとも」

「えぇ⁉」

あっさりクラウス様がＯＫを出した。僕はあんぐりと口を開けて驚く。

さっきまで凄い怒ってなかった？「二度と屋敷から出さない！」とか言い出しかねないくらいに。

「ドラゴンすら倒せる者が娘の傍にいてくれれば、これほど頼もしいこともないさ。そうだろう、君」

クラウス様が横に並ぶ騎士の一人に声をかけた。男性騎士は、僕の顔を見るなり頷く。

「まったくその通りですね。ヒスイ様の実力は、おそらく我々が全員で襲いかかっても太刀打ちできません」

「やっぱりヒスイ様は凄いわ！　わたくし、ヒスイ様に神力を教わりたいくらいです！」

ぱん、と手を叩いてローズが言った。よいしょされまくりだな。

「いけないよ」

やれやれとクラウス様が首を左右に振ってため息を零す。

「ローズの家庭教師はもう決まっている。今更それをキャンセルしたら、家庭教師に悪いだろう？　確かにヒスイくんが家庭教師をしてくれたほうがいいとは思うが……信用問題になりかねない」

「残念です……でも、たまに私の練習を見てくれたりしませんか？　アドバイスくらいで構いません。わたくしにできることならお礼もいたします！」

クラウス様にストップをかけられてもなお、ローズは真面目な顔で僕に詰め寄る。

なぜそこまで神力を学びたいのか、僕は若干気になった。

「構いませんが……ローズ様はどうしてそんなに神力を学びたいのですか？」

「わたくしが神力を使えるようになれば、お父様の役に立ちますもの」

「クラウス様の？」

「はい。ほんのお手伝い程度ですが、ゆくゆくは自分の力だけで傷付く人を救いたい。哀しむ人を無くしたいのです」

「ローズ……まだ八歳だというのに立派に育って……」

クラウス様が娘の成長に涙を流していた。周りを囲む騎士たちも感動する。

仲いいね。そしてローズは僕より遙かに立派だ。

僕は前世の記憶があるから大人びているが、彼女はそうじゃない。普通に生きて普通に他人を助けたいと願っている。

感心した。

前世で八歳の頃といえば、アホ面で野を駆け回っていた記憶しかない。これが貴族か。

「やっ、止めてくださいお父様！　ヒスイ様が見ています！　恥ずかしいです！」

泣き始めた父の姿を見て、ローズは顔を赤くしてクラウス様の背中を叩く。実に微笑ましい光景だ。

「恥ずかしくありませんよ、ローズ様。僕も侯爵様と同じく、ローズ様のお考えに感動しました。立派ですね」

「ヒスイ様まで⁉　〜〜〜〜！」

称賛されて嬉しいやら恥ずかしいやら。複雑な心境のローズは、赤面したまま俯いた。

彼女は悪くないのに、穴があったら入りたいってやつかな？

▼△▼

すっかり縮こまってしまったローズに謝罪の言葉を掛けていると、いつの間にかリコリス侯爵邸の前に到着する。

高位の貴族だけあって、僕が住むクレマチス男爵邸とは比べものにならないほどの広さだ。

実家もそこそこ大きいと思っていたが、このお屋敷は建物の横幅だけでも二倍以上はある。敷地もなんだこれ！　と驚くほど開放的だ。障害物もないし、サッカーくらいならできそう。

「ようこそ、ヒスイ殿。我が家へ」

玄関扉をくぐった瞬間、ホールに並ぶ使用人が一斉に頭を下げて出迎えた。僕の家に使用人なんていなかったのでびっくりする。

クラウス様と共に現れた僕を、メイドや執事たちがじっと物珍しそうに見つめていた。その視線に気付いたのか、クラウス様は咳払いを一回挟んでから言う。

「彼はヒスイ殿。我々を悪しき魔物から救ってくれた恩人だ。くれぐれも丁重にもてなしてくれ。分かったかな？」

「畏まりました！」

誰も異論を唱えない。軍隊のように統率された動きで再度頭を下げる。声もほとんど揃っていた。

「さあ、ヒスイ殿、ひとまず客間に行こう。そこで今回の報酬を渡したい」

「はい」

僕は大人しくクラウス様についていった。


クラウス様の案内で、一階の角にある客室へ足を踏み入れる。

僕の部屋は家の二階にある物置みたいな凄く狭い部屋だが、リコリス侯爵家は客間ですら恐ろしく広い。人を出迎えるのだから多少は見栄を張るだろうが、それにしたって僕の部屋の何倍もあった。

「座ってくれ、ヒスイ殿」

ソファに腰を下ろしたクラウス様に促される形で僕もソファに座る。ローズも僕の隣に座った。

「……あの、ローズ様？」

「はい？　どうかしましたか？」

「いや……クラウス様の隣じゃなくていいんですか？」

普通、家族は隣に並ぶものでは？　なんで僕の横に？

「お構いなく。たまには、ね？」

「な……なるほど？」

何がたまにはなんだろう。さっぱり分からなかったが、面倒なのでスルーした。

片やクラウス様は、娘が傍に来なかったもので、しょぼんと項垂れている。気まずっ。

「で、では！　先ほどの緑竜の件を話そう。まずは、ヒスイ殿にどんなお礼をするかだが……」

クラウス様が無理やり元気よく声を発した。わざとらしいが、もの凄く助かる。

「やはりここは、無難にお金がいいね。ヒスイ殿はお金を稼ぎに我が領へ来てくれたわけだし」

「ありがとうございます。今は少しでもお金が欲しいので」

「そういえばまだ、お金を貯める目的を聞いていなかったね。執事がお金を運んでくるまでの間に、差し障りがなければ教えてくれないかな？　なに、話したくないなら話さなくてもいい」

二人の視線が僕に集中する。

クラウス様はともかく、ローズは興味津々だな。まあ、すでに近い理由は話しているし、隠すようなことでもないか。むしろ、侯爵たちに話すことで同情を誘えるかもしれない。

そんな邪な考えが脳裏をよぎり、僕は口を開いた。

「理由は単純ですよ。屋敷へ向かう道中、僕は家族とあまり仲がよくない、という話をしましたね？」

「ああ。珍しいことにね」

「それに付随して、僕には血の繋がらない姉がいることも」

「聞いたよ。そのお姉さんたちはヒスイ殿と仲がいいんだろう？」

「ええ。三人共よくしてくれます。ただ……兄の二人とは険悪で。兄は姉さんたちのことも疎ましく思っています。いずれどこかの家に嫁がされるのは明白。だから、僕が二人をあの家から連れ出したいんです。もっと自由に生きてほしくて」

「連れ出す……そうか、それでお金が」

クラウス様は即座に僕の目的を理解した。ローズはまだ答えに至ってないのか首を傾げている。

「お察しの通り、僕はお金を稼いで実家に残してきた二人を養うつもりです。せっかくだし、この街で過ごそうかと」

「三人いるならあと一人は？」

「自立して今は王都の学園に通っています」

「ほう。ということは能力持ちか」

小さく首肯する。魔力が使えることまでは話す必要はない。

「なので、その姉と再会するまでは僕が二人を守らないと」

「素晴らしい。とても立派だ、ヒスイ殿。家族のために行動できる人間は強い。私はそれをよく知っている」

「あはは……個人的には、金策など行き当たりばったりなんですけどね」

「踏み出すことが大事なのさ」

クラウス様はこれでもかと褒めてくれる。背中が痒くなった。

「旦那様、ご命令の品をお持ちしました」

話の途中で部屋の扉がノックされる。

「ご苦労、入れ」

「失礼します」

扉を開けて老齢の執事が入室する。手元には重そうな袋が。おそらくあの中に硬貨が入っているのだろう。いったいどれくらい用意したんだ？

僕がそわそわしながらクラウス様の様子を見守っていると、クラウス様は執事からお金の入った袋を受け取り、それをテーブルの上に置いた。

「これがヒスイ殿に対するお礼の一つだ。お金だけで済ませられることだとは思っていない。他にもヒスイ殿には渡したいものがある」

「充分ですよ」

今、クラウス様が袋を置いた瞬間、重そうな音が鳴った。たぶん、大金だ。実際、クラウス様が袋の紐（ひも）を解くと、中から大量の金貨が姿を見せた。

袋の口から見えるのは全部金貨だ。前世でいう一万円札がこれでもかと突っ込まれている。平民なら何十年も暮らせる金額じゃないか⁉

「侯爵家当主として、命の恩人にお金だけ渡してはい終わりというのはどうもね……面子の問題もある」

「は、はぁ……」

貴族ってそういうものか。クレマチス男爵にはプライドも面子もないぞ。

「そこでだ。どうかな？　我がリコリス侯爵領の永住権というのは」

「永住権？」

あまり聞き慣れない単語に首を斜め右に傾ける。リコリス侯爵は頷いて続けた。

「うむ。要は、侯爵領に住む権利が与えられるというものだ」

「それがあると何かあるんでしょうか？」

イマイチ僕はぴんときてなかった。

「そうだね……まず、永住権を持っていないと、侯爵領で暮らすことは許されない。滞在期間を設け、その日数が経過した後、延長するか街から出ていくかを選ぶ。延長にはそこそこお金がかかる。更に、一軒家などの購入もできない。街の外で家を建てたりするのもダメだ」

「じゃあ、永住権があればそれらは許されると？」

「その通り。まあ危険な街の外で家を建てる者はいないだろうが。一番大事なのは就職だ。永住権を持っていないと長期の仕事に就くことができない。住まいも宿だけに限られる」

「なるほど……本当に客人という扱いなんですね」

「けど、観光する分にはそれで問題ない。永住権があると税金を納める義務が発生するからね。代わりに、この街が、私が、兵士たちが住民を守る。暮らしと命を」

「永住権についてはよく分かりました。でも、僕はいずれ王都に行きます。永住権が必要になるとは思えませんが……」

「数年はここで暮らしてもいいんだろう？　ローズも君のことを気に入ってる。私もヒスイ殿がこの街にいてくれると嬉しい。それに、永住権は持ってるだけで意味がある。身分を証明してくれるし、住まいも持てる。もちろん費用などは自腹になるが、君くらい強ければ外で好き勝手生活もできるんじゃないかな？」

「外で……好き勝手に生活……」

それはあれか？　僕がこの世界に転生する前、前世の頃から憧れていたスローライフに着手できるってことか？

「侯爵領は広いからね。大自然が遙か彼方まで続いている。私も全容を把握できないくらいに広大だ。街だってその小さな一部に過ぎない。やる気さえあれば、永住権を持つ者は外に村を作ってもいい」

「え？　そこまでしていいんですか？」

さすがにびっくりした。村を一から作っていいなんて、僕のような異邦人に簡単に許可して大丈夫なのか？　好き勝手に暴れる可能性だってあるのに。

「盗賊まがいの真似をされるのは困るが、領地を開拓してくれる分には助かるんだ。領主の私が言うのも恥ずかしい話だけど、開拓には人手も金もいる。それを他の者が代わってくれるなら、こちらに損は無い。新たな村が作られれば、税金も増えて領民も豊かになる。みんなにとっていいことばかりだ。無論、成功すれば、の話にはなるが」

言われてみれば確かに。住民が開拓をすれば、手間も金も省ける。嫌な言い方になるが、たとえ失敗しても領主は何も悪くないし失うものが無い。逆に、開拓が成功すればそれだけ懐が潤う。管理する責任は増えるが、小さな村程度なら大した手間でもないだろう。

「そんなわけで、ぜひ永住権を受け取ってくれ。別にヒスイ殿に開拓を強制しようだなんて考えていない。永住権を持っているから必ずしも私の指示に従えというわけでもないしね。ただ、君の助けになればいいいんだ。その永住権が、いつかきっと役に立つ時がくる。役に立たなくても、持っておけばお得さ」

「クラウス様……ありがとうございます。ご厚意、ありがたく頂戴いたします」

僕は素直に頭を下げた。

クラウス様の言う通り、永住権はいつか僕の役に立つ。アザレア姉さんと王都で再会したあと、機を見てのんびりセカンドライフに着手するのも悪くない。

「なら、数日待っていてくれ。君の永住権を発行する。それまでは……うん、我が家に泊まっていきなさい」

「クラウス様のお屋敷に⁉」

「まあああああ！　お父様、名案ですわ！」

クラウス様の提案にぱちぱちと拍手しローズが喜んだ。だが、僕だけは目を見開いて汗を滲ませる。

そりゃあこの屋敷に泊まれれば諸々の出費を抑えられるし、生活にも困らない。屋敷は街の中心にあるから、冒険者ギルドへ行くのも楽だ。

しかし、ついさっき初めて顔を合わせたばかりの僕を信用しすぎじゃないか？　僕も知り合いの少ない屋敷で生活するのは、若干落ち着かない。

「泊まっていってください、ヒスイ様。食事もお風呂もベッドも全てご用意しますので」

「いや……さすがに、そこまでお世話になるわけには……」

「構わないとも。何度も言うが、君は我々の命の恩人だ。遠慮はいらない。いっそ、君が連れてきたい姉君たちもここへ越してきたらどうかね？　部屋はたくさん余っているよ」

「なぁ⁉」

まさかの僕だけじゃなく、アルメリア姉さんやコスモス姉さんの分まで部屋を用意してくれるのか⁉

至れり尽くせりだ。そこまでして僕に恩を返したいのか、はたまた僕という存在を身近に置いておきたいのか。どちらにせよ、僕にとっては悪い話じゃない。

初めから彼らを利用しようという気持ちが無かったわけでもないし……利用するというより、向こうから利用してくれって感じだ。これなら、そんなに心は痛まない。アルメリア姉さんたちをさっさとあの家から連れ出したいし、ぐぬぬぬぬ。

クラウス様の提案に、僕は悩みに悩んだ。二人は静かに僕の様子を見守り、返事を待つ。

時間にしておよそ五分。できるだけ早く考え抜いた結果――、

「……すみません、クラウス様。お言葉に甘えてもいいですか？」

僕は誘惑に負けた。

三章　みんなで家出

「ここが、今日からヒスイ様のお部屋です。何かご入用の物がございましたら、気軽にお呼びください」

そう言って扉の前で一礼し、二十代くらいの若いメイドさんが廊下の奥へ消えていった。その背中を見送ったあと、僕は正面のドアノブを捻る。扉を開けて部屋の中に入った。

「うわぁ……広い」

部屋に入ってまず最初の感想はそれに尽きる。クレマチス男爵邸にある僕の部屋が、手洗い場に思えるほど広い。少なくとも三倍くらいはありそうだ。おまけに家具も完備している。ベッドは一人じゃ大きすぎて持て余すな。厚さもあって……うん、フカフカだ。

ベッドの上に腰を下ろすと、面白いくらいお尻が沈んだ。この時代にこの技術力。確実に目玉が飛び出るくらい高いんだろうなぁ。それを客に出す余裕があるとは……さすが広大な領地を持つ上級貴族、財力が半端ではない。

僕の頭の上から下りたタンポポも、

「ぴ～」

と鳴き声を上げ、ごろごろくつろいでいる。

「よかったねー、ヒーくん。すっごい豪華なお部屋貰えて」

僕とタンポポがベッドに転がって体を休めていると、天井を透過して三人の女性が現れた。その内、真ん中でニコニコ笑っているフーレが、自分のことのように喜んでくれる。

「フーレ、この部屋は別に貰ったわけじゃないんだよ。一時的に借りてるだけ」

「そうなの？　ヒーくんの邪魔にならないよう少し離れたところにいたから、全然わかんないや！」

「配慮してくれてありがとう。アルナとカルトもね」

「お礼を言われることでもないわ。でも、ずいぶん調子がいいじゃない。貴族を助けてお金まで貰えたんだから」

「くすくすくす。ドラゴンが出た時はどうなるのかと心配していましたが、とんとん拍子で進みましたね。中身はどれくらい入っているんですか？」

「えっと……」

カルトに促され、僕は受け取った袋の紐を解く。口を大きく開け、中を覗き込んだ。三人の女神たちも同じように顔を近付ける。

「わ〜！　ぴかぴかだ〜」

「結構あるんじゃない？　バジリスクを売るより儲かってそうね」

「くすくすくす。ひょっとするとこれなら……ねぇ？　あなた様」

カルトが血のように赤い瞳を僕に向ける。言葉にはしないが、その視線だけで何を言いたいのか察した。僕も薄っすらと考えてはいたしね。

「うん。偶然とはいえまとまったお金が手元にある。まだバジリスクと緑竜の素材が残ってる。クラウス様からは領地内で好きに生活してもいい永住権が貰える。つまり――アルメリア姉さんたちをここへ連れてこられるってわけだ」

まだリコリス侯爵領にやってきて一日も経っていない。ドラゴンと戦った時はめんどくさい相手だなと思ったが、ここまでの幸運を手にできるとは。あのドラゴンに心底感謝したい。

「部屋も侯爵様が用意してくれるらしい。アルメリア姉さんは二、三週間後には婚約するかもしれないし、急いで家に戻ろう。二人を連れ出さないと」

僕はもう覚悟を決めている。この部屋に立ち入る前、クラウス様から姉さんたちを泊めてもいいよ、って聞いた時から。

「――ヒスイ様？　お部屋のほうはどうでしょうか？」

ぐっと拳を握りしめた瞬間、部屋の扉がこんこん、とノックされた。廊下からローズの声が聞こえてくる。

「ローズ様。とても素晴らしい部屋をありがとうございます」

ベッドから降りて扉の前に行くと、ドアノブを捻って扉を引く。すると、服を着替えたのか、先ほどとは異なる衣装を身に着けたローズが廊下に立っていた。

寝間着に近い、しかし外でも恥ずかしくない青いワンピースだ。白いラインが左右に入っており、涼しげで清楚な感じがする。

「いえいえ。部屋を用意したのも、貸し出すと言ったのもお父様ですから」

「反対しなかっただけでも感謝していますよ」

「恩人の滞在を許さないほど、わたくしは器の小さい人間ではありません。それより、ヒスイ様の着替えをあとでメイドに持ってこさせますね」

「服くらい自分で用意しますよ」

「遠慮しないでください。屋敷にいる間はめいっぱい尽くしますから！」

「あはは……助かります」

過剰なもてなしは余計居心地が悪くなるんだが……まあ、断るのも悪いか。それに、僕には先にやるべきことがある。そちらを優先しないと。

「それはそうと、ローズ様のほうからクラウス様にお伝えしていただけますか？　これから僕は、クレマチス男爵領に戻ります」

「え⁉　帰ってしまうのですか⁉」

がびーん、とローズが激しいショックを受け、よろよろと数歩後ろへ下がる。僕は慌てて首を横に振った。

「ち、違います違います！　さっき話に出た姉さんたちを連れてきたいんです。早く行かないと次女が自分の倍以上歳を取った貴族と婚約してしまうので」

「お姉さんが？」

「はい。家の方針で、子爵家と縁を深めたいらしく」

「貴族間ではよくある話ですが……分かりました。お父様にはわたくしのほうから伝えておきます。くれぐれも気を付けてくださいね？」

「ありがとうございます！　行ってきます、ローズ様！」

「いってらっしゃいませ」

部屋を出て僕は玄関のほうへと歩き出した。背後ではローズが、手を振ってくれている。僕も手を振り返しながら、屋敷の外へ向かった。

正門の前に並ぶ二人の騎士に挨拶をし、僕は元気よく屋敷から飛び出した。

目指すのは街の南門。そこから東へ下っていくと、僕の実家クレマチス男爵領がある。

時刻は夕方ギリギリ。今ならまだ南門が閉じる前だ。

一度外へ行くと、夕方以降は門が閉まる。完全に門が閉まると、何人たりとも街への出入りができない。戻ることは不可能だが、どうせ二人を連れて往復すれば一日以上はかかる。せめてリコリス侯爵領からクレマチス男爵領を通る馬車の便でもあればよかったんだが、面白いことにクレマチス男爵領を通る便は一つも無い。ジェレメー子爵が商人を月一で送るくらいの来訪頻度だ。終わってる。

なので、僕は結局徒歩で実家まで帰るのが一番早いという結論に至った。問題があるとすれば、アルメリア姉さんとコスモス姉さんをどうやって連れてくるか。魔力が使えない二人に、リコリス侯爵領までの道のりはそれなりに険しい。

楽な方法を選ぶとするなら、僕が人力車的なもので運べばいいか。魔力があればそれくらい屁でもない。

我ながらなんて脳筋な発想だろうと呆れつつ、「外に出るつもりか？　危ないぞ」と忠告する兵士の言葉を受け流して街の外へ。遠くでは徐々に空が暗くなってきていた。

「ヒーくん、どうするの？　このまま真っ直ぐクレマチス男爵領を目指す感じぃ？」

「そうだよ。夜の内に男爵領まで直行だ！　今度はあんまり休みなく移動したいね」

行きは全速力で屋敷まで向かう。反対に、帰りはアルメリア姉さんたちがいるからのんびり戻る予定だ。

人力車で二人を連れていくとなると、森の中は少々足下が不安定すぎる。速度を出しすぎると、二人が荷台から落ちてしまうかもしれない。

「それなら、いい魔力の訓練になるわ。私が見ててあげる。効率よく魔力を足に回しなさい。それ以外の部分は最低限の強化でね」

フーレとは正反対の左斜め上で浮かんでいるアルナが、こんな状況でも僕に訓練を課してくる。

だが、そこへカルトの「待った」がかかった。

「お待ちください、アルナ。今は夜、つまりわたくしの時間ですよ？　呪力の練習をするほうがいいと思います」

「何を言ってるの、カルト。ヒスイは森の中を全速力で駆け抜けているのよ？　そんな状態で能力を二つも同時に使用しながら進むなんて非効率的だわ。魔力はどの道使わないといけないのだから、魔力の鍛錬に当てるべきよ」

「それはアルナの個人的な意見でしょう？　ヒスイは能力の同時発動ができます。走りながらでも充分に可能だということは、あなたもよく分かっているはず。調子に乗りすぎです」

「言うじゃない」

「わたくしも、たまには口を出しますからね」

　僕の背後にいるカルトと、左にいるアルナとの間でバチバチ火花が飛び散っていた。

　僕としては、アルナの意見もカルトの意見も尊重すべきだと思う。その上で、これまでのルールに則ってカルトを支持する。

「ごめんね、アルナ。今回はカルトが正しいよ。僕は全力で走りながらでも呪力を練り上げられる。むしろ練習の難易度が上がっていいんじゃないかな？　朝はアルナ。昼はフーレ。夜はカルト。このルールはしっかり守らないと」

「むぐっ……分かったわ。好きに訓練しなさい。魔力の制御も頑張ってね」

「うん。ありがとう、アルナ」

　彼女は三人の女神の中で一番大人だ。聞き分けがいい。例えばフーレだったら確実に駄々を捏ねていた。そこが彼女の可愛いところでもあるんだが、今その聞き分けのよさがありがたい。少しだけ拗ねちゃったけど、あとで機嫌を取れば大丈夫だよね？

　ぷいっとそっぽを向いたアルナを見て、僕は苦笑する。そして、言われた通りに魔力を制御したまま呪力の訓練にも入る。

　世界広しといえども、走りながら魔力と呪力の鍛錬を行う人間なんて僕くらいだろう。他の人がこの光景を見たらどんな反応するのかな？　きっとドン引きすること間違いなしだ。

「くすくすくす。わたくしはとても気分がいい。肩を持ってくれて感謝します、あなた様」

　カルトが背後から僕に近付き、ぴたりと肩に手を振れる。同時に、彼女の豊かな二つの膨らみが僕の背中にこれでもかと押しつけられた。

「カルト!?　走ってる最中に抱き着くのはどうかと思うよ!?」

「ご安心を。体を預けているわけではありません。重さなど感じないでしょう?」

「そういう問題じゃなくてね……」

確かにカルトの重さは感じない。けれど、背中に当たる胸の感触が凄まじい情報量となって僕の脳を刺激する。

右手に纏(まと)っていた呪力が揺らぎ、制御が甘くなる。重くなくても複雑な気持ちになるのだ。

「あー! カルトちゃんがヒーくんにセクハラしてるー! ズルいズルい!」

カルトの行動にフーレが目くじらを立てる。

びしりと人差し指をカルトの顔に向け、声高らかに叫んだ。しかし、非難されているカルトは、顔をフーレとは反対のほうへ回して彼女の言葉をスルーした。

「ガーン!? カルトちゃんがお姉ちゃんを無視した……さっさと離れなさい!」

仲良し? のカルトに邪険にされ、フーレは涙目になるが即座に持ち直した。

さすが光の女神。メンタルの回復も早い。で、回復した勢いに任せてカルトの肩を摑(つか)むと、力を込めて引き剝しにかかった。でも、カルトも対抗してなかなか離れない。

「放してください! わたくしとヒスイの逢瀬(おうせ)を邪魔しないで!」

「なーにが逢瀬よ! ヒーくんとイチャイチャしていいのはお姉ちゃんだけだって決まってるの!」

「フーレは普段から過剰にスキンシップをしているではありませんか! たまにはわたくしに……」

「その辺にしておきなさい」

シンッ、と空気が張り詰める。アルナの声で二人は動きを止めた。

「ヒスイを困らせちゃダメ。今は忙しいのよ？　ただでさえ、呪力と魔力を同時に使っているんだから。ね？　分かるわよね？」

「……はーい」

「分かりました」

残念そうにフーレとカルトがため息を零す。次いで、ぱっと僕の体から手を放した。元の距離感を保つ。

「助かったよ、アルナ」

「気にしないで。あの子たちはヒスイのこととなると暴走しちゃう。まったく……そういうのはせめて、街に戻ってからにしてほしいわ」

「あはは……」

それって街に戻ったら存分にイチャイチャしていいってことなのかな？　せめて、人目もあるから宿までは我慢してほしいんだけど……。

まさかね。それくらいアルナたちは配慮してくれるよね？　という一抹の不安を抱えながら、僕は更に森の中を走っていく。夜の森は、なんとまあ走りにくいものか。

リコリス侯爵領からクレマチス男爵領までの長い道のりを踏破し、僕はとうとうクレマチス男爵

邸の前に辿り着いた。

「ふぅ……昨日より飛ばしたから少しだけ疲れたよ」

「お疲れ様。早くあの子たちを迎えに行ってあげなさい」

「うん」

アルナに背中を押される形で、僕はグレンたちの気配を探りながら玄関扉をくぐる。幸い、ロビーには誰もいなかった。

「タンポポ、君も何か気付いたら教えてね？」

「ぴっ！」

了解、と言わんばかりにタンポポが僕の頭の上で可愛らしい鳴き声を発する。探知能力だけならたぶん僕より上だ。頼りにしている。

こそこそと、まるで泥棒になった気分でまずはアルメリア姉さんを探す。

病弱だった頃は常に二階の自室で横になっていたから探すのに時間はかからなかったが、病も治ってどこにいるのか予想ができない。

ひとまず、階段を上がってアルメリア姉さんの部屋に行く。すると、部屋の中からアルメリア姉さんの声が聞こえてきた。

「ヒスイ……あの子はいったいどこへ行ったのでしょう……。昨日から姿を見ていません。こんなこと、今まで一度もなかったのに……」

何も言わずにリコリス侯爵領へ向かったのだ、そりゃあ心配の一つくらいはかけるよね。心配するのはコスモス姉さんくらいかと思っていたが、どうやら僕は何も分かっていなかったらしい。

胸が締めつけられる。痛みを早く解消したくて、僕はアルメリア姉さんの部屋の扉をノックした。

「？　はい、誰ですか？」

「僕だよ、アルメリア姉さん。ヒスイだよ」

「ヒスイ⁉　あなた、どこに行っていたんですか！　一日家を空けるなんて……！」

「とりあえず入るね」

滅茶苦茶怒ってる。温厚なアルメリア姉さんが怒ることなんてそうそうない。というか、あまりの珍しさに恐怖を感じた。だが、逃げるという選択肢はない。ドアノブを捻り入室する。

「お邪魔します。心配かけてごめんね、アルメリア姉さん」

扉を開けると、ベッドに腰を下ろしていたアルメリア姉さんの姿が見えた。

布団の上には一冊の本が置いてある。僕が来るまでずっと本を読んでいたんだろう。彼女らしいな。病を患っていても、治ってもやることは変わらない。

「ヒスイ！」

「おっと！」

僕が部屋に足を踏み入れると、アルメリア姉さんは弾かれたようにベッドから立ち上がって僕のほうへ突っ込んできた。彼女の体当たりを受け止めると、両腕を背中に回し抱きしめられる。

「よかった……私、てっきりヒスイの身に何か起きたのかと……」

アルメリア姉さんは泣いていた。これもまた予想外の反応だ。もっと普通に怒られるものだとばかり。

泣かれると……どう反応していいか分からない。

「本当にごめん、アルメリア姉さん。ちょっと遠出してきたんだ」

「遠出？　どこに？」

「隣のリコリス侯爵領だよ。そこでいろいろあってね」

「リコリス侯爵領⁉　何をしに……」

アルメリア姉さんが驚くのも無理はない。僕がいなくなったのはほとんど夕方から夜にかけて。八歳の子供がそんな時間に魔物の生息する森の中を抜けていくとは思うまい。ましてや、侯爵領に行ってからまた帰ってきたというのだ、驚きは更に膨れ上がる。

「前に倒した魔物を侯爵領で売ろうとしたんだ。ほら、クレマチス男爵領には冒険者ギルドが……魔物の素材を買い取ってくれる場所が無いでしょ？」

「それだけのために、危険な真似をしたの⁉」

「危険じゃないよ。アルメリア姉さんには教えたじゃん。僕は魔力が使える。だから、その辺にいる魔物に負けたりしないよ」

「たとえ魔力が使えたとしても、ヒスイは子供ですよ！　無茶しすぎです！」

めっ！　とアルメリア姉さんにガチで叱られた。優しい彼女に怒られるのはメンタルがゴリゴリ削られるなぁ。

「ドラゴンを倒せるとしても？」

「……ドラゴン？」

何を言っているのでしょう、と言わんばかりにアルメリア姉さんが首を傾げる。

「だからドラゴン。僕、緑竜くらいなら一人で倒せるから」

「ど、どらぁっ⁉」

お、アルメリア姉さんが珍しい反応を見せた。清楚な彼女が普段の様子を崩すとちょっと面白いね。

でも、あまり笑いすぎるとまた説教されそう。話を進める。

「うん。僕、偶然ドラゴンに襲われているリコリス侯爵を見つけてね。護衛の人たちが負傷していたから手を貸したんだ。それで、ドラゴンを倒して護衛の騎士たちを治療して……そのまま侯爵たちと街へ。すっかり仲良くなったよ」

「待って。待ってください、ヒスイ。話が飛躍しすぎて私が理解できる範疇を超えています。本当のことなんですか？」

「僕はアルメリア姉さんに嘘は吐かない。そうでしょ？」

「……その通り、ですね。ヒスイがくだらない嘘を吐いて煙に巻くとは思えない。全て、本当のことなんでしょう」

アルメリア姉さんは迷う素振りすら見せず、にこりと笑顔を作った。右手を僕の頭の上に伸ばし、優しく撫でる。

「何も言わずに家を出て遠くへ行ったのは許せませんが、誰かを助ける行いは立派です。さすがヒスイですね。姉として鼻が高いです」

「本当にたまたまだけどね」

僕は運がよかった。もし少しでも家を出るのが遅れていたら、クラウス様やドラゴンと出会わなかった。この屋敷へ戻ってくるタイミングもずっと遅れていただろう。更に、クラウス様も助けられなかった。

運がいい。僕もクラウス様たちも。

「それより、アルメリア姉さんに大事な話がある。聞いてくれる？」

「話？　はい、ヒスイの話を無視する理由がありません」

「なら、単刀直入に言うよ？　アルメリア姉さん……僕と一緒にこの屋敷を出よう」

「え？」

予想していなかった言葉が出てきたのか、アルメリア姉さんがフリーズする。僕の頭を撫でていた手も止まり、目を大きく見開いていた。

「難しい話じゃないんだ。アルメリア姉さんの婚約なんて僕は認めない。だから、アルメリア姉さんを外へ連れ出してもいいように、リコリス侯爵領へお金を稼ぎに行ったんだ」

「私のために……？」

「もちろんコスモス姉さんも連れていくよ。お金もクラウス様を助けたことで大金を得た。それと、バジリスクや緑竜の素材が余っているからね。売ればもっとお金を稼げる。今後は、冒険者になろうとも考えているしね」

「コスモスも？　大金？　バジリスクに……緑竜？　冒険者？　ちょ、ちょっと待ってヒスイ！　私に考える時間をください！」

ばっと僕の頭の上から手を離し、アルメリア姉さんがぶんぶんと左右に手を振る。

いくらなんでも一度に情報を与えすぎたっぽい。彼女の容量を軽くオーバーした。頭の上から湯気が出そうになっている。

「ごめんごめん。考える時間くらい取れるよ。僕はいつでも二人を連れて行けるからね。じゃあ、先にコスモス姉さんを探してくるよ。僕が戻ってくるまでの間に、答えを出してくれると嬉しいな」

「ええ。でも、最後に言わせてください」

「ん？」

「私は最初からヒスイのことを信用しています。ヒスイについて行くことに対して不安はありません。だから、絶対に私を連れ出してくださいね？」

「アルメリア姉さん……うん！　任せて」

元気よく答え、僕はアルメリア姉さんの部屋を出た。

静かな廊下を歩きながら、胸に込み上げてくる感情に困惑する。

なんだろう、この……喜び。心臓が痛いくらい鼓動を速く刻んでいる。

アルメリア姉さんが僕に全幅の信頼を寄せていることが、痺れるほどに嬉しかった。何より、僕の考えは間違っていなかった。二人を幸せにする。今は、それが最優先だ。

ぐっと拳を作り、今度はコスモス姉さんを探す。

姉さんたちが引っ越しの準備を終える頃には、明け方になっていた。
「二人共……持っていきたい荷物はこれで全部？」
屋敷の裏手、人目を避けるように外へ出た僕とアルメリア姉さんとコスモス姉さんは、移動前の最終確認を行っていた。といっても、やることは二人の荷物を僕の持っている収納袋に入れるだけだが。

「私は大丈夫です。ヒスイのおかげで大量の本が持ち出せましたから」

「父さんに悪いことをしちゃうね」

少し前、コスモス姉さんを見つけた僕は、グレンたちを警戒しながらアルメリア姉さんにした話を伝えた。すると、コスモス姉さんもびっくりしてはいたが、僕と一緒に家を出るという判断を迷いなく支持してくれたのだ。

そうしてアルメリア姉さんの部屋に戻り、各自荷物をまとめるように言ったのだが……その過程で、父の書斎に置いてあった本を半分ほど頂戴した。

だってアルメリア姉さんが本好きなんだもん。どうせあの人たちは読まないし、読んでくれる人の手に渡ったほうが本も嬉しいよね？

「いいのいいの。どうせアルメリア姉様とヒスイ以外は誰も読んでいなかったんだし」

コスモス姉さんが僕と同じ意見を述べる。みんなそう思うよね。僕もアルメリア姉さんも苦笑する。

「そんなことよりヒスイ、いつの間に魔法道具なんて手に入れたの？　それ、収納用のやつよね？」

「そうだよ。入手経路は……あれだよ、リコリス侯爵から貰ったんだ。報酬として」

「なるほどね。さすが侯爵。人にあげられるほど魔法道具が余ってるなんて凄いわ。しかも、これからその侯爵の屋敷へ行くのよね？」

「うん。クラウス様から許可は貰ってるし、道中は僕が二人を守る。安心してね」

「ぴっ！　ぴぴっ！」

僕も守るよ！　とでも言いたげな表情と声で、コスモス姉さんに捕まったタンポポが右手？　右羽根？　を上げる。直後、コスモス姉さんが声を抑えながらも叫ぶように言った。

「きゃあああ！　この子可愛い！　なんだかやる気を感じるわ！」

「ぴぃ……！」

コスモス姉さんに抱きしめられてタンポポが苦しそうだ。それでも死ぬほどってわけじゃない。多少圧迫感があって、タンポポがそれに慣れていないだけ。

すまん、タンポポ。もう少しだけ我慢してくれ……。

僕は内心でタンポポに謝罪をし、目を逸らした。

なんでも、コスモス姉さんは小動物が好きらしい。アザレア姉さんもそうだったが、女の子はみんな可愛い動物が好きだよね。かくいう僕も、男だけど好きだ。嫌いな人のほうが少ない。

「タンポポをあんまり虐めないでね、コスモス姉さん」

「分かってるわ。ヒスイの家族ってことは私の家族でもあるんだから」

「よし。じゃあ荷物もまとまったし、グレンたちに見つかる前に行こうか」

呪力で作り出した荷台の先、取っ手の部分を掴む。荷台の下には簡素で大きな車輪が付いている。

前世で人力車と呼ばれるものだ。これを使い、アルメリア姉さんとコスモス姉さんをリコリス侯爵領まで運ぶ。

「ヒスイ、これは？」

初めて見る人力車に、アルメリア姉さんが興味深そうな視線を向けていた。

「人力車。二人が荷台に乗って、僕がこの荷台を引くんだ。歩くより遙かに早く、楽に移動できるよ」

馬車の馬無し版だ。というか、僕が馬だ。

フーレの力を借りれば馬を生み出すこともできるが、余計な詮索はされたくないし、フーレに力を借りるのもダメだ。できることがあるなら、ちゃんと自分の力で頑張らないと。

「じ……人力車？　ヒスイを馬のように扱うなんて嫌ですよ！」

予想通りアルメリア姉さんが忌避感を示す。コスモス姉さんもすんごい微妙な表情を浮かべていた。

「平気だよ。僕は魔力が使えるし、これもいい訓練になる。第一、二人は森の中でまともに動けないでしょ？　僕は森の中も慣れてるから任せて」

「ヒスイ……」

渋々、僕の言う通り二人は荷台に乗ってくれた。これ以上文句を言っても僕に迷惑をかけるだけだと判断したらしい。

「はーい、落ちないようにしっかり摑まっててね～」

二人が落ちるような速度で荷台を動かせば、ほぼ確実に事故るからゆっくり行くけどね。

人力車ごと魔力で覆い、僕は移動を始めた。その瞬間、後ろから、

「ヒスイ⁉　お前どこに行ってたんだ！　アルメリアとコスモスも何してやがる！」

聞き慣れたグレンの声が聞こえてきた。

「あー……やだやだ」

見つかりたくなかったのに、タイミング悪く見つかってしまった。

しかし、もう後戻りはできない。あいつに止められるとも思えない。度胸があるなら森の中まで追ってくるといい。そう内心で吐き捨て、僕はグレンの制止を無視して走り出した。軽快に荷台が

動く。

「ヒスイ、いいの？　グレン、結構怒ってるけど……」

背後でコスモス姉さんが心配そうな声を漏らす。僕は笑って答えた。

「いいのいいの。どうせもうここに戻ってくるつもりもないしね」

「……そっか。それもそうね」

コスモス姉さんが納得する。アルメリア姉さんも気にしていないのか、何も言わずに本を開く。

少しするとグレンの声も姿も消えた。やっぱり僕たちを森の中まで追いかけてくる度胸はなかったようだ。

静寂が周りを支配する。ゆったりとした時間の中、僕はコスモス姉さんに話しかける。アルメリア姉さんの邪魔をしない程度に。

▼△▼

アルメリア姉さん、コスモス姉さんを連れてクレマチス男爵領を出る。

いくら僕が魔力を使って荷台を引いても、二人に配慮した上で森の中だ。そこそこ時間がかかった。

結局、リコリス侯爵領のカンナに到着するのに、朝から出て二日も経過した。でも、その甲斐(かい)あって無事に南門の前まで辿り着く。

「わぁ！　見て見て、アルメリア姉様！　大きい門があるわ！　壁もすごーい！」

荷台から体を乗り出し、コスモス姉さんが瞳を輝かせながら叫ぶ。隣に並んだアルメリア姉さんが、

本を置いて反応を返す。

「本当ですね！　クレマチス男爵領が田舎であることは知っていましたが……他領はこんなにも大きく発展しているなんて」

「リコリス侯爵領は人も多いし、街も村もいくつもあるみたいだからね」

「侯爵様が治めているだけはありますね」

「お店もたくさんあるのかしら？」

「もちろん。目が回るほどあるよ、コスモス姉さん」

「観光してみたいわ……」

「そのうち時間を作って、三人で観光しよっか」

「タンポポも一緒にね！」

ここ数日、ずっとコスモス姉さんと行動を共にしていたタンポポが、コスモス姉さんの頭の上で、

「ぴ～」

右羽根を持ち上げて「はあい」と返事する。なんかここ数日べったりされた影響か、割とコスモス姉さんと仲良くなっている。いいことだ。

「じゃあ四人で観光しよう。アルメリア姉さんもそれでいい？」

「はい。私も興味があります」

「もちろん本屋さんに寄ってもいいよ。確か本を売ってる店があったはずだし」

「本当ですか!?」

今度はアルメリア姉さんが叫んだ。本には目がない。

「お金は僕に任せて。これでも小金持ちくらいにはなったんだ」

バジリスクと緑竜の素材を売れば、底辺貴族くらいはお金が使えるんじゃないかな？　底辺とはいえ、貴族ならたいていは暮らしに困らないし。困ってる僕たちクレマチス家のほうがおかしいくらいだ。

「申し訳ございません、ヒスイにばかり負担をかけて……私とコスモスも働きますよ！　経験はあります！」

「経験って……それ、家の手伝いでしょ？」

僕たちがしたことある仕事なんて、精々が畑いじりとか料理くらいだ。それも全てが中途半端。仕事ができるとはとても思えない。

だが、二人の負い目を解消してあげるのも僕の務め。適当に時間を稼ぎながら探してもらおう。それに、自分で稼いだお金のほうが好き勝手使えてストレスもない。

「二人にはあんまり無茶なことしてほしくないんだけど……じっくり探そうか、仕事」

「はい！」

アルメリア姉さんもコスモス姉さんもやる気満々だ。僕も冒険者として働く予定だし、どんどんやりたいことが増えていく。

ようやく家族団らんで過ごせると思うと、僕の胸はずっと高鳴りっぱなしだ。笑みを浮かべ、三人で大きな門をくぐる。

永住権はまだ貰っていないが、税金くらい払いますとも。銀貨数枚、たいして痛くない。

そうして南門をくぐり終えると、視界いっぱいに建物やら人の姿が映る。

再びアルメリア姉さんたちのテンションが爆上がりした。けれど、観光はまたあとで。今はさっさとクラウス様に会わせたい、という僕の意見を二人は受け入れてくれた。

街並みを眺めながら中心を目指す。しばらく歩けば、この街で一番立派な屋敷が見えてきた。

「あれが……リコリス侯爵様の屋敷？」

「そ。高さ自体は僕たちが住んでいた屋敷と変わらないけど、横の広さは圧巻だよねぇ」

圧倒されるほど大きな建物を前に、アルメリア姉さんもコスモス姉さんも感嘆の息を吐いた。

「こ……こんな所で生活していいの⁉　私たち、馬小屋とかで寝泊まりする感じ⁉」

「そんなわけないでしょ、コスモス姉さん」

どこの世界に、命の恩人の家族を馬小屋に寝泊まりさせる人がいるんだ。それをしたらクラウス様たちの面子は丸潰れ。領内に悪い噂が流れる。

「ちゃんと部屋を用意してもらえるはずだよ。僕の部屋はもうあるし、かなり広い。正直、実家で使っていた部屋の三倍はあったね」

「三倍⁉　そそ……そんな凄い部屋に泊まれるなんて……」

あわわわわ、とアルメリア姉さんが困惑と動揺を繰り返す。コスモス姉さんもぽかーん、と放心していた。

三倍がどれくらいか想像すらできないんだろう。気持ちはよく分かる。僕も逆の立場だったら顎が外れるんじゃないかと思えるほど驚いていたはずだ。

けど、二人に豊かな暮らしをさせてあげられる。それが、今は一番嬉しかった。

「おや？　君は……侯爵様の客人ですね？」

正門の前に行くと、二日前、屋敷を出た時と同じ兵士の男性が立っていた。僕は頭を下げて挨拶する。

「どうも。家族を連れてきたので中に通してもいいですか？」

「はい。侯爵様からは、ヒスイ様が帰ってきたらそのまま通すように言われていますので」

「ありがとうございます」

僕がいない二日の間に、ローズから話を聞いたっぽいな。助かる。

お礼を言って僕は二人を乗せた荷台を屋敷の奥へと運ぶ。

もう荷台は必要ないが、せっかくだし最後まで活用しよう。

玄関扉の前で荷台を置き、アルメリア姉さんとコスモス姉さんが降りる。その後は荷台を収納袋の中へ入れ、豪奢（ごうしゃ）なベージュ色の二枚扉を押し開け——る前に、内側から扉が開かれた。光が差し込む。

「おかえりなさいませ、ヒスイ様」

扉の後ろに立っていたのは、黒い燕尾服（えんびふく）を着た老齢の男性執事。二日前、報酬のお金を持ってきてくれたあの人だ。

優雅な所作で一礼すると、横にずれて言った。

「書斎へどうぞ。ちょうど、旦那様とローズ様がおられます」

「分かりました」

後ろで呆然（ぼうぜん）と僕の様子を見守るアルメリア姉さんとコスモス姉さんを連れて、書斎を目指す。

クラウス様の書斎は一階の正面左奥にある。大きな階段の横を通り抜け、重厚な木の扉をノックする。

「誰かな」

ノックのあと、室内からクラウス様の渋い声が聞こえてきた。

「ヒスイです。姉二人を連れて戻ってきました」

「おお！　ヒスイ殿か。ずいぶん早かったね。入ってくれ」

「失礼します」

許可を貰い、扉を開けて室内に入る。アルメリア姉さんもコスモス姉さんも借りてきた猫みたいに大人しい。まるで僕の従者のようにぴったり後ろに続く。

「おかえり、ヒスイ殿。あれだけの距離をもう踏破したのかね？　しかも、姉君二人も連れて」

書斎の一番奥、テーブルの後ろに座ったクラウス様が、ティーカップ片手に小さく笑う。

「なるべく急ぎました。姉さんたちに森の中での生活は苦行ですから」

「ははは。確かにその通りだ。しかし、君と同じ選択肢を選べる者がこの街にどれだけいるか。帰りでこれだ、行きはもっと早かったんだろう？」

「一日くらいですかね」

「一日⁉　馬車でも一週間はかかるであろう距離を、たった一日で……」

「さすがヒスイ様！　その実力は、すでに王都の近衛にも匹敵するのでは？」

「いや……間違っているぞ、ローズ」

クラウス様がテーブルの上にティーカップを置いてから言った。

「ヒスイ殿は単騎で緑竜を圧倒できる存在だ。王都にいる騎士団長に匹敵する」

「騎士団長？」

初めて聞く単語に僕は首を傾げた。

そりゃあ、リコリス侯爵領より発展している王都に騎士団が無いわけがない。騎士たちが集まればリーダーが必要になる。団長という役職はあって当然だが……こうして聞くと、妙に新鮮さがあるな。そうか、騎士団の団長、いるよなぁ。

「まあまあまあ！　あの剣聖ペンドラゴン公爵に匹敵するなんて……ヒスイ様はまごうことなき神童ですね」

僕と違ってローズのほうはくだんの騎士団長を知っているらしい。王都に行ったことがあるんだし、知ってて当たり前か。

にしても……騎士団長で剣聖、おまけに名前がペンドラゴンときた。設定盛りすぎじゃない？

「ああ。ヒスイ殿は王国に現れた新たな希望。すぐにでも国王に伝えたいところだが、それより先に、姉君たちを紹介してくれるかな？」

クラウス様の視線が、僕の後ろで沈黙を守っていた二人の女性に向く。直後、アルメリア姉さんもコスモス姉さんもびくりと肩が震えた。緊張がこちらにまで伝わってくる。

「まずはこちらから名乗ろう。それが礼儀というものだ。――私の名前はクラウス。クラウス・ミル・リコリスだ。この街を治めている領主ということになるね」

「私はローズ。ローズ・ミル・リコリスと申します。ヒスイ様には命を救われました。ぜひ、仲良くしてください」

二人の挨拶が終わると、やや掠れた声でアルメリア姉さんから自己紹介を始める。

「わ……私は、アルメリア……アルメリア・ベルクーラ・クレマチスと申します。弟がお世話になったようで……」

「コスモス・ベルクーラ・クレマチスです……よ、よろしくお願いします……！」

清楚でお嬢様然としたアルメリア姉さんも、元気よく走り回る男勝りなコスモス姉さんも、この場にはいない。圧倒的格上の貴族を前に、どうしていいのか分からず滅茶苦茶緊張していた。

僕は出会いが出会いだったから緊張はしなかったが、これが普通なんだよね。

「アルメリア嬢とコスモス嬢だね。よろしく。しばらくはこの屋敷に泊まってくれて構わない。ヒスイ殿と一緒にゆっくり休みたまえ」

「ありがとうございます」

「あ、ありがとうございます！」

アルメリア姉さん、コスモス姉さんの順番で頭を下げる。

「まあ、私としては？　ヒスイ殿がこの街に留まっている間は、ずっと屋敷にいてくれて構わないんだけどね」

「そ……それはちょっと……。いくらなんでも、そこまでクラウス様に迷惑は掛けられませんよ」

「謙虚だね。ヒスイ殿は特別な存在なんだよ？　特別な人間は、特別な環境に身を置いたほうがいい。選ばれた才能をもっと育まないと」

「特別な人間、ですか」

クラウス様の言う通りではある。自分でハッキリ断言するのは恥ずかしいが、僕はまぎれもない特別な存在だ。

なぜなら、僕の傍には三人の女神たちがついている。彼女たちを見ることができるのは僕だけ。誰も会話できず、想いをぶつけることもできない。

更に、僕は彼女たちに能力を授かった。三つの能力をほぼ完璧に使いこなすための力を。そこに転生者という部分も乗っかれば、僕が特別じゃない部分を探すほうが困難なくらいだ。

しかし、誰だって特別に憧れるわけじゃない。特別というのは、他の人と違うってこと。結局のところ、それは——酷い孤独だ。

「そう言ってもらえるのは嬉しいです。でも、僕はアルメリア姉さんたちとのんびり暮らしますよ。特別よりもよっぽど大事なんで」

「ヒスイ……」

後ろでアルメリア姉さんのか細い声が漏れた。表情を見なくても感動しているのが分かる。

「ふふ。いい答えだ、ヒスイ殿。君がその選択を選ぶのなら、私は尊重しよう。自由な道を選べるのが人間の特権さ」

「ありがとうございます」

「もう！　お父様が意地悪なこと仰るから変な空気になってしまいましたわ」

「ろ、ローズ……酷いことを言う」

「酷いのはお父様です！　ヒスイ様は素晴らしい才能をお持ちですが、我々と同じ人間なんですよ？　もっと普通に接してあげてください！」

「これからはそうするつもりだよ。すまないね、ヒスイ殿」

「いえ、クラウス様のお考えは充分に理解できます。自分の利用価値が高いことも」

これまでの情報を冷静に整理すると、僕はこの世界でもとびきりの天才だ。

二つの能力を持つ人間を誰も知らないように、三つの能力が使える人間はおそらく一人だけ。八歳にして緑竜すら倒せるのだから、僕を利用すればどれほどの利益を上げられるか。

それが、僕がクレマチス男爵家の当主になりたくなかった理由でもある。利用されたくないって、実に子供らしい理由だ。

「時々、ヒスイ殿が私と同い歳くらいの大人に見えるよ。聡明(そうめい)だね」

「そ……それほどでもありません。あはは……」

ごめんなさいクラウス様。僕の年齢はヒスイの年齢を足せばクラウス様にかなり近付きます。けど今は八歳なのでご容赦を。

クラウス様の勘が鋭くて、何も言えずに乾いた笑い声が出る。幸いにも、クラウス様やローズ、アルメリア姉さんたちは特に何も思わなかったのか、話は流れていく。

「では、話が長くなったが、我々は君たちを歓迎するよ、アルメリア嬢、コスモス嬢」

正式に滞在の許可が出た。僕も姉さんたちも大喜びする。

これでもう、貧乏生活とはおさらばだ。

クラウス様との話し合いを終わらせて、僕は一度自室に戻った。
アルメリア姉さんとコスモス姉さんは、部屋に行く前に浴場へ連れて行かれた。ローズ曰(いわ)く、「と

んでもなく体や服が汚れているので、綺麗にしましょう。女の子なんですから！」とのこと。

実際、二人はこれまでろくに風呂に入ったことはなく、服もボロボロだった。外で二日は野宿したし、そりゃあ汚れも垢も目立つ。

僕も風呂に入りたかったが、ここは姉さんたちに譲るのが道理だ。弟としてね。

「ヒーくんお疲れ様ぁ！　お姉さんたちを二日も荷台で運ぶの大変だったでしょ〜」

誰もいなくなったことで三人の女神たちが現れる。壁を透過して、まずはフーレが僕に抱きついた。

「おっとっと。そんなことなかったよ、フーレ。あれくらい余裕さ」

「私が鍛えているものね」

「くすくすくす。かといって、アルナのような化け物になってはいけませんよ？　あなた様」

「誰が化け物よ。殺すわよ」

フーレに続いて他二人の女神も僕の前に並ぶ。

「アルナはもの凄く強いけど化け物じゃないさ。可愛い女の子だよ」

「それもどうなの⁉　う……嬉しいけど……」

ぷいっとそっぽを向くアルナ。彼女は照れると顔を逸らす癖がある。

「いやいやいや、アルナちゃんは恐ろしいよぉ。ドラゴンなんて目じゃないくらい恐ろしいの。ドラゴンが羽虫に思えるほどなんだよ！」

「あなたねぇ、人の悪口を目の前で言うのはどうなの？　陰口も許さないけど」

「あだだだだ⁉　頭、割れるううううう⁉」

がし、っと後ろからアルナがフーレの頭を鷲掴みする。アイアンクローというやつだ。みしみし音が鳴っているけど、さすがフーレ。無事だ。

「痛覚を遮断しているんだから痛みなんて無いでしょ。まったく」

果たしてどれくらいの力でフーレの頭が爆散するのかと怯えていたら、途中でぱっとアルナが手を放した。

この部屋を血まみれにするつもりはないらしい。彼女たちは姿が見えなくても流した血などはしばらく残る。触れれば物を壊せるし、決して幽霊的な存在ではない。

「それはそうと、ヒスイ」

「ん？」

「タンポポはどうしたの？　またあの子のところ？」

僕の傍に黄色いヒヨコがいないことにアルナが目敏く気付く。僕は苦笑しながら頷いた。

「うん。すっかりコスモス姉さんがタンポポを気に入っちゃったみたい。タンポポも姉さんを守ってくれるだろうし、傍にいる分には問題ないかな」

「私がそういう風に作りました！　えっへん！」

タンポポの生みの親であるフーレがドヤ顔を作る。そんな彼女を後ろに放り投げてアルナは続けた。

「そ。ヒスイがいいなら私は何も言わないわ」

「何か言いたいことがあったのかい？」

「別に。ただ聞いておきたかっただけ」

「はぁ？」

アルナなりに僕に気を遣ってくれたのかな？　家族が傍にいないと寂しくないか、みたいな。

「この話はこれでおしまい。次はもっと建設的なことを話しましょう？」

「建設的なこと？」

「明日からどうするのか、よ」

「ああ。予定か」

言われてみれば僕の最大の目標は達成した。あとは王都にいるアザレア姉さんと再会することだが、せっかくリコリス侯爵領にいるんだし、もう少し姉さんたちを楽しませてから王都に行きたい。

アザレア姉さんは学業で忙しいだろうから。

だが、この街で暮らすとなるとお金が必要だ。今後のことも考慮して、もっと大金が欲しい。つまり……。

「一つは考えてあるよ。というか、最初から考えてた」

「もしかして……冒険者？」

「正解、アルナ」

この街に来る前から就職しようと思っていた。就職といっても、冒険者は世界各地を転々とする。

王都にも冒険者ギルドはあるって聞いたし、ひとまずこの街で登録だけでも済ませておきたい。

「まずは冒険者になって、お金を集めながら観光を楽しむ。そんでもって、折を見て王都へ行こう。

そこでアザレア姉さんと合流だ」

「まあそうなるわよね」

「いいねいいねー！　ヒーくんと冒険だぁ」

「くすくす。しかし、バジリスクと緑竜の素材があるのですから、無理に仕事をしなくてもよいのでは？」

カルトがいいツッコミを入れてくれた。

「バジリスクと緑竜の素材は売るよ。結構お金も手に入るだろうね。けど、お金は毎日無くなっていく。沢山いる。だから、この街にいる間もコツコツ仕事を請けて、今の内に慣れておこうと思うんだ」

「なるほど。いきなり仕事を始めれば誰だって躓くもの。面倒事はさっさと済ませておきたい、ということですね？」

「ああ。王都に行ってから困りたくないんでね」

全ての準備を終わらせた上で王都へ行きたい。向こうではいきなり普通に生活できるようになるのが理想だ。

「じゃあ次の目標は仕事探しだー！」

「お馬鹿。仕事は冒険者で決まっているんだから、依頼探しと言うべきでしょ」

「どっちでもいいよ別にー」

アルナのツッコミにフーレが口をすぼめてブーイングする。その様子を見て、僕は冒険者になった自分を夢想した。

前世の知識があるからか、ファンタジーものの定番といえる冒険者に、多少なりとも憧れがある。

いったいどんな仕事があるのか。ワクワクしながらその日は眠った。あとで風呂に入り忘れたことに気付く……。

「まことに申し訳ございません」

目の前で、二十代くらいの綺麗な女性が恭(うやうや)しく頭を下げた。女性の名札にはアリサと書かれている。

彼女の返事に、僕は狼狽(うろた)えた。

「え？　……え？　なんで……どうしてダメなんですか⁉」

それはつい先ほどの話。

アルメリア姉さんとコスモス姉さんを憎きクレマチス男爵領から連れ去った翌日。元気よく女神たちと共にリコリス侯爵邸を飛び出した僕は、街の中央にある冒険者ギルドへ足を踏み入れた。そこで、受付の女性に冒険者登録をお願いしたのだが……。

「ヒスイさんは八歳ですよね？」

「はい」

「実は……冒険者資格を得られる方は、十二歳以上でないとダメなんです」

「――」

ね……年齢制限⁉

まさか年齢が引っかかるとは思ってもいなかった。

よくよく考えれば分かることだ。前世の地球だって高校生……十五歳以上にならないとバイトすらできない。この世界にも労働基準法みたいなものがあるとは……！

転生して初めて自分の若さを恨む。昨日考えていた計画が全てパーになった。とぼとぼ受付から離れて外に出る。

「年齢制限……年齢制限かぁ」

「盲点だったわ。私たち、年齢という概念がほとんど無いから忘れてた。確かに子供がやるには大変な仕事よね、冒険者」

「ヒーくんが大人びてるってこともあって、いまだに私は納得できてないもん！」

「転生者は精神的に成熟しています。それならありでは？」

「ナイスアイデア！」

カルトのぶっ飛んだ意見にフーレが悪ノリする。僕はため息を吐いてから首を横に振った。

「前世のことを話せるわけないだろ……家族にすら言ってないんだよ？」

そもそも、家族ですら僕の話を信じられないだろうに、赤の他人、それも大人である冒険者ギルドの職員が信じてくれるはずがない。おかしな奴だと思われるだけだ。

「あの様子じゃ、他の仕事も無理っぽいし……困ったね」

しかも冒険者ギルドに登録していないと魔物の素材も売れないときた。犯罪者などの利用を避けるためのルールらしいが、僕にとってはあまりにも邪魔すぎる。

いっそ十二歳になったアルメリア姉さんに登録をお願いして代わりに売ってもらうか？　いや……他人を経由して素材を売るのもルール違反だ。バレたら僕はもちろん、アルメリア姉さんも処罰される。そこまでのリスクは背負えない。

「くすくす。それでは、侯爵にでも相談したらどうでしょうか？　あなた様に恩義を感じている侯爵なら、ひょっとすると妙案を出してくれるかもしれませんよ？」

「これ以上クラウス様に迷惑をかけるのもね。心苦しいよ」

「向こうはヒスイに取り入りたいんだから、むしろお願いしたほうが喜ぶわ」

「そうかな？」

「そうよ」

アルナは断言した。本人もストレートに僕を傍に置いておきたいとか言ってたし、相談するだけしてみようかな？　力を借りるかどうかは置いといて。

「うーん……話してみるか」

このままだといずれ生活にすら窮する。背に腹は代えられない。


冒険者ギルドをあとにした僕は、急いでリコリス侯爵邸に戻る。

メイドの一人に、クラウス様と話したいことを伝えたら、ものの数分で書斎に呼び出された。僕はあくまでも、時間がある時で構わない……的なニュアンスだったんだけど。

それでも早い分には都合がいい。メイドに案内される形で昨日と同じ書斎に足を踏み入れた。眼前では、クラウス様がテーブルの後ろに座って忙しなく紙にペンを走らせていた。

「やあ、ヒスイ殿。私に何か話があるんだって？」

「仕事のあとでいいんですよ？」

「問題ないとも。声を掛けてくれたんだ、時間くらいは作る」

「ありがとうございます、クラウス様」

「とりあえずかけたまえ。用件を聞こう」

クラウス様が座るテーブル席の前に、客人用のソファ席がある。そこに僕は腰掛け、じっとクラウス様の顔を見つめた。

向こうは紙に視線が落ちているが、こちらの言葉は聞こえている。なるべくクラウス様の邪魔にならないよう、端的に話を切り出した。

「話とは、冒険者に関することです」

「冒険者？」

「先ほど、僕は冒険者ギルドに行きました。冒険者登録をするために。でも、冒険者にはルールがあって、十二歳以上じゃないと登録できないそうです」

「そうだね。冒険者以外の仕事も同じだよ。子供に労働を課すと、それを利用する大人が出てくるんだ。その予防でもある」

「分かっています。ただ……」

「仕事ができないと金銭面で困るってわけだね」

「……はい」

クラウス様は聡明だ。僕の現状を理解した上で早々に答えを得た。おまけに今は仕事中。他の仕事をしながら考えていたってことになる。マルチタスクが得意なんだろうか。

「さすがの私でも、法律や規則を変えるのは難しい。いきなり変えれば、民から苦情が出てくる」

「ええ。難しいことも重々承知しています」

「ではヒスイ殿は私に何を望む？　何をしてほしい？」

「クラウス様の手を煩わせたいとは思っていません。僕はただ、クラウス様に何か知恵を借りられればと思って来ました」

「知恵……ね」

ふむ、とそこで初めてクラウス様が手を止めて考えるような仕草を取った。

「残念ながら、子供の君を働かせることはできない。領主である私が抜け道などすすめられるはずもないしね」

「そう……ですか……」

予想通りといえば予想通りだ。簡単に進む話とは思っていない。

話は終わりだと言わんばかりにソファから立ち上がろうとした僕は、しかし直前に聞こえてきたクラウス様の言葉で動きを止める。

「——あくまで、私が何も手を貸さない場合は、だが」

「え？」

「君が言ったんだろう？　手を煩わせたくない、と。だから一応、私が何もしないで済む方法を考えた。無論、そんなものはないけどね。しかし、私が手を貸せばヒスイ殿の抱える問題はすぐ解決する」

「それは……」

「なに、大した手間でもない。気にしなくてもいいよ。最初から、私が君を取り込みたい、と分かっていて来たんだろう？　じゃなきゃ、君のことだ、一人で解決しようと動くはず」

「バレてましたか」

本当に頭の回転が早い。勘も鋭く、人の心を熟知している。僕がどんな気持ちでクラウス様に話を持ち掛けたのか、それまで察していた。

どうやら、クラウス様には嘘も隠し事も通用しない。

「ヒスイ殿は誠実な男だ。ゆえに、読みやすい」

にやり、と笑って再びクラウス様はペンを走らせた。

「その上で私は断言しよう。リコリス侯爵家は君との縁を深めたい。君に気に入ってもらいたい。だから、ぜひとも私を利用してくれ。私も君を利用する」

「本人に直接言うんですね」

「ヒスイ殿はそっちのほうが好みだろう？」

「違いないです」

僕の性格を把握した上で取り込もうとしてくる強かさ。それすら僕は気に入っている。嫌な気分にはならない。

クラウス様もまた誠実な人間だ。彼は信用できる。

「それで……仮にクラウス様に協力してもらえるとしたら、どんな手が？」

「私が国王に手紙を送ろう。ヒスイ・ベルクーラ・クレマチスの冒険者登録を特例で許可してほしい、とね」

「特例!?　許可されるんですか!?」

「十中八九許可が下りるだろうね。冒険者ギルドは国が管理している組織だ。王都にいるグランドマスターの上には国王がいる。そして我が国の国王は、天才が大好きだ。君のように圧倒的な才能を持つ子が困っていると知れば、くだらない規則くらい容易くひっくり返してくれる。まあ、今回の場合はルールそのものをいじる必要はないけどね」

「国王が、僕のために……」

いくらクラウス様の口添えがあるとはいえ、そんなあっさり特例を出してもいいのかな？　他から文句が出てきそうだけど……。

「ふふ。君の顔を見れば何を考えているのか分かるよ。結局、誰かしらの反感を買うのでは？　と？」

「ッ」

「図星だね。無理もない。だが、君の心配は杞憂だ」

「杞憂？」

「確かに反感を持つ者は現れる。自分のプライドを守るために反対しようとする者が一人や二人は出てくるだろう」

「なら……」

「それでも、だ」

ぴしゃりと僕の声を遮ってクラウス様は言った。

「それでも一握りの天才たちは、優遇されるべきなんだ。彼らの価値は他の凡人たちと等価じゃない。天才たちが、世界や常識を変えていく。その才能を生かさないことは、人類に対する冒瀆でもある……と私は思うんだ」

にこやかな笑みを浮かべてはいるが、クラウス様の内面から並々ならぬ激情を感じ取った。昔、才能云々で何かあったのかな？

「そういうわけで心配しなくていいよ、ヒスイ殿。あとは私に任せてくれ。数日もあれば国王から返事がくるだろう。それまでは好きに過ごしなさい」

「クラウス様……ありがとうございます」

ばっと頭を下げた。ここまでしてくれるクラウス様には足を向けて寝られない。

「どういたしまして。もし、私に恩を返したいなら……どうか、ローズのことをよろしく頼むよ。あの子は君が気に入ったみたいだからね」

「ろ、ローズ様を？」

それってどういう意味だ？　まさかローズと結婚しろ、とか言わないよな？　僕は底辺貴族の男爵子息だし、さすがにそこまで話は飛躍しないよね？

なんとなく不安を覚える言い回しだったが、すぐにそれが誤解だと判明する。

「神力を教えてやってほしい。家庭教師はいるが、君からも話が聞ければローズは喜ぶ。もちろん、我々はまだまだ君に借りがある。君のほうから何かを返す必要はない。ただ言ってみただけさ」

「いえ、それくらいはお任せください。ローズ様と僕の時間が合う時は、なるべく神力を教えます」

「そうかそうか！　ありがとう、ヒスイ殿！　いやぁ、君は本当にいい子だ」

娘に神力を教えることがそんなに嬉しいのか、クラウス様は声を張り上げて笑う。先ほどまでの真剣な空気が霧散した。

「国王から連絡がきたら知らせよう。また何かあったら書斎に来たまえ。君なら一々使用人に許可を取らなくていい」

「分かりました。ご厚意、ありがたく受け取らせていただきます」

最後にもう一度頭を下げてから、僕はクラウス様の書斎を出た。

妙案の一つでも浮かべばいいな、くらいの腹積もりだったのに、クラウス様のおかげで一気に問題が解決した。心がすっと軽くなり、僕はスキップしながら再び屋敷を出て外に向かう。数日は暇だ。

ならば、やるべきことは一つしかない。

街の外に行く。

街に出入りする度に税金を支払わなくちゃいけないが、街中で剣を振り回し魔力を練り上げるわけにはいかない。周囲の建物や地形が滅茶苦茶になる。

「ただでさえ、まだ仕事が決まってないのに出費がかさむねぇ」

森の中を走ることしばらく、ここまでくればほとんど人目はないだろうと足を止め、収納袋から真剣を取り出す。

「しょうがないよ、ヒーくん。人の目があると私たちと話せないし」

「一方的に話しかけるだけじゃ、正しい訓練はできないわ。意思疎通は大事ね」

「くすくす。わたくしは夜、室内で行えるのでどちらでもいいです」

「それを言ったら私も～。周りに被害が出る系なの、アルナちゃんだけだよねぇ？」

にまにま、と煽（あお）るようにフーレがアルナを見下ろす。アルナの額に青筋が浮かんだ。

「あなたたちだって外のほうが遠慮なく喋（しゃべ）れていいでしょ！　それに、ヒスイが複数の能力を使えるってことがバレるわけにはいかないんだから！　無駄口を叩くならぶっ飛ばすわよ」

「アルナちゃんこわーい。ヒーくん助けて？」

「わたくしも体が震えてしまいます。お助けください、あなた様」

「二人共……」

フーレとカルトが僕に抱きついてくる。声がもの凄く棒読みなのは、もはや隠す気がない。

「素振りできないから離れてくれないかな？　あんまりからかうとアルナが本当に怒るよ」

「はあい」

「畏まりました」

二人は最初から僕が相手にしないことを分かっていたのか、すんなり離れていく。ようやく、訓練を始められた。

静まり返った森の中で、ひたすら剣を振る。

木剣と違い真剣のほうが重い。実際に真剣を振り回す感覚を培える。いざって時、武器による感覚の違いが迷いに出たら困るからね。なるべく手に馴染ませないと。

「それにしても……これからちょっと大変ね、ヒスイは」

「大変？」

ぽつりと呟いたアルナの独り言を、隣に並ぶフーレが拾う。僕も気になって意識をそちらに傾けた。

「大変でしょ？　だって、前は少し走って森の中に入ればよかったけど、これからは一々街の外に出てここまで来なきゃいけない。時間の無駄よ」

「あ～。侯爵邸は街の中心にあるし、急いで行っても時間かかるね」

「くすくすくす。かといって魔力を全力で放出すれば、街中で被害が出る」

「そういうこと。いっそ、外で暮らすほうが楽ね」

「外……」

剣を振りながら口から音が漏れる。

あまり気にしていなかったが、移動時間の問題は深刻だな。女神たちのことがあるし、僕の能力の秘密もある。侯爵邸の中庭で剣を振っても基礎的な練習しかできない。何より、女神たちと話せない。アルナの言う通り、外に拠点を置いたほうが僕としては都合がいい。

だが、そうなるとまたクラウス様にお願いしないといけないな。永住権をくれる以上、街の外に建物を建ててもいいんだろうが、まだ永住権の発行は終わらない。永住権が無くても外で暮らしていいか聞いてみるか……。

「妙案だね、アルナ」

「ヒスイ？　何が妙案なのかしら」

「外で暮らすってところ。僕も毎日外へ出ていくのは面倒だ。永住権が発行されても、冒険者登録しない限り街の出入りに税金がかかる。それを含めて、何度も申し訳ないけどクラウス様に頼もうか。永住権のこともあるし、クラウス様が何か言ってくることはないと思うよ」

「いいの？　せっかく姉二人を連れてきたじゃない」

「アルメリア姉さんたちね」

僕が外で暮らすとなると、アルメリア姉さんとコスモス姉さんの二人とは離れ離れになる。さすがに彼女たちを外へ連れ出したくはない。たとえ本人がそれを望んだとしても。

けれど、距離がおそろしく離れているわけでもないし、きっと納得してくれるさ。

「説得するしかないね。なに、いつでも会いに行ける、姉さんたちも首を縦に振ってくれるさ」

「そう上手くいくかしら？」

僕以外の三人の女神たちは微妙な反応を見せる。

姉さんたちのこれまでの言動を聞いて、知っているだけあって、素直に頷いてくれるとは思えないんだろう。僕は姉さんたちを信じている。姉さんたちもまた、僕を信じてくれると。

期待を胸に、僕は素振りに集中する。昼頃まで真面目に剣術と魔力の訓練に精を出した。そこから夕方まで神力の練習が入り、外が暗くなってくる頃には街中へ戻る。真っ直ぐ街路を歩き、リコリス侯爵邸に帰還した。


「ダメです！」

屋敷に帰って早々、ダイニングルームにアルメリア姉さんの鋭い声が響いた。

時刻は夜。夕食ができていると聞いてダイニングルームに向かった僕は、そこでアルメリア姉さん、コスモス姉さん、ローズ、クラウス様たちと顔を合わせた。

ちょうどいいから全ての用件を済ませようとアルメリア姉さんたちに先ほど決めたことを伝えたら、にべもなくアルメリア姉さんに拒否されてしまった。

「いくら能力があるとはいえ、ヒスイは八歳の子供ですよ？　冒険者になるという話も初耳ですし、その上、外で暮らすなんて……」

「私もびっくりだよ、ヒスイ殿。永住権を発行するから君がどこで暮らそうと私に口を挟む権利はないが……いささか性急に見えるね」

クラウス様も僕が街の外で暮らすのには反対らしい。ローズもコスモス姉さんも微妙な顔を浮かべていた。

うーん、これは孤立しているなぁ。簡単にはいかないと思っていたが、ここまで反対されるのも予想外だ。四人の考えをどうひっくり返すか……。

「誤解ですよ、クラウス様。僕はずっと前から平穏な暮らしを求めていました。のんびり畑でも耕してね」

「それで外に出たい、と？　なら、私が畑を用意しよう。もちろん、傍に家も建てられる」

「至れり尽くせりですね。ですが、他にも理由があります。自分の能力を隠さないと」

「ヒスイ殿の能力……それを言われると弱いね。確かに君の稀有(けう)な才能は、見せびらかせばよからぬ輩に目を付けられるだろう。得策とは言えない」

「でしょう？　人目を気にせず訓練ができて、なおかつ自分の理想を叶(かな)えられるのは街の外なんです。アルメリア姉さんたちも納得してほしいな。僕は自衛の術は心得ているよ。緑竜だって倒せるし」

緑竜以上の存在が街の近隣に生息している可能性はごくごくわずか。雑魚なら群れになって襲いかかってきても全滅させられる。心配するだけ損だ。

「でも、就寝中は無防備になりますよ。訓練のあとで襲われたりしたら……」

「そのための魔法道具も作るよ。実は僕、呪力も使えるんだ」

ここまできたら彼女たちに隠し事は無しだ。元々、アルメリア姉さんたちに隠していたのは、余計な情報を話す必要がないと判断したから。今はむしろ、呪力のことも話したほうがいい。

「ひ、ヒスイ殿は呪力まで使えるのか⁉　つまり、全ての能力が……⁉」

この場で一番驚いていたのは、クラウス様だった。ローズのほうは「予想していました」と言わんばかりに笑みを刻んでいる。

アルメリア姉さんも薄々気付いていたのか、特に驚愕してるようには見えない。コスモス姉さんはクラウス様と同じく、口を開けて「嘘━━⁉」と大きな声を発していた。

ざわつくダイニングルーム内。ひとしきり驚愕を噛み締めたあと、クラウス様が言った。

「余計に一人にさせたくないね」

あれー？　僕の想定とは異なる展開に発展したぞ。てっきり、それだけ強いなら心配もいらないか！　ははは！　となるかと。まさかより心配されるなんて……マジか。

「三つの能力を覚醒させた人間など、まずヒスイ殿以外にいない。国王にこのことを話せば、神の使徒にでも認定されるだろうね」

「神の使徒⁉」

「歴史上、最も女神たちに愛された人間。それがヒスイ殿ってことさ」

当たってる。

「当たってるわね」

「当たってるね～」

「当たってますね」

内心で僕が、頭上でアルナ、フーレ、カルトの順番で彼女たちも反応した。

三女神のことを知らないはずなのに、見事的を射抜いていた。僕、女神たちに愛されてます。

「さっき言ったよからぬ者たちが集まってくる。ヒスイ殿は厳重に警護し、敬う存在だ。国王に頼めば伯爵の位は固いだろうね」

「それって……爵位が貰えるってことですか？」

「ああ。君ほどの才能を国が放っておくはずがない。爵位を与えて国に縛りつけるのがセオリーだ。公爵も夢じゃない」

「えぇ……」

話がどんどん飛躍してきたな。でも、クラウス様の表情は真面目だ。声色からしても茶化したり嘘を吐いてるようには見えなかった。

本気で僕の才能はとんでもないのだと、今ようやく自覚する。自分の想像を超えていた。

「とはいえ、私としてはヒスイ殿をこの街に縛るのはやりすぎだと考えている。君も一人の人間だ。いくら才能に溢(あふ)れていようと、その自由を奪う真似は人道に反する。自衛できる力を持っているならなおさらね」

「はい。魔法道具で家の周りに結界でも張っておけば、そうそう魔物に襲われることもないでしょう」

「結界？」

クラウス様の眉がぴくりと震える。興味があるのかな？

「常設型の結界を発生させる装置を家の周りに置いておくんです。魔力や静電気、熱などで判断しようとすると、どうしても人間やただの動物まで引っかかってしまいますからね」

厳密には、ただの動物なんてこの世界にはほとんどいない。家畜は外で放し飼いすると魔物に襲われるし、豚も牛も鶏も、この世界じゃ街中で育てられる。

だから一番警戒するべき対象は魔物だ。それなら別に熱センサーでも静電気云々でも構わない。

だが、空を飛ぶ鳥などにも結界が反応しちゃうし、他の冒険者が近付いてきた時、魔物と間違えて攻撃したら大変だ。欠点を補うためにも、物理的な結界を常時張っておいてあらゆる侵入者を防ぐほうが効率的だし、手間がない。

「常設型の結界……それは、維持が大変では？」

「そうですね。基本的に、魔法道具に使われる《黒妖石》はダンジョンでしか手に入りません。結界のように四六時中起動しっぱなしの魔法道具に使うとなると、出費は必然的に高くなります」

お金を貯めておきたい僕の天敵みたいな道具だ。

「しかし、これを解決する方法はある。とても簡単ですよ」

「その方法とは？」

「僕が呪力で動くように作ればいい。他の魔法道具は自然と黒妖石を利用して動くように設計しますが、その設計を弄れば魔力だろうと神力だろうと呪力だろうと魔法道具を動かせる。ね？　簡単でしょう？」

「職人が皆、君と同じことをやればこの世界の常識は変わっていただろうね。物事には必ず理由がある。そうしない理由がね」

「ええ。魔法道具に特定の設定を反映させるのはとても難しいと聞きます。ですが、僕は必ず達成してみせますよ。これまで呪力の練習も欠かしたことはありませんから」

「他にも懸念点はある。動力源が魔力や神力、呪力になったとして、それを常時稼働させるだけのエネルギーはどう賄うつもりだい？　一般的に、エネルギーの総量が多い者でも数時間しかもたないと言われているよ？」

その通り。常設型の魔法道具を二十四時間三百六十五日稼働しっぱなしにするには、気が遠くなるほどのエネルギーが必要になる。それを補うために、黒妖石による魔法道具の起動が推奨されているのだ。

だが、僕を単なる一般人と同列に扱うのは早計である。

「クラウス様が仰っていたではありませんか」

「ん？」

「僕は歴史上最も女神様たちに愛された存在だ、と」

「あ、ああ……そうだが、何か関係が？」

「大ありですよ。僕のエネルギー総量は常人の何倍も、何十倍もあります。魔法道具の稼働に必要なエネルギーくらい、自然回復のほうが早いくらいだ」

これは本当のこと。

訓練では時間の無駄だから女神たちにエネルギーを補填してもらっているが、そうしなくても数時間ほどで回復する。

そして、魔法道具に必要なエネルギー量は、その自然回復速度よりギリギリ下。一時間分のエネルギー量なんて、ものの五分ほどで回復する。だから、永遠に僕は供給し続けられるのだ。あくまで予想の範疇を出ないが。

「そうか……はは。私としたことが、自分で言った言葉を忘れるとはね。君は特別だ。私の物差しではとても測れない」

クラウス様も思わず苦笑した。僕の発言が嘘じゃないと判断したのだろう。

「ここまで聞いて、私はヒスイ殿を止められないと思った。問題ないとね。君たちはどうかな？

ヒスイ殿の姉であるアルメリア嬢、コスモス嬢」

クラウス様の視線が僕の隣に座る二人の姉へ。アルメリア姉さんたちも、ずっと何かを言おうとしては口を閉じて考え事をしていた。僕の行動を止めるか見送るか。大いに悩んでくれたらしい。

その果てに、結論を下す。

「……私は、やっぱり心配です。ヒスイは私たちを救ってくれました。病を治してくれて、あの家から連れ出してくれた。感謝してもしきれません。できるなら願いを叶えてあげたいです。けど……

それと同じくらい、私はヒスイのことが……」

「コスモス嬢のほうは？」

「アルメリア姉様と同じです。私もヒスイにはあまり危険なことをしてほしくない。いくら力があっても、ヒスイが死んだら……私もアルメリア姉様も立ち直れないと思うから」

「――だそうだよ、ヒスイ殿。君の願いは個人としては当然の権利であり、本来であれば誰も止めることなどできない。すでに永住権も手に入れているようなものだしね。その上で、君は二人の気持ちをどう捉える？」

真剣に、真面目に、僕の心を問うようにクラウス様は訊ねた。

貫き通すのもあり。二人を想って踏み止まるのもあり。クラウス様はそう言ってる。

「考えは変えません。姉さんたちの気持ちは嬉しいけど、僕にはどうしても外へ出ないといけない理由があるんだ。ちゃんと頻繁に会いに行くから平気だよ。ここからいなくなるわけじゃない」

「ヒスイ………分かりました」

苦渋の選択でアルメリア姉さんが首を縦に振る。

顔はまだ完全に受け入れられてはいなかった。だが、僕はにっこりと微笑む。

「ありがとう、アルメリア姉さん。コスモス姉さんはどうかな?」

「アルメリア姉様が許可を出して、私が無理やりヒスイを縛りつけるのも嫌な女じゃない。姉として、認める他ないわ」

コスモス姉さんも残念そうにため息を漏らした。

これでクラウス様を含めた三人分の許可を貰った。正式に、僕は街の外で生活できる。

「よかったね、ヒスイ殿」

「クラウス様も許可を出していただきありがとうございます」

「なに、私は領主と言っても、領民の生活や行動を縛る権利は持っていない。ありのまま、好きに生活すればいいさ。ヒスイ殿ならそれができる。まあ、一つだけお願いはあるけどね」

「お願い?」

なんだろう。このタイミングでクラウス様が僕に何か頼むことがあるのか? ローズの家庭教師なら、たまにやるってことで話はついたはず。

僕は首を傾げてクラウス様の言葉を待った。すると、クラウス様はやや控えめな声で答える。

「君が先ほど言った常設型の結界装置を作ってほしいんだ、当家の分も」

「クラウス様の分も? 結界をお使いになるんですか?」

「ああ。実を言うと、恥ずかしいことにその手の防犯装置は持っていなくてね。なかなか手に入らないんだ」

「え⁉　そうなんですか？」

意外だ。侯爵という地位に就いている者が、身や財産を守るための道具を持っていないなんて。普通、誰だって真っ先に手に入れようとするだろうに。

そんな僕の疑問を、クラウス様が直後に晴らしてくれた。

「ヒスイ殿は簡単に作れるのかもしれないが、魔法道具の制作はとても難易度が高い。ベテランの呪力使いが行う秘匿技術だ。中でも、結界の類は希少でね。国内に出回る魔法道具の数はどうしても少なくなる。更に希少な結界の魔法道具は大半が国王に買われていく。侯爵といえども、お金では解決できないいんだよ」

「なるほど……王族の身を守るのは大切なことですね」

実に分かりやすい理由だった。

王族や王族が住む宮殿は、最重要で守るべき要所。特に、家臣である貴族たちはそのことに文句の一つも言えない。

実際に王族に何かあったら困るのは貴族や国、国民全員だ。クラウス様は律儀で優しい人物だし、融通してくれとは頼めなかったんだろう。難儀な話だ。

「察してくれて助かるよ。できるかな？　大変なら断ってくれても構わない。もちろん相応の代金を払おう」

「お任せください、クラウス様」

まだ魔法道具を作ったことはないが、最近、カルトに作り方を聞いたら今の僕でも作れる代物らしい。

従来の呪力使いがどうして魔法道具の一つを作るのにも苦労するのか、僕は知らない。今回制作してみて、何か摑めるのかな？

「おお！　ありがとう、ヒスイ殿！　常設型の結界装置があれば、私もローズの身も安全になる。喜ばしいことだ」

「先に聞いておきたいんですが、常設型の結界装置を作る場合、エネルギーの供給源はどのような形にしますか？　僕と同じ魔力や神力、呪力といったエネルギーの供給に？　それとも、黒妖石で代用しますか？」

「後者だね。我々に常時稼働し続ける魔法道具に供給できるほどの余裕は無い。金がかかってでも黒妖石で代用すべきだ。金だけはあるからね」

「分かりました。そのように作ってみます」

条件を黒妖石にするだけなら難しくもない。カルトが教えてくれた通りに作ればそれが答えなのだから。

「では早速、僕は自室で魔法道具の制作にかかります。アルメリア姉さんたちはゆっくりしてね」

「はい。ですが、引っ越す前にはしっかり連絡してくださいね？　また急にいなくなったら、私たちが連れ戻しに行くかもしれませんよ？」

「そ、それは……困っちゃうね。はは」

外にいる僕を二人が見つけられるとは思えないが、僕のほうが二人を心配しちゃう。おそらくそれが狙いだろう。僕の集中力を削ぐのに、これほど効率的な戦法もない。アルメリア姉さんはよく理解してる。

「ふふ。それならいいんです。魔法道具の制作、頑張ってくださいね」

「うん。じゃあ、失礼します」

最後にクラウス様とローズに頭を下げて、僕は部屋から出ていった。真っ直ぐに、割り当てられた自室に戻っていく。

▼△▼

「くすくすくす。ここから先はわたくしの出番ですね？」

食事もそこそこに自室へ戻った僕は、ベッドに腰を下ろして天井を見上げた。そのタイミングに合わせて、天井を透過してきた三人の女神たち。僕から見て右側に並んでいるカルトが妖艶な笑みを浮かべてそう言った。

「よろしく頼むよ、カルト。ダイニングルームでの話は聞いてた？」

「はい。あなた様は常設型の結界装置を作りたいのですね？　それも、エネルギーの供給源はあなた様が担う、と。それ即ち、魔力や神力、呪力をエネルギー源として変換できるように設定しないといけません」

「呪力のことはよく分からないのだけど、今のヒスイに、そこまでできるの？」

僕から向かって左側に並んでいるアルナがカルトに訊ねる。純粋な疑問を受けて、カルトは素直に頷いた。

「問題ありません。他の方は難しいようですが、わたくしやヒスイなら簡単です。呪力において最も難しい技術は、物を作るより他者を呪うこと。ほとんどの人間が、呪力を使って対象を呪うのではなく、特殊なアイテムを使っているくらいですから」

「特殊なアイテム？」

魔法道具とはあまり関係の無い話だったが、初めて聞く情報に興味が湧いた。オウム返しした僕に、カルトは続けた。

「あるんですよ、そういうアイテムが。大半はダンジョンで手に入ります。もちろん、どのダンジョンからも手に入るような物ではありませんが、幾つか人間が発見しているはずです。当然、人が作り出した呪いのアイテムもありますよ」

「そのアイテムを使えば、簡単に誰かを呪えるの？」

「呪えますね。抵抗力の低い者ならあっさりと。殺すことも難しくない」

「……危険だね」

何かしらの方法で、使うだけで人を殺せるとは。犯罪者が好みそうなアイテムだ。

「とはいえ、数はごく少数。特にヒスイには関係ないですね。ヒスイならわたくしの加護が備わっているので、呪い自体が通用しません」

「僕はよくても、アルメリア姉さんとコスモス姉さんが心配だ」

「あのお二人では、弱い呪いすら防げないでしょうね。呪力に適性が無いとそんなものです」

「何か防ぐ方法はないの？」

「ありますよ。神力の力で防御するか、似たアイテムを持たせるか」

「神力……」

そういえば前に、フーレかカルトが言ってたな。神力と呪力の相性は最悪らしい。変質させる能力は、元に戻す力――神力に弱いと。

アルメリア姉さんかコスモス姉さんが神力に目覚めてくれれば話は楽だが、運に頼ってもいられない。残るはもう一つのアイテム関係。

「似た魔法道具のほうは、僕でも作れる？」

「そうですね……作ろうと思えば可能だとは思いますよ」

「曖昧な返事だ。それだけ難しいってことかな」

「予想では。神力と同じ加護を得るには、当たり前ですが、呪力に神力を混ぜないといけません。わたくしの記憶が定かであれば、この世界に類似するアイテムは存在しないのです」

「え？　一つも？」

「厳密には、人の手で造られた魔法道具は存在しません。なぜなら、人工的に作ろうとすれば、神力と呪力の二つの能力が必要になる。二つの能力を持つ人間なんて、あなた様くらいです」

「そういうことね」

びっくりした。ダンジョン産のアイテムですら無いのかと。

しかし、よくよく考えてみれば、どうしてダンジョンは魔物や魔法道具を生み出すのだろう？　というか、生み出せる理由が僕には皆目見当もつかない。フィクションと同じように、何かしらの超常的な力が働いているとか？

いくら考えても答えは出なかった。かぶりを振り、今はカルトの話に戻る。

「それなら僕にも作れそうだ。問題になるのは技術力くらいか」

「はい。あなた様は毎日頑張っていますから、おそらく失敗はしません。懸念点は……」

「完成した魔法道具のクオリティ、だね」

「ご明察の通りです。これぱかりは実際に作ってみないことには。わたくしのように呪力だけで作る方法もありますが、今のヒスイには少々荷が重いでしょう」

「要するに、カルト並みの呪力操作と制御が必要ってこと？」

「ええ」

「無理だねぇ」

数千を超える時間、呪力と共に過ごした呪力の申し子。呪力そのものが女神や精霊という形を作ったと言っても過言ではないカルトと同レベルの制御能力？　不可能だ。少なくとも数百年という気が遠くなるような年月が求められる。

「まあ今は考えても仕方ないね。先にクラウス様に頼まれた結界装置のほうに取り掛かろう。できることからコツコツと」

「賢い選択ですわ。さすがヒスイです」

よしよし、とカルトが大袈裟に僕を褒めながら頭を撫でてくれる。

カルトがスキンシップを始めると、他の女神たちもこぞってスキンシップしてくるんだよねぇ。

僕の頭は大人気で、しばらく感触が消えなかった。

カルトたちとの歓談も終わり、呪力の訓練に入る。

今回はこれまでに作ったことのない魔法道具の制作だ。武器や服、食べ物を作るのとはまた違ったイメージが必要になる。

「まずは、結界装置の形を考えよう」

より集中するために、両目を閉じて右手を前に伸ばす。手先に向かって呪力を流し込んでいく。同時に、脳裏でイメージを固めた。

形はなんでもいい。僕にとって馴染みのある、それでいて作りやすいのがベストだ。

真っ先に思い浮かんだのは、家の天井などに取り付ける火災報知器などにも似た円盤状。平べったくて、何かを知らせる物といえばこれが無難かな？　サイズも小さく、地面に転がしておくこともでき、壁や天井にも取り付けられる。

形を定めたら、今度は呪力をその形に変えていく。

ここで魔法道具に与える効果も同時にイメージする。先ほど述べた火災報知器のようなものから、半透明の壁――結界が出てくる仕組みだ。

エネルギーに使うのは呪力でいいだろう。更に、効果範囲を五十メートルほどまで広げる。当然、結界の範囲が広ければ広いだけ消費されるエネルギー量が増える。

僕の予想では、だいたい五十メートルが限界だ。それ以上範囲を広げると、僕の自然回復速度を消費量が上回ってしまう。

「形を構築。効果を付与。最後に……それら全てを定着させる……」

目を開けて自らの掌を見た。

僕の右手には、ゆらゆらと炎のように揺れる赤色の呪力があった。その呪力が、徐々に理想を描いていく。

見た目はもうほぼ完成しているが、呪力を性質変化させる過程で集中力を欠くと、わずかに形が歪んだり、効果が消えたりするので注意されたし……とはカルトの言葉だ。

それに従い、僕は最後まで気を張り巡らせて呪力を固める。そうして、ものの数十分で試作一号が完成した。

「できた！　これが僕の考える常設型の結界装置だ！」

掌に載ったソフトボールくらいの魔法道具を高々と持ち上げる。周りでは女神たちがパチパチと拍手してくれた。

「おめでとうございます、あなた様。素晴らしい呪力の操作と制御でした。初めて作るはずなのに、一つの揺らぎもなく……ええ、完璧というやつですね」

「おめでとう、ヒスイ。それがヒスイの思い描く結界装置なのね。なんだか不思議な形だわ」

「おめでとー！　ヒーくんってばどんどん上達していくね。能力は違えども、今のヒーくんがどれだけ凄いかは私にも分かるよ！」

カルトが僕を称え、アルナが強い興味を持ち、フーレがベタ褒めしてくれる。

なんだかもの凄くむず痒い状況だが、魔法道具が完成して褒められているのだ、もちろん気分がいい。

後頭部を左手でかきながら三人に感謝を伝える。

「ありがとう、みんな。試作一号だけど、これなら改良版を量産できそうだね」

「ぴぴ？」

「あれ？　いつの間にタンポポが……」

聞き慣れた高い鳴き声が耳に入ってくる。

ちらりと視線をベッドの上に落とすと、僕の隣にタンポポの姿が。コスモス姉さんから逃げてきたのかな？　逃げるっていう表現はどうかと思うけど。

「ヒスイが魔法道具を作っている間に入ってきたわよ。たぶん、あなたの姉から逃げてきたんじゃない？」

アルナが僕に説明してくれる。

「そっか。いつもコスモス姉さんが世話になってるね、タンポポ。遅くなったけど、ドラゴンの時もありがとう」

小さなタンポポの頭を優しく撫でる。

まだ短い付き合いではあるが、結構タンポポには力を貸してもらっている。コスモス姉さんを救ったのもタンポポだし、ドラゴンに襲われているクラウス様たちの場所を正確に当てたのもタンポポだった。

神力ってこんなにも便利なのかと思ってしまう。実際便利ではあるんだが。

「ぴぴ～。ぴ！」

僕に頭を撫でられたタンポポは、気持ちよさそうに目を細める。その様子が可愛くて、つい女神たちにツッコまれるまでタンポポの頭を撫で続けてしまった。

「ヒーくん？　タンポポを可愛がるのはいいんだけど、呪力の訓練しなくてもいいの？」

「はっ⁉　つい癒やされて……まったく、タンポポが可愛すぎるのが悪いんだぞ？」

文句？　を言いながらも最後にタンポポの頰を撫でる。それで終わりだ。タンポポのほうも名残惜しそうな目で見つめてくるが、時間がもったいない。タンポポと遊ぶのはあとでもできる。

こほん、と咳払い(せき)を一度挟み、完成した結界装置を起動してみる。すると、小さな結界制御装置から半透明の何かが円状に広がっていった。結界らしきそれは壁や床を透過して五十メートルほど広がると、色をわずかに深め、動きを止めた。

「おー！　あれが結界装置？　というか結界？　成功したのかな？」

窓の外からギリギリ見える結界を指差し、フーレがテンションを上げる。

「ねぇ、ヒスイ。一つ疑問があるのだけど」

「疑問？」

フーレと同じように結界の様子を見届けていたアルナが、唐突に言った。

「今、結界は正常に作動したわ。耐久力がどれくらいか調べるとして……物理的に誰かの侵入を阻む結界なのに、どうして起動した時にヒスイはもちろん、タンポポも部屋も透過したの？」

「ああ、それね。僕も結界装置を作る過程でふと思ったんだ。最初から結界が効果を発揮した状態で展開された場合、周囲の物を無差別に破壊したり、押しのけてしまうんじゃないかと。そこで少しだけ効果を弄った」

「効果を？」

「五十メートル広がるまで結界としての効果が反映されないようにしたんだ。そうすれば、結界装置を起動しても僕たちは弾かれないし、より安全に結界を張れる」

「なるほどね。でも、その張り方には欠点もあるわ」

「さすがアルナ。よく気付く。結界の展開が遅れるなら、結界の中に敵対者が混ざってしまう可能性がある、ってことだろう？」

これは僕も結界装置が完成する前に気付いていた欠点だ。

一定の範囲に到達して初めて結界が機能するなら、予めその範囲内にいる対象は弾かれずに残る。例えば外でこの手の結界を発動したとして、結界の中に魔物がいたら終わりだ。

単純な構造だから、結界自体は外側にしか機能しない。中から外へ出るのは自由だが……まあ、多少のリスクはあるよね。

「どうするの？　この屋敷はともかく、ヒスイの能力を隠すなら結界の範囲は限界まで広げないとダメでしょ？」

「まあね。原始的な解決方法になるけど、結界を展開したら内部にいる魔物は討伐する予定だよ。最初に全て討伐し終われば、あとは結界が壊されるか僕が解除する以外では誰も入れなくなるし」

「ま、そうなるわよね」

アルナも最初から僕と同じ意見を持っていたのか、それ以上は何も言わなかった。

遅れて、ぐいぐいっとフーレに服を引っ張られる。

「ねね、アルナちゃんの疑問が解決したなら、次はあの結界の耐久力を調べようよ！」

「分かってるよ、フーレ。アルナ、お願いできるかな？」

肝心の耐久力テストは、女神の中で一番武力に秀でたアルナにお願いする。単純な火力だとカルトのほうが上らしいが、総合力は圧倒的にアルナが上だ。こういうテストは彼女に限る。

「任せてちょうだい。ちゃんと手加減して殴るわ」

「殴るんだ……」

アルナらしいといえばらしいが、小・中学生くらいの女の子がするような発言ではない。年齢も僕の数百、数千、数万倍はあるんだけどね。

「ヒスイ？　なんだか変なことを考えてない？」

「ッ⁉　か……考えてません！　何も考えてませんとも！」

一瞬、口に出していたのかとびっくりした。慌てて口を押さえた僕を、アルナがねめつけてくるが、すぐにその視線は剝がれた。

「……いいわ。それより結界の耐久力を測ってあげる」

ふわりと浮かび上がり、壁を通り抜けてアルナが外へ出た。

僕ももっと近くでアルナの様子を見たいな、と思っていたら、フーレとカルトが僕を挟んで持ち上げる。なんだか前にアザレア姉さんとコスモス姉さんにやられた、人間に捕まる宇宙人みたいな構図になった。その状態で窓から外へ出る。

「もっと別の運び方はなかったの？　フーレ、カルト」

「えー？　こうじゃないと私がヒーくんに抱きつけないからダメ～。却下でーす」

「くすくすくす。我慢してくださいね、あなた様。わたくしもたまにはこうして密着していたいのです」

「毎日のように密着されてる気が……」

「ぴー！」

困惑する僕を置いて、頭の上では楽しそうにタンポポが右羽根をアルナへ向ける。君も君でタダ乗りだね。定位置か……。

「ヒスイ――！　始めるわよ――！」

遠くでは結界の縁に到着したアルナが、大きな声を張り上げて僕に告げる。腕を持ち上げられた状態でなんとか手を小刻みに振って応えた。

「よろしく――！　アルナ――！」

僕の返事を聞いたアルナは、くるりと目線を前に戻して拳を作る。肘をわずかに内側へ引き、シンプルな正拳突きを繰り出した。

結界にアルナの拳が接触する。そして、

「おわっ⁉」

風が吹き荒れた。

アルナから離れていたはずの僕たちが、風圧で吹き飛ばされそうになる。フーレとカルトにしっかり抱えられていなかったら、僕とタンポポは簡単に地面へ落下していただろう。いや……タンポポは飛べるから大丈夫か。

顔を叩くほどの風圧にしかめっ面を作っていると、遅れて結界が壊れる甲高い音が響いた。ぱりーん、という硝子が砕けたような音が。

「見事に一撃だね。手加減してくれたんじゃないのかな？」

「あはは。あれでもアルナちゃんは相当手加減したと思うよ？　本気で殴ったら、衝撃で地上がめちゃくちゃになるだろうし」

「……そうだった」

僕はいまだにアルナの規格外の力を測りきれていない。そりゃあそうだ。アルナが全力を出すことはない。出していたらとっくの昔にクレマチス領は更地になっていた。

検証を終えたアルナが無表情でこちらに振り返る。ゆっくり移動してきた。

「お疲れ様、アルナ。どうだった、僕の結界？」

「悪くないわ。私の二割の力で壊れるってことは、緑竜クラスじゃ壊せない強度だもの。自信をもっていいわ」

「に……二割……」

世界最強のアルナの二割なんだから、普通は喜ぶべきことなんだけど、素直に喜べない。

まあ、緑竜の攻撃にも耐えられるなら実用的ではあるね。特にクラウス様は、街中にいるからそうそう不審者に侵入されることはないはずだ。緑竜以上の化け物が街中に現れるはずもないし。

「ありがとう、アルナ。効果は申し分ない。これをクラウス様に渡しても問題なさそうだね」

「範囲はそのままでいいの？」

「平気じゃないかな？　今展開した限りだと、ギリギリ敷地内を囲む壁までだったし」

もし街路のほうまで結界が伸びてしまったら、僕も効果範囲を調整せざるを得ないが、敷地内をすっぽり覆うくらいならむしろ都合がいい。

「そ。なら戻りましょう。夜はまだまだ長いのだから」

「うん。帰りもお願いできるかな？　フーレ、カルト」

「任せて～！」

「お任せください」

二人に連行される形で、僕は屋敷に戻った。

▼△▼

翌朝。

昨日作った試作一号の魔法道具をクラウス様に渡す。

「クラウス様、これが昨日言った常設型の結界発生装置です」

「おお！　もう作ったのかね？　君は手が早いね」

なんだか引っかかる言い方だな……女性相手には奥手ですよ？

「クラウス様の注文した魔法道具は、特に複雑な設定が必要な物ではありませんから。範囲は、ギリギリ屋敷の外、屋敷を囲む壁までです。五十メートルくらいですね。特定の暗号を知っている者でないと通さないようになっています」

「そこまで考えてくれたのか。本当に感謝する。代金はすぐ受け取るかね？」

「いえ、このあと街の外へ出かけて家を建てる予定です。帰ってからでも平気ですか？」

「こちらは問題ないよ。むしろありがたい。……それはそうと、もう家を建てるのかい？」

「はい。善は急げと言いますし、他にやることもないので」

「そうか。ならば、南門を出て西へ行くといい。そこに大きな湖がある。湖畔の傍に屋敷を建てれば、見晴らしもいいぞ。何者かが接近したら分かりやすいだろう」

「西の湖畔ですね？　ありがとうございます。ではクラウス様、またあとで」

「ああ。気を付けてくれ」

お互いに手を振って別れる。

とてもいい情報を聞いたな。湖の傍に建てた家でのんびり暮らす……か。実にスローライフっぽい！　畑も耕せば完璧だ。水やりも楽になる。それを見越してクラウス様は教えてくれたはずだ。至れり尽くせりである。

るんるん気分で地面を蹴って走り出した。すいすい街路を駆け抜けて街の外に出る。今日だけは、出入りにかかる税金も痛くない——ような気がした。


クラウス様から教えてもらった、西の湖畔を目指す。

距離までは教えてもらっていなかったことを、走りながらに気付く。街から遠かったらどうしようかと悩んでいると、ふいにそれは姿を現した。

「あ……すごっ」

木々の隙間を縫い、雑草を踏み荒らして進むこと三十分。魔力によって強化された僕の足が自然と止まる。視線は前方に見える美しい青色の水面に釘付けになった。

そう……ここが、クラウス様が言っていた湖畔だ。

湖の周りには木々がほとんど存在しない。わざわざ伐採したのか、遮るものがないため空から照りつける太陽を反射し、水面がキラキラと輝いている。茂みの中から窺うその光景は、一種の芸術作品にすら見えた。

「わ～、綺麗な所だね。心まで安らぐよ」

僕の隣に並んだフーレも、湖畔を眺めて感嘆の声を漏らす。

他の二人も特に何も言わず水面を見つめている。唯一、カルトだけは空虚な眼差しだった。彼女はブレない。僕以外には興味も無い。

「思いの外近かったね。これなら冒険者が立ち寄る可能性は低いだろうし、結界を使えば万全だ」

僕は魔力を使ってここまで走ってきた。速度は車と同じかそれより速い。時速七十から八十キロくらいかな？　ほとんど直線を駆けたことを考慮すれば、よほどのことがない限り、他の冒険者がこの辺りまで足を踏み入れる可能性は低い。仮に水辺を求めて来たとしても、常設型の結界装置を起動していれば問題ないはずだ。

「どうするの、ヒスイ？　先に結界を展開する？」

「いや……家を建てるのが先決かな。木材はいくらあってもいいからね」

今結界を展開すると、木材を伐採して運ぶのに邪魔だ。一々結界を解除・展開しなきゃいけない。

「それでしたら、わたくしが建築用の木材を作りますよ？　呪力を使えば簡単です」

「ダメだよ、カルト。それじゃあ趣がない。自分たちの力で頑張って作った建物だからこそ、心の底から喜べるのさ」

「そういうものでしょうか？」

楽をすることが当たり前だと思っているカルトは、少しだけ納得していなかった。気持ちは分かるが、スローライフの第一歩として見過ごせない。これもまた、のんびり暮らすためには必要なのだ。

「いいじゃない、別に。私たちも協力して一緒に家を建てれば、思い入れを感じられるわ」

「いいこと言うね、アルナ。みんなお願いできる？」

「お姉ちゃんに任せなさい！　周囲の警戒と木材の管理するよ～」

「木材の管理？」

「伐採した木をすぐに使うと、水分が抜けてないからいずれ建物自体が軋んだり歪んだりするんだよ。それを防ぐために、木材から水分をちょちょいっと抜きます！」

「そんなことできるんだ、フーレ」

生命に関することで彼女の右に出る者はいない。だが、自然にまで精通している[illegible]思わなかった。彼女や神力にとって、自然もまた生き物らしい。もしくは生命に近いのだろう。

「なら私とヒスイが木の伐採ね。運搬もやるわ」

「残るわたくしが、水分の抜かれた木材を程よい形に歪める……整えればいいんですね？」

「決まりよ、ヒスイ。全員でぱぱっと家を作りましょう？」

アルナが指揮をとり、僕たちはそれぞれが与えられた役割に従う。

意外にも、アルナは慣れているのかテキパキと指示を飛ばす。力を極限まで抜き、僕と共に木を斬り倒し、その木の水分をフーレが抜く。最後にカルトが加工して建築予定地に運ぶ。この作業が今日は一日中続いた。

原因は、大きな屋敷を建てるとフーレが言い出したからだ。必要な木材の量がとんでもない。

しかし、さすが女神。彼女たちが協力してくれている以上、僕の想像の何倍も早く準備が終わった。

「建築に必要な木材はこれくらいかしら？」

山のように積み重なった大量の木を見上げ、胸の前で腕を組んだアルナが僕に訊ねる。

「そうだね……これくらいあれば、フーレが言う屋敷サイズの建物はできると思うよ」

「まったく。急に屋敷が作りたいとか言い出すなんて何事よ」

少し前の記憶を思い出し、アルナが顔をしかめる。

確実にフーレのせいで作業量は増えたからね。僕も苦笑した。

「え～？　いいじゃん！　ヒーくんが初めて建てる家だよ？　それに、人目を気にしないでいいってことは、私たちも好き勝手に暮らせるんだよ⁉　それはもう、大きく作らないと！」

「まるで人間みたいなことを言うのね。食事や睡眠は不要なのよ？」

「くすくすくす。アルナは逆に、精霊らしすぎるといいますか、融通が利きませんね。よいではありませんか。わたくしはフーレの意見に賛成ですよ。新しい建物の中で人間らしくヒスイと暮らしたいです」

「なっ⁉」

カルトがフーレの味方をしたことによって、アルナが窮地に立たされる。彼女はわずか[illegible]色に染めると、恥ずかしそうな声で囁いた。

「べ……別に私だってヒスイと暮らしたくないわけじゃないのよ！　あなたたちだけに好き勝手させないわ！」

「やーい、むっつりスケベ～。アルナちゃんは何を考えたのかな？　ヒーくんとイチャイチャするのはいいけど、まだヒーくんは八歳だってこと――ふげら⁉」

言葉の途中、凄まじい衝撃音が響いてフーレの姿が消えた。今回はすでにアルナもいない。

「またフーレがアルナの地雷を踏み抜いたね」

「ええ。それはもう綺麗に」

残ったカルトが、僕の背中にぴたりと張りつきながら応える。

カルトって、他の二人がいなくなると滅茶苦茶スキンシップが激しくなるんだよなぁ。強かというか、隙を突くのが上手い。何より、それをおくびにも出さず普段は過ごしているのが純粋に凄い。

彼女はマイペースだ。

「先に帰ろうか、カルト。二人を待っていたら夜になっちゃうし」

「それがよろしいかと」

僕たちはお互いに結論を出し、来た道を戻っていく。

遠くでは大きな音がかすかに響いていた。魔力で強化してギリギリ聞き取れるくらいだから、相当遠くで暴れているね、あれは。

遅くならないといいけど……そんなことを走りながら思った。

四章　混浴!?

「ヒスイ殿、例の物が届いたよ」

早朝。昨日の疲れが少しだけ残っているのか、やや気だるい体を引きずってダイニングルームに入った僕を出迎えたクラウス様が、席に座った状態で挨拶をしたあと、いきなり話をぶっこんできた。

「例の物？」

「永住権と国王陛下からの手紙さ。手紙……冒険者ギルドに関する返事のほうは思ったより早かったね。陛下も君に興味深々らしい」

「そうなんですかね？」

ただ律儀な人としか思わなかったが、実際に手紙を受け取ったと思われるクラウス様はまた違う面を捉えている。にこやかに笑って肩をわずかに上げた。

「そうだとも。君に恩を売っておきたいんだろうね、特例を許可すると言ってくれたよ。ヒスイ殿は実力を示した。まあ、実際のところは我々以外は知らないわけだけど、対外的な説明として実力を示したってことになった。その上で、君には冒険者登録を許可する、と。おめでとう、この手紙を持って冒険者ギルドへ行けば、すぐに登録ができるよ」

そうクラウス様が言った直後、僕の背後から老齢の執事が腕を伸ばした。彼の手に握られていたのは、一枚の手紙。それを僕の目の前に置く。

「もし、ギルドマスターや職員、他の冒険者たちに《実力を示せ》などと言われたら、一度屋敷まで戻ってきてくれ。手間だけど、無駄な騒ぎはこちらで抑える」

「お世話になります、クラウス様」

「なあに、持ちつ持たれつさ」

ティーカップを持ち上げてクラウス様が湯気の立つ紅茶と思われる液体を喉に流し込んだ。一拍置いて、

「他にも、ヒスイ殿がもたらしてくれる利益がどれほどのものになるのか……個人的にも、領主としても気になる。ただ、くれぐれも体には気を付けるんだよ？　君が怪我なんてしたら、傷付くのは、哀しむのはお姉さんたちだ」

「はい。肝に銘じておきます」

僕は神力が使えるからそんなドジは踏まないが、服が破れていたりしたらアルメリア姉さんたちが気にするかな？　それも、呪力を使えば簡単に治せる。きっと大丈夫だ。僕は二人を哀しませたりしない。……と、すでに哀しませている僕じゃ、断言できないのが辛いところだね。

「おっと。話の最中ではあるが、料理が運ばれてきたね。食事にしようか」

キッチンのほうから次々と鮮やかな料理が運ばれてくる。

クレマチス男爵家での生活は酷く質素なものだったが、リコリス侯爵家は大違いだ。むしろ朝からこんなに食べるのか、と思えるくらい料理が出される。

僕は育ち盛りだから問題ないが、アルメリア姉さんとコスモス姉さんはよく残していた気がする。

クラウス様と共に置かれた食器を掴み、料理を味わっていく。

食事が終わると、今度は日課の時間だ。

今は訓練より家の建設を優先しているが、それでも能力の練習は欠かさない。リコリス侯爵邸を出て、真っ直ぐ南門に向かう——前に、僕は方向転換して冒険者ギルドを目指した。

「ヒーくん、冒険者ギルドに行くの？」

傍で浮遊するフーレが、いつもとは異なる道を選択した僕に疑問を投げた。

周りを気にしながら小声で答える。

「うん。依頼を請けるかどうかはさておき、登録だけでも済ませておかないとね」

「それがいいわ。面倒事は先に終わらせるに限る」

アルナが僕の意見に同意を示してくれた。だが、決して冒険者ギルドでの登録が面倒事だとは思っていない。冒険者になれば仕事に困ることはないだろう。大事な手続きである。

舗装された石畳の上を軽やかに駆け抜け、ものの十分ほどで冒険者ギルドに到着する。大きな街だから、人混みが邪魔で上手く進めなかった。近場に行くのも時間がかかる。

ふぅ、と一息吐いてから木製の二枚扉に手をかける。相変わらず冒険者ギルドの中から愉快そうな声が聞こえてきた。古臭い、軋む音を立てて扉が開く。ファンタジーものの定番を裏切らない内容が僕の視界に映った。

前はるんるん気分で冒険者登録しに来て断られたが、今回は確実に登録できる切り札がある。否応なく心臓が早鐘を打つ。ちらちら周りを眺めながら直線にある受付へ。タイミングよく誰も並んでいなかったので僕の順番になる。

「ようこそ、冒険者ギルドへ。……って、あら？　君、この前来た子よね？」

「え？　僕のこと憶えていたんですか？」

三つある内の真ん中の受付に行くと、対応してくれたのは一度目の登録時に言葉を交わしたお姉さんだった。名前はアリサさんだっけ？　向こうも僕のことを憶えているらしく、なんだか優しい視線を向けられた。

「冒険者ギルドに子供が来るのは珍しいもの。ほら、冒険者ってガサツなイメージがあるでしょ？　実際、魔物を討伐するのがメインのお仕事だから、みんな一般人からしたら近付きにくい雰囲気を纏（まと）っているのよ。でも、君はとっても可愛い。特徴的な髪の色だしね」

「なるほど……」

言われてみれば、冒険者らしき装備を身に着けている人たちは、鋭い眼光を放っていたり、ムキムキだったり、やたら露出が激しかったりと話しかけにくい雰囲気はある。

目立つ、という意味では僕もなかなか負けていないけどね。冒険者ギルドに入ってから、ずっと他の人たちにジロジロ見られている。

「ところで今日はどうしたの？　また登録しに来たの？　なんてね」

「はい。実は僕、年齢制限をどうにかする方法があって」

「ええ⁉　いくらなんでも、そんなことできるわけが……」

「これを見てください」

論より証拠。僕はクラウス様から受け取った、国王陛下の手紙を差し出す。それを受け取ったアリサさんが、ゆっくり読み進める。少しして、

「こ……国……陛……へへ⁉」

アリサさんがガサガサの悲鳴を漏らす。

どうやら国王陛下からの手紙は、彼女が理解できる許容量を軽々と突破してしまったらしい。みるみる顔色が青くなっていった。

「大丈夫ですか？」

「……………えっと……すぐに……すぐに確認してきまあああす！」

喉を引き裂くような絶叫を響かせ、手紙を持ったままアリサさんは慌てて二階へ続く階段を駆け上がっていく。その姿は一瞬にして消えた。

「ほ……放置？」

受付に取り残された僕は、彼女が残したただならぬ空気の後始末を押しつけられる。それは、ギルド職員や冒険者を含む大勢からの視線。あいつ、いったい何をしたんだ？　という居心地の悪い視線が僕に集中した。

この状態で放置されるとは思ってもいなかったよ……。

なるべく早くアリサさんが帰ってくることを願いながら、近くにあった椅子に腰を下ろす。

そもそも、冒険者ギルドの二階には何があるのだろうか？　一階にはそれらしい姿もなかったし、可能性としては……冒険者ギルドのギルドマスターでもいるのかな？

暇潰しを兼ねて適当な推察を巡らせる。すると、二十分ほどでアリサさんが一階に戻ってきた。

――美しい水色髪の女性を連れて。

「緑色の髪に、十歳にも満たない子供……そう、あなたがヒスイくんね？」

「は、はい。あなたは？」

二十代くらいに見える女性は、腰まで伸びた長い髪を後ろで一本に束ねていた。いわゆるポニーテールというやつだ。頭よさそうなモノクルを左目にかけており、髪と同色の瞳がジッと僕の顔を見つめる。声色まで涼やかな気がした。

「私はネルファ。このリコリス侯爵領にある冒険者ギルドのギルドマスターを務めているわ。ちょっとお話いいかしら？」

「ギルドマスター……そんな人が、僕に何のご用でしょうか？」

間違いなく先ほどアリサさんに渡した国王陛下の手紙が関係している。じゃなきゃ、単なる子供に忙しいであろうギルドマスターが会いに来るはずがない。

警戒する僕に、彼女は柔らかい笑みを浮かべて言った。

「別に取って食ったりしないわよ。君が彼女に渡した手紙に関して、幾つか聞きたいことがあるの。登録は問題なく行えるから、ちょっと時間をくれないかしら？」

「……少しなら」

「ありがとう。じゃあ二階へ行きましょう。ここは視線が鬱陶しいわ」

ギルドマスターことネルファさんは、ふわりと髪をなびかせて踵を返すと、悠然とした態度で来た道を戻っていく。僕もその後ろに続いた。

ただでさえ目立ちまくっていた僕の評価が、他の冒険者たちの中で上がったような気がする。もちろん、嫌な方向に。

この後、騒動とか起きないよね？

ネルファさん、アリサさん、僕の三人で冒険者ギルドの二階に足を踏み入れる。

二階は一階に比べて部屋が多いだけの、まるで宿屋みたいな構造になっていた。特に何かがあるわけでもない。たぶん、二階は職員用のフロアなのかな?

きょろきょろ周りを見渡しながら先頭を歩くネルファさんについて行くと、少しして一番奥の部屋に辿り着く。

「ここは私の部屋。つまりギルドマスターの部屋ね。遠慮せず入って。くつろいでくれて構わないわ」

扉を開けた彼女が、気さくな声色でそう言う。が、だからと言ってソファをトランポリン代わりにするとか、お茶やお茶菓子を所望することなどできない。借りてきた猫みたいに、流されるがままソファに座って固まった。

僕はこれまで、あまり人と関わってこなかった。お偉いさんを前にすると、さすがに緊張する。

クラウス様たちは緑竜に襲われているところを助けた、という経由があったからまだ話せたが、ネルファさんとは何もない。初対面で初めての会話。お互いの間には何もなく、当然ながら空気が重い。

「わざわざご足労痛み入るわ。君のためにも、あの場で話を続けるわけにはいかなかったからね」

部屋の一番奥にある席に腰を下ろしたネルファさんが、目の前の机に頰杖を突きながら口を開いた。

「ご配慮感謝します」

「いいのよ。それより、あなたずいぶん丁寧な口調ね。貴族？」

「……ええ、一応。男爵家の末っ子ですが」

「ふうん。この辺りで男爵家といえば……クレマチス？」

「ッ。詳しいんですね」

クレマチス男爵家なんて貴族の半分以上が知らないような木っ端貴族だぞ？　冒険者ギルドのギルドマスターだからか、一発で当てられた。

まあ、少しでも詳しい人なら、状況的にそこしかないことは簡単に推測できるが、僕は彼女への警戒度を高めた。

「そりゃあね。リコリス侯爵領の隣だし、貴族が……それも八歳の子供が、領を超えて遠出をするはずがない。親がいるならその可能性もあるけど、わざわざ冒険者ギルドに登録しに来たってことは、この領に住んでいる？　登録だけなら自分の領にある冒険者ギルドで行えばいいもの」

「クレマチス男爵領にはないんですよ、田舎なんで」

「そうね。でも、クレマチス男爵領の末っ子だと知らない段階であなたを見た時、明らかに怪しい点が目立つ。わざわざ自分の家があるわけでもないリコリス侯爵領で冒険者登録をするのはなぜ？　ってね」

くすくす、と彼女は楽しそうに笑う。僕はどんどん気まずくなっていった。

「まあ、クレマチス男爵家の子供って判明した時点で理由は察したわ。末っ子だから冒険者を目指す。それ自体はよくある話だし、八歳で行動に出たのは素晴らしいことよ」

褒められているのか微妙なところだな。子供のくせに無茶しやがって、とも取れる。

「ただ……一番の謎が残っている」

「一番の謎？」

「この手紙よ」

スッとネルファさんが一枚の手紙を見せる。アリサさんから受け取ったと思われる国王陛下の手紙を。

「内容は読ませてもらったわ。面白い話よねぇ。国王陛下が子供に冒険者登録の特例を許可するなんて。詳しくは書かれていなかったけど、あなたは何者なのかしら？」

「……仮に、説明した内容が気に食わなかったら、どうしますか？」

「どうする？　どうするも何も、私は別に何もしないわ」

「へ？」

拍子抜けする答えが返ってきた。思わず僕は肩をストン、と落とす。

「一階で会った時、最初に言ったでしょう？　あなたは登録してもいいって。これは単純に私が好奇心から聞いてるだけ。いくらなんでも、国王陛下からの命令には逆らえないわ。王都にいる冒険者ギルドのグランドマスターくらい偉くないとね」

「なんだ……本当にただの質問だったんですね……」

「そう言ってるじゃない。私をなんだと思っているの？」

ぷくー、とネルファさんが子供みたいに頬を膨らませた。

怒っている……のかな？　ずっと不気味な人だと思っていたが、もしかすると意外と子供っぽい？

「いきなりギルドマスターの部屋に連れてこられて、素性を訊ねられたら誰だって萎縮するし警戒もしますよ」

「えっ⁉　わ……私って高圧的だったりする？」

ギギギ、と人形みたいに首を横に回して、ずっと話を聞いていたアリサさんにネルファさんが問う。

アリサさんは素直に頷いた。

「高圧的かどうかは置いといて……正直、誰でもギルドマスターにいきなり呼び出されたら怖いと思います。変な笑い方をして、探るように問われて……相手はまだ八歳の子供ですよ？」

「うぐっ！」

ネルファさんが大ダメージを喰らった。頬杖がずれて頭を机の上に打ちつける。鈍い音が聞こえたが大丈夫だろうか？

「わ、私は……ただ、気安く話しかけたほうが相手もリラックスできるかな？　話しやすくなるかな？　って思って頑張ったのに……そもそも、元冒険者の私がギルドマスターをやること自体がおかしいのよ！　現役を引退してまでやること⁉　適当な奴を呼んできなさいよ‼」

ショックを受けていたはずが一瞬でキレた。これまでの不満がよほど溜まっていたのか、するする口から文句が出てくる出てくる。

「リコリス侯爵様からのお願いでしょう？　ラッキー！　これで楽してお金が稼げるわ！　と仰っていたのはギルドマスターじゃないですか」

「まさかギルドマスターの仕事がこんなに忙しいとは思ってなかったの！　私はもっと自堕落に過

ごしたいのよ！　あの男……私を騙して！」

「騙していません。侯爵様はただ、ギルドマスターに仕事を引き受けてほしい、としか言ってないですよ。勝手に捻じ曲げているのはギルドマスターです」

「あなたはどっちの味方なのよ━━！」

「どちらかと言うと侯爵様のほうですかね」

「ショック⁉」

あ、また机に頭を打ちつけている。痛くないのかな、あれ。

二人の漫才に似た会話を聞きながら、僕はもう帰っていいかどうか悩んでいた。

さすがに用件が終わっていないし、この状況で部屋を出られるほど豪胆でもない。静かに二人の様子を見守る。

「うぅ……冒険者時代からの付き合いなのに、友人が冷たい……。友達なら、一緒に侯爵様暗殺計画を立てるくらいはしてくれるんじゃないの？」

「絶交しましょう。あなたにはついていけません」

「どうしてよおおおお⁉」

「極刑ものの愚行じゃないですか……相手はトップクラスの貴族ですよ？　あなたはなまじ実力があるから質が悪い。それより、いい加減ヒスイくんを解放してあげたらどうです？　気まずそうに話が終わるのを待ってますよ」

「ハッ⁉　忘れてた！」

おいおい……僕に声をかけてきたのはそっちだろうに、客人を忘れるなんて酷いな。けど、なんだか前よりギルドマスターのことが好きになれそうだ。ちょっと面白い。

「ごめんなさい、ヒスイくん。呼び出したくせにあなたを放置しちゃったわ」

「いえいえ。お二人は仲がいいんですね」

「もう何年も一緒にいるもの、軽口くらい叩ける仲よ」

「お二人共、元冒険者なんですか？」

「ええ。そこそこ強かったのよ」

「八歳で登録が認められたヒスイくんほどではありませんけどね」

アリサさんがくすりと笑って視線をネルファさんの手元にある手紙に戻した。

「ああ、そうそう。そのことについて聞きたいの。あなた、どれくらい強いのかしら？　国王陛下やリコリス侯爵が認めたってことは、相当な実力者よね？　もう能力に目覚めているの？」

「はい。魔力が使えます」

この情報は伝えていい。どうせ冒険者ギルドで活動していくうちにバレるものだからね。だが、残り二つの能力が使えることは話さない。必要最低限でいい。

「へぇ！　凄いわね。侯爵様のご息女も八歳で神力が使えるようになったらしいし、最近の若者は立派だわ」

「しかし、ただ魔力が使えるだけで陛下が許可を出すとも思えません。他にも何かあるのでは？」

アリサさんが鋭いツッコミを入れた。まさしくその通りだ。

「ご明察です。僕はこの街に来る前、経緯は話せませんが、緑竜を倒しました。一人で」

「……は？　りょ、緑竜？　緑竜って、あのドラゴン？」

「緑色の」

「「…………」」

僕が八歳で魔力が使えると分かった時よりも、二人の反応が強い。ぱくぱくとどちらも口を開閉させながら僕の顔をまじまじと見つめていた。

その驚愕(きょうがく)やら唖然(あぜん)やらが混ざり合い、少しして二人の感情が弾ける。

「嘘(うそ)でしょ⁉　緑竜って……私でも一人で倒すのに苦労するわよ⁉　それを、子供のくせに単独で討伐ぅ⁉」

「聞いたことありません！　伝説を打ち立てた王都の剣聖ですら、八歳の頃は鼻をほじりながら野を駆け回っていましたよ⁉」

「剣聖に失礼すぎませんか？」

いくらなんでも鼻をほじりながら野を駆け回るはずがないだろうに、二人共冷静な判断ができていない。

「それくらい信じられないことなんですよ！」

「どれくらいなんですか……」

さっきの反応じゃよく分からん。

「おそらく最年少でドラゴンスレイヤーの称号を得るでしょうね」

アリサさんが改めて僕の評価を口にした。

「ドラゴンスレイヤーって、緑竜を倒しても得られる称号なんですか？」

確かに竜とは呼ばれているが、緑竜は飛べない恐竜。僕からしたらドラゴンスレイヤーって感じはしない。

「ヒスイくんと同じことを言う人はいるわ。緑竜はドラゴンに含まれないって。でもね？　その強さは本物よ。例えばこの街に緑竜が押し寄せてきたとして、大軍を投じて討伐するか、私が出向かなきゃいけないもの。前者の場合は多くの犠牲者が出るわね。必然的に、私が戦ったほうが早い」

「そこまで強くなかったような……」

僕の魔力放出量でも勝てたのだ、大軍を投じれば、作戦によっては犠牲者を出さずに倒せそうだけど。

「なるほど。よく分かったわ。君、常識が無いのね」

「え？」

初めて言われた。もの凄く失礼じゃありませんか⁉　僕は田舎のクレマチス男爵領にいたとはいえ、姉さんたちや女神たちと関わってきたんだ、常識の一つくらい……。

そこまで考えて、はたと思考が止まる。言葉が出てこなかった。

よくよく振り返ってみれば、姉さんたちは僕と同じ田舎者。アルメリア姉さんの知識も本の中に限定される。加えて女神たちだ。

ネルファさんが言う常識が、この場合魔物や戦闘力に関するものなら、僕の基準はアルナたちってことになる。彼女たちに比べたらあらゆる存在が矮小に見えるだろう。

これまで顧みることをしなかったが、僕って意外と人間社会の中では強いのか？　割と上位に君臨するくらいには。

「緑竜は強敵よ。普通の冒険者じゃ逆立ちしても勝てない。それこそ、冒険者ギルドのギルドマスターを任せられる人くらいしか倒せないの」

びしり、とネルファさんが僕の顔に人差し指を向ける。

「ヒスイくん、君は異常よ。あまりにも強すぎる。私が十年以上もの月日をかけて鍛えた力、才能を、あなたはほんの少しの時間で超えた。一種の――化け物」

「化け物……」

まさかそこまで言われるとは思ってもいなかった。

決して彼女からは侮蔑の感情が見られない。驚き、畏敬に近い念は抱いているかもしれないが、どちらかというと好意的に捉えてくれてはいる。

だが、そんなネルファさんをもってしても僕は恐ろしい怪物に見えるらしい。

改めて、自分のことを見直すきっかけになった。

「言いすぎですよ、ギルドマスター。ヒスイくんはこんなにも可愛らしいのに！」

「むぎゅっ⁉」

突然、僕の視界が狭まった。同時に、顔に圧迫感を感じる。アリサさんに抱きしめられたのだ、顔を。

彼女は割と胸が大きい。僕の顔が膨らみに埋まり、羞恥心が熱を上げる。

「あなたこそ、スキンシップが激しいわね。辛そうよ、彼」

「あ」

遅れて僕が恥ずかしがっていることに気付き、アリサさんは顔を放してくれた。

「可愛い……ヒスイくん、強いのに可愛い！」

なんか妙に女性職員さんに気に入られたっぽい？　視線がもの凄く体に突き刺さる。なんと気まずいことか。

「あなたのセクハラも大概だと思うわよ」

「セクハラじゃありません。軽いスキンシップです。ね？　ヒスイくん」

「えっと……はい」

「こういうのが社会をダメにするのよねぇ。犯罪者予備軍よ、予備軍」

「うるさいですよギルドマスター。それより、話も終わったんですから、そろそろヒスイくんを解放してあげてください」

「まるで私が彼を縛りつけているみたいな言い方ね」

「似たようなものでしょう？」

「むぅ……いいわ。今日はありがとうね、ヒスイくん。また話が聞きたいわ。君のことが気になるの」

不敵な笑みを浮かべてネルファさんはそう言った。獲物を狙う鷹のように見えて、僕はぶるりと体を震わせる。厄介な人に目をつけられたかもしれない。

「き……機会があれば、また」

ぺこりと頭を下げてから、僕はアリサさんと共に一階へ戻る。時間はかかったが、これから冒険者登録だ。ようやく、ね。

▼△▼

「はい、ヒスイくん。これが冒険者カードよ」

登録に必要な個人情報を紙に書いた後、奥の部屋に引っ込んだアリサさんが一枚のカードを手に戻ってきた。

手渡されたのは、前世でいう名刺サイズの小さなカード。どうやって加工しているのか、薄い割には頑丈だ。カードの表面に僕の名前や性別などが書かれている。

「ありがとうございます」

「それを持っていると身分証の代わりになるわ。街の出入りで税金を取られたりもしない。ただし、一定期間依頼を請けないと記録が抹消されてしまうわ。そうなったら、再登録しにこないと資格が剝奪されたままになるの」

「剝奪された状態でカードを使うとどうなりますか?」

「バレたら重罪よ。高い罰金を払わされたり、最悪捕まるわ」

「それはまた……怖いですね」

たかが再登録を忘れていたってだけで捕まるのか、異世界は。

おそらく、記録が抹消されたカードを使ってできる犯罪なんかもあるんだろう。厳しく取り締まることで、平和やルールは広がっていく。そういうものだ。

「だからくれぐれも気を付けてね?」

「はい」

素直に頷くと、アリサさんに頭を撫(な)でられる。

「いい子いい子。本当は君みたいな小さな子供に冒険者なんて難儀な仕事はしてほしくないの。国王陛下の命令じゃなければ、私は絶対に認めなかったわ」

「僕、強いですよ？」

ドラゴンにだって勝てる。ドラゴンに勝てるなら、大概の敵には対処できる。心配されるほどでもないと思うが……。

僕の返事に対し、彼女はなおも頭を撫でながら柔らかな笑みを作る。

「関係ない。どれだけ強い人でも、一度のミスが命取りになる。優先すべきは身の安全。それを忘れずに、なんでも相談しに来てね？」

「……分かりました。ご心配をおかけします」

アリサさんが言いたいことは分かる。彼女にとって僕は、ドラゴンを倒せようが子供。子供なことに変わりはない。

僕だって前世の価値基準で子供には平穏に暮らしてほしい。けど、僕はそれを望めない。姉さんたちを幸せにすると決めた以上は、多少は無茶しないと。

それに、僕自身が冒険者に憧れがある。自由な職業、実にいい！

「では、僕はこれで」

「忠告しておいてなんだけど、依頼は請けていかないの？」

「今日は登録だけする予定だったんで」

「そう。ならまた会いましょう。私がいる時は私の所に来てね？」

アリサさんがわざとらしくウインクしてきた。僕はわずかに顔が赤くなる。

「か……考えておきます！」

気の利いた返事はできなかった。手を振り、慌てて冒険者ギルドを出る。

発行してもらった冒険者カードを、収納袋の中に入れて街の外に。

南門を通る際、アリサさんが教えてくれた通りに冒険者カードを見せたところ、税金を払わずに済んだ。本当に便利だな、このカード。登録料は無料だったが、採算取れているのかな？

魔力を両足に巡らせ、森の中を走りながら冒険者ギルドのことを考える。

恥ずかしがってないで、最後にどんな依頼があるのかくらい確認しておけばよかった、とか。冒険者ギルド内でたびたび囁(ささや)かれていた、体調不良の話とか、いろいろ気になることがあった。

特に後者。前にクラウス様も、最近は体調を崩す者が多いと言ってた。確か、東にある居住区あたりで結構な被害が出ているらしい。原因は不明。教会に務める神官たちは稼ぎ時だな、と苦笑していた。

「疫病とか勘弁してくれよ？」

「んー？　疫病がどうしたの、ヒーくん」

耳聡(みみざと)くフーレが僕の呟(つぶや)きを拾う。そうだ、と僕は彼女に訊ねた。

「僕が街に来る少し前、体調を崩す人が多く出たって聞いたんだ。もしかして疫病が発生しているのかなと」

「うーん……あの反応は、ただの病気じゃないよ」

「フーレは何か知ってるの？」

「私は神力を生み出した精霊だからね！　漂ってくる空気から、何が起きているのか察しはつくんだぁ」

「原因を聞いてもいいかな？」

「いいけど……ヒーくんにはまだ早いかもよ」

「早い？」

「だって今回の騒動――《呪い》が原因だもん」

「呪い……」

呪力の訓練中にカルトが言ってた呪力の本質。他者に直接干渉し、不利益を与える力のことだ。

しかし、なんで呪いが街中に？　呪われたアイテムを持ってる人がいたとか？　それか、呪力を使って誰かが迷惑をかけている？

「気になるみたいだね、ヒーくんは」

「そりゃあね。住んでる街中に呪いが生まれたって聞いたら無視できないよ」

「言うと思った。そうだなぁ……ちょうどいいし、神力で《解呪》の練習でもする？　総量は充分だし、ヒーくんなら呪いを解くことも不可能じゃないと思うよ。無理せずのんびり練習してもいいけどねぇ。だからヒーくんにはまだ早いって言ったの」

「やるよ。アルメリア姉さんたちに呪いをかけられても困る」

「りょうかーい。じゃあ、一緒に原因を探ろうか。それまでに誰かが解決しなきゃね。あの街にも神力を使える神官はいるんだし」

「うん。焦らず、僕にできることをこなしていくよ」

「いい返事ね、ヒスイ。全て放り投げて呪いを探りに行く！　とか言い出したらどうしようかと思ったわ」

腕を組んだアルナが、ふふっと鼻を鳴らして上機嫌に笑っていた。

「そんなことできないよ。家を建てなきゃいけないし、冒険者の仕事もある。僕にしか解決できないならともかく、他にも解決できる人がいるなら様子見が最善さ」

「くすくすくす。冷静ですね、あなた様は」

カルトも会話に混ざり、話は建築に関する内容にシフトしていった。

だが……内心では、少しだけ気になっている。なんとなく、嫌な予感がした。


「カルト、そこの壁を接着してくれるかい？」

話が終わると、早速、僕たちは全員で力を合わせて建設に取り掛かる。

木材をアルナとフーレ、僕の三人で運び、積み上げ、カルトが呪力による変質の力を使って接着——厳密には融合させている。

なぜ木材同士を融合させるのか。そっちのほうが普通に組むより遙かに頑丈になるからだ。ほぼ家自体が一つの木の塊となる。

「ねね、こっちはこんな風に積み重ねればいいのかな？」

「フーレの持ってるやつは向こうに重ねなさい。一ヵ所だけ重点的にやっても見栄えが悪いわ」

「え～？　どうせ最後には壁になるんだし、別によくない？」

「よくない。均等じゃないとミスが出る。例えばフーレのそれ、壁じゃなくて天井用だからサイズが大きいでしょ」

「ハッ⁉」

「見れば分かるミスはしないように」

「えへへ。建築なんて初めてするから手探りなんだよ〜」

「みんなは家とか建てたことないの？」

カルトが木材同士をくっつけ合う様子を眺めながら、些細な疑問を二人の女神に飛ばす。

「無いわね。私たち精霊に住居が必要だと？」

「勝手に外に建てたら、見つけた時その人が困惑しちゃうだろうしねぇ。私たちの姿が見えないと」

「あ、そうか」

「ヒスイは当たり前のように会話もできるけど、普通の人には無理なのよ」

「それじゃあ、ひょっとして、みんな僕に付き合ってくれているだけなのかな？　申し訳ないね」

思えば、家を建てようと提案したのは僕だった。フーレが「こんな屋敷に住みたい！」と言ってくれたが、僕に合わせてくれただけなのかもしれない。

そう思って頭を少しだけ掻くと、三人の女神はそれぞれ同じ反応をする。首を左右に振って僕の言葉を否定した。

「そんなわけないでしょ。私たちはヒスイと一緒に生活したい。だからこうして手伝っているのよ」

「前までは全然興味なかったんだけど、ヒーくんがいるなら話は別」

「くすくすくす。あまり自分を卑下したりネガティブにならないでください、あなた様。我々はあなた様の想いを尊重しています。願いを叶えるためなら手段を問いません。嫌なことは嫌だとハッキリ言います」

「つまり、言わないってことは」

「私たちも一緒に楽しんでいるってことだねぇ」

「あはは……最終的に、気を遣わせちゃったね。ごめん」

「いえいえ。ヒスイのその優しさ、謙虚さは美徳です。ただ、我々の気持ちも知っておいてほしかった……それだけのこと」

さらりとカルトが僕の頬を撫でる。みんなの表情は、呆れているようでどこか柔らかく、優しかった。

僕からしたら、自分以上に優しいのは彼女たちだ。本当に、僕の女神様だね。

内心でアルナたちに信仰を捧げつつ、止まっていた手を動かす。

「ありがとう、アルナ、フーレ、カルト。……この木、あっちに運んでおくね」

「よろしくお願いします」

まだ始まって数時間しか経っていないが、僕たち全員の気持ちを込めた建物は、徐々に完成に近付いていく。このペースなら、夕方までには終わりそうだ。

▼△▼

女神たちと雑談しながら作業すること数時間。

空はすっかり夕暮れに染まっていた。正確な時間は測っていないが、おそらく夜も近い。だが、頑張った甲斐(かい)はある。

「かんせ――い！」

目の前にそびえる大きな一階建ての建築物を見上げ、僕は大きな声を発した。

「いやぁ、みんなのおかげで予想よりだいぶ早く完成したね」

アルナもフーレもカルトも凄い。全員力持ちで大量の木材を一度に運べるし、精霊だから飛んで木材を組み立てられる。高さなんて関係ない。

加えて、カルトが木材を加工してくれたから一つのミスもなく、カルトの呪力が木材を通常より遙かに早く頑丈に組み合わせることができた。まさに女神様様だ。人間だとこうはいかない。

「お疲れ様、ヒスイ。結構いいものが作れたじゃない」

「お疲れ様～、ヒーくん！　私が考えた通りの豪邸だよ！」

「お疲れさまでした。アルナの手加減した一撃なら、一発くらいは耐えられる強度になっていますね」

「お疲れ様。アルナたちが頑張ってくれたからいいものが作れたんだよ。フーレも設計図を一緒に描いてくれてありがとう。カルトがいなかったら、こうも立派にはならなかった」

女神たちそれぞれに感謝を告げる。彼女たちはまんざらでもなさそうな表情を浮かべた。

「内装や家具なんかは明日かな？　ついでにお風呂も大きいやつを用意したいね。いっそ外にでも作って、露天風呂を楽しむとか？　これで温泉とか噴き出したら最高なんだけどなぁ」

とはいえ、目の前は湖だ。さすがに都合よく温泉の源泉があるとは思えない。まあ、ただのお湯でも体は温まるし気持ちがいい。汚れも落ちるなら文句のつけようはないな。

「温泉……聞いたことがありますね。人間たちが入る温かいお湯でしょう?」

カルトが僕の呟きを拾う。ただの独り言だったが、彼女たちも知っているのか。

剣と魔法のファンタジーな異世界でも、温泉くらいは普通にあるってことだ。少なくともリコリス侯爵領には無いが、どこかの街の名物になっていたりしないかな?

「お湯を張るのとは違うの?」

「少しだけ違うかな、フーレ。普通のお風呂は水を温めてお湯にしたものだけど、温泉は地面の底から湧き出すお湯のこと。人の手がほとんど加えられていないんだ」

僕個人としては、広い浴槽にたっぷりとお湯を注げばそれも温泉と大差ないが、一番の違いは効能があるかどうか。それによって感じる気持ちよさも変わるんじゃないかな?

あいにくと、温泉に入った経験は数度しかないから、詳しいことは何も言えないんだけど。

「ふうん。自然物か人工かの違いねぇ。自然のお湯は何か特別なの?」

「疲れが取れたり、肌が綺麗になったり……そういう話は聞くね。本当かどうかは分からないけど」

「凄い! じゃあアルナちゃんに地面を掘ってもらえばいいんだよ! 温泉を掘り当てよう!」

「馬鹿ね。どこにでもあるなら、わざわざヒスイが口にしたりしないわよ。無いから欲しいって話でしょ」

「そばに湖がある以上、周りを何ヵ所も深く掘り返すわけにはいきませんし、安全に影響がない範囲で探すとなると……手間ですよ?」

見つかる可能性もほぼゼロパーセントだろうね。そんな都合よくはいかない。せっかく建てた家から離れれば離れるほど、管理も難しくなるし。

「頑張って掘ろうよ～。温泉に入ってみたーい」

「ヒスイが結界装置を作れば維持するのもそう難しくはないけど……ダメ。却下」

「えー……」

アルナに問答無用で切り捨てられる。すごーく不満そうな顔でフーレがアルナを睨んでいた。

しかし、アルナのほうもただ理性的にフーレを窘めたわけじゃない。他に案があったのか、即座にこう返した。

「それなら最初から、カルトに温泉を作ってもらえばいいじゃない」

「わたくしですか？」

「あ！　ナイスアイデア！　カルトちゃんなら、温泉をそっくりそのまま作れる！　管理も楽だよ、ヒーくん！」

「いいのかな？　勝手に温泉を作っても。というか、カルトに任せても」

「くすくすくす。それくらい構いませんよ。この家は我々四人で建てたもの。そこにわたくしの作る温泉があっても何ら不思議ではありませんから」

面倒事をカルトに押しつけるようであまり気乗りしなかったが、僕としても温泉は正直欲しい。

カルト側から文句が上がらないのであれば、ここは彼女のお言葉に甘えておくとしよう。

「助かるよ、カルト」

「いえいえ。それより、どういった温泉を作るのか話し合いでもしましょうか」

「はいはーい！　やっぱり美肌効果は外せないと思います！」

手を上げてフーレが熱烈に自らの意見をアピールする。

「美肌はよくある効能だね」

「疲労回復。効果が強ければ強いだけいいわ。鍛錬による疲れを自然に治せるもの」

「カルトが作ったんだし、自然って言うのかな？」

「言うわ」

どうやら言うらしい。でも、疲労回復はありがたいので僕はＯＫを出した。

「他にはどんな効能があるのか、知っていますかあなた様？」

「えっと……健康にいい、とか？」

「疲労回復と何か違うの？」

「あんまり変わらないと思う……他には……新陳代謝の促進や自律神経を整えてくれる？」

「よく分かんない」

グサッ。今度は僕がフーレにバッサリ切り捨てられた。

そうだよね……新陳代謝の促進や自律神経を整えるとか言われても、よく分かんないよね……僕もよく分かっていない。

「ではひとまず、先ほどの二つをメインに温泉を作りましょう。わたくしの呪力を使えばぱぱっと終わりますよ」

「じゃあ温泉は……家の裏手にでも作ろうか」

「畏（かしこ）まりました」

僕がカルトに指示する形で、大きな温泉を作る。だいたい十人くらい入っても余裕があるスペースを、カルトが呪力で変質・変化させた。

すでにお湯が張られている。もくもくと立ち上がった湯気から、不思議な香りが漂ってきた。

「温泉なのに……花の匂い？」

「わたくしが知っている温泉は、少々臭いがキツいので、そちらも変化させておきました。効能をそのままに、匂いだけを」

「さすがカルト……他の人が聞いたら目玉が飛び出るほどのサービスだよ」

一応、彼女が呪力で作ったから源泉と呼べるものだ。少しお湯に触れてみたが、温度のほうも調整してある。だいたい四十から四十三ってところかな？　完璧だ。

「よーし！　早速入ろう！」

「え？　これから帰るってところなのに⁉」

時刻は夕方。今は秋頃だから空が暗くなるのも少し早い。まだ夏の暑さが残っているとはいえ、二時間もすれば街の門も閉じてしまう。そうなったら野宿かここに寝泊まりするしかない。家具は急いで作ればいいが、アルメリア姉さんたちに言い訳を考えるのが難しい。否、何を言っても確実に怒られるから嫌だ。

「明日にしようよ。僕がアルメリア姉さんたちに怒られて、今度こそリコリス侯爵邸から出してもらえなくなっちゃう」

「それなら今回は、私が運んであげるわ」

「アルナ⁉」

君まで何を……。

「名案ですね、アルナ。それなら時間はまったくかからない」

「カルトまで……」

　これは逃げられそうにないな。三人共マジの顔をしている。

「観念しなさーい、ヒーくん。一緒に温泉に入るんだよ～」

「い、一緒に⁉　それはさすがにまずいよ、フーレ！」

「何もまずくないまずくない。私たちは精霊だし、ヒーくんの精神年齢は大人なんでしょ？　健全だよ健全」

「いやいやいや！　そもそもの話、男女が同じ湯舟に浸かるなんて、それ自体が健全じゃないって！」

「頑張ってみんなで建てた家だよ？　温泉だって、みんなで入るべきだと思うなぁ……」

　しゅん、とフーレが視線を地面に落とす。傷ついているようにも、泣きそうにも見える。そんな反応されると……僕は弱い。

　いろいろ考えた結果、逃げ道を失って項垂れる。

「ハァ……分かったよ。分かりました。一緒に入ればいいんだろう？」

　タオルをすれば少しはマシかな？

　そう思って許可を出すと、

「やったー！　まずは私から！」

　フーレが何の躊躇もなく服を消して裸になる。彼女の双丘がぷるんと跳ね、それをバッチリ視界に収めてしまった。僕の顔が一瞬にして真っ赤に染まる。

「わたくしも失礼します」

フーレに続き、今度はカルトだ。最悪なことに、フーレから目を逸らす目的で横を向いたら、その先にカルトがいた。彼女もフーレ同様、服を消して裸になる。フーレを遥(はる)かに超える巨大な膨らみが、僕の視界を覆いつくした。

「あああああ！」

たまらず叫び、目を瞑(つむ)って後ろに下がる。すると、ちょうどアルナに当たった。彼女は僕を受け止めると、

「何してるの？　ヒスイ。早くあなたも服を脱いで入りましょう」

と言って、無理やり衣服を剝ぎ取った。

これも戦の女神の力なのか⁉　と戦慄するほど早く、僕もひん剝(む)かれる。

抵抗できなかった。まるで最初から服を着ていなかったように、するりと服が地面に落ちる。ビビッて逃げようとした僕を、裸になったアルナが掴んで離さない。

こ……この感触は間違いない……アルナも服を消して裸になってる。目を瞑っていてもそれが分かってしまう！

どうにか、「先に体を洗うんだよ！」と叫んだが、「湯舟しか無いのに体を洗うもクソもないわ」と一蹴され、僕は軽々と温泉に沈められた。

かけ湯とかあるじゃん！

心の悲鳴は、誰にも届かない。しかし、人間という生き物は高い適応能力を持っている。恥ずかしいやら気まずいやら複雑な気持ちをぶら下げていても、いざ温泉に入るとその気持ちよさにあらゆる思考は吹き飛ばされた。

「き……気持ちいい……」

先ほどまでの激情はどこへやら。僕は「ほへ～」と感嘆の息を吐いた。

「たまにはこういうものも悪くないわね、ヒスイ」

「うん……僕は実家にいた頃、一度もお湯に浸かったことがないんだ。アザレア姉さんたちとお風呂に入っても、使えるお湯の量は決まっていたし、貧乏なクレマチス男爵家に人が一人分浸かれるほどの浴槽は無かったからね……凄く、久しぶりに感じるよ……」

「くすくす。リコリス侯爵の屋敷では普通にお風呂が使えるではありませんか。それとこれは、そんなに違うのですか?」

「違うよー……全然違う。カルトが作ってくれた温泉は、世界一だね」

「ッ……そこまで喜んでもらえると、作った甲斐があります。ええ」

ほとんど思考を介さない返事を送ると、妙に嬉しそうにカルトが答え、すいすいっと僕に近付いてきた。湯気で近場のものは薄っすら見えにくくなっているが、近付かれるとさすがに彼女たちのシルエットはハッキリ映る。特に、カルトの胸元は凄まじく強調されていた。

呆然とカルトを横目に考えていると、不意に柔らかい感触が背中と腕に当たった。

「あー!　カルトちゃんがヒーくんに甘えてる!　ずるいずるい!」

そう。フーレの言う通り、カルトが僕の体を抱きしめている。柔らかな感触は間違いなく彼女の胸だろう。気のせいだと誤魔化していたのに、フーレのせいで自覚してしまった。実に悩ましい気分になる。

おまけに、ばしゃばしゃお湯を弾きながらフーレまで近付いてきた。空いてる僕の右腕を引っ張って抱きしめる。

「ちょ、ちょっと……二人共、温泉くらいは静かに、ゆっくりと楽しませてよ……」

「カルトちゃんがヒーくんに迷惑をかけるからだよ！　放したほうがいいと私は思うなぁ」

「くすくすくす。わたくしはこの温泉を作った功労者。ヒスイも無碍（むげ）にはしないかと。むしろ、あまり役に立っていないフーレが離れるべきでしょう」

「なぁっ⁉　確かに私は木材の水分を抜くくらいしかやることなかったけど……なかったけどぉ！」

酷いこと言わないで！　と叫ぶフーレをなだめる。彼女はよく頑張ってくれたと思うよ。少なくとも僕よりもずっとね。

「二人共邪魔。どっちの主張も主観的で論外ね。ヒスイは心を休めたいのだから、そういうことは後にしなさい」

唯一の良心、アルナがため息を吐きながら二人を注意する。が、そのアルナも僕の目の前にいる。右手と左手をお湯の中で握り締められた。

「ふーんだ。アルナちゃんだってやることやってるくせに、仲裁役面しないでもらえるー？」

「そうですよ、アルナ。あなたはなんだかんだ言って、我々の目を盗んで行動する。卑しいです」

「誰が卑しいよ！　あんたたちに言われたくないわ！」

温泉の中だというのに、女神たちは相変わらず喧嘩（けんか）はするわ賑（にぎ）やかになるわで落ち着きがない。

しかも、僕の周りで、裸で争っている。

がー！　っと文句を言う度に揺れる二つの膨らみが、僕の気持ちを永遠に高揚させた。控えめなアルナの胸だって、遮るものがないと暴力的だ。

少し離れたところでは、タンポポが器用に泳いでいる。タンポポだけはマイペースで羨ましかった。

▼△▼

賑やかで楽しい……それでいて、ちょっぴり恥ずかしかった時間が終わる。

温泉から上がった僕は、服を着てからアルナにお姫様抱っこされた。温泉に入る前に言っていた通り、彼女に街まで送ってもらう。

極限まで鍛え抜かれた身体能力と魔力が、ほとんど音もなく森の中を駆ける。脚力を強化して走っているのは当然だが、音を消し去っているのはどんな技術だろう？

僕には到底理解できない超絶技巧に見惚れていると、ものの数分で街の南門前に到着した。人が見ていないであろう森の浅層で下ろしてもらい、そこからは徒歩で戻る。今更だが、なんで僕はアルナにお姫様抱っこされていたんだ？　他の持ち方でもよかった気がする。

ギリギリ門が閉じる前に街中に入る。疲れは癒えているが、時間も差し迫っている僕は、急いでリコリス侯爵邸へ向かった。その途中、

「あなた方は知るべきなのです！　エレボス様がいかに寛容で、いかに素晴らしい存在かを！」

「あれは……」

リコリス侯爵邸の近く、中央広場で見慣れた服装の男たちが、両腕を広げて声高らかに演説していた。

エレボスなる神を祀り上げる信者たちだ。街中ではずっと黒いローブを羽織って顔を隠し、何度も何度もエレボス神を称えている。が、リコリス侯爵領ではあんまり人気が無いらしい。どこへ行ってもつまはじき者なのか、彼らの演説に耳を傾ける者はごくごく少数だけだった。

「へんてこな神様を信仰する人たちだね。こんな時間でもまだやってるんだ。元気だねぇ」

「彼らの信仰対象を《へんてこ》なんて言ったらダメだよ。僕にも見えない、存在自体知らない神様だとしても、人の心には寄る辺が必要なんだ。迷惑さえかけなければ、信仰は自由だと思うよ」

「ヒーくん優しい！　カッコいい！」

「でも、見ていたのがバレてこっちに来るわね。気を付けなさい、ヒスイ。そいつら何か変よ」

「え？」

フーレと小声で話していたら、エレボス教徒たちの行動に反応が遅れた。本当に目の前に数名の黒ずくめが立っていた。

「君、さっきから我々を見ているね？　エレボス様に興味があるのかな？」

「いや……別に……」

「もったいない！　エレボス様は素晴らしい神様なんだ。生きとし生ける全ての存在を愛し、慈悲をくださる。この世の幸せ、幸運とは、エレボス様による恩恵なのさ！」

「は、はぁ……」

さっき人様に迷惑をかけなきゃ信仰は自由だと言ったが、すでに僕が迷惑を被っているし、エレボス神がいかに素晴らしいかを説かれても困る。下手すれば、アルナたち三人の女神を信仰する正統派と争いになるのでは？　正統派はそこまで過激ではないが、まるで三女神を無視するような教えを説かれてしまっては、面子も何もあったもんじゃない。

「エレボス神に興味が出てきたかい？　出たなら、もっと詳しい話をね……」

「残念ながら、僕はもう三女神を信仰しているので、別の宗教はちょっと……」

「君も三女神をかね⁉」

「ひっ⁉」

急に信者の一人が大きな声を張り上げた。近くにいたものだから肩がびくりと震える。信者のほうも体を小刻みに震わせながら、悲壮感の籠った声で言う。

「古くから根強い人気を誇る正統派……三柱の女神！　そんなものより、我々が信仰するエレボス様のほうが偉大だと、なぜ気付かない⁉　どいつもこいつも三女神三女神と……彼女たちが何をもたらしてくれるというんだ！」

絶叫が広場に響き渡る。周囲は喧噪が飛び交うほど賑やかだったが、男の声に静まり返った。沢山の視線が男に集まる。

「何を……！」

「そういうことは、自分の心に秘めておくべきかと。正統派の方に聞かれたら、反感を買いますよ？」

苛立ちが声から伝わってきた。しかし、それは僕も同じだ。アルナたちを否定されて黙っていられない。

「女神如きに尻尾を振る貴様は、私自ら罰を――」

「やめろ！　こんな所で何をするつもりだ！」

男の一人が懐から何かを取り出そうとして、他の黒ずくめたちに羽交い絞めにされた。結局男の手には何もなかったが、敵対行動に移ろうとしていたのは明らか。

僕は喧嘩を始めたエレボス教徒たちのもとから離れ、屋敷のほうへ走りながら呟いた。

「彼らの信仰の自由は……認められないのかもしれないね」

何をしようとしていたのかは知らないが、あまりにも過激すぎる。もっと心に余裕を持たないと。神様っていうのは、自分にとっての信仰対象であればいいんだから。

▼△▼

「クソ！　あのガキ……生意気なことを言いやがって！」

ヒスイが人混みの中に消えたあと、暴れようとしていた信者の男が激しい怒りと共に吐き捨てる。

「落ち着け、馬鹿。こんな所でそのアイテムを使えば、確実に我々が犯人だとバレるだろうが。何のためにあの方がそれを渡してくれたと思っている」

「分かってるさ！　けどよ……そこら辺歩いてる奴は、みーんな三女神を信仰してやがる。誰も俺らの話には耳を傾けねぇ。迷惑だって視線がずっとこびり付いているんだ。お前はムカつかねぇのか⁉」

「だが、感情に身を任せていては、我々の悲願は達成できない。じき、この街は変わる。変わらざるをえない。すぐに気付くだろうさ。エレボス様の導きこそが、幸せに必要だと」

憤る男を止めたもう一人の信者が、恍惚（こうこつ）に震えた声でそう言う。そこまでしてやっと、男の怒りも治まる。

「ふん。そういやそろそろあの計画を実行に移すんだったか」

「ああ。すでに標的は捕らえている。あとは呪いを与え、野に放てば勝手に事件を起こしてくれるだろう。あの方も、この街の現状を憂いている。近日中には計画が始まるさ」

「ならいいんだ。あのガキが呪われたら、治せませーん、とか言って放置してやろうぜ」

「ふざけるな……と言いたいところだが、順番を遅らせればいいか。好きにしろ」

「やりー！」

周りの人たちに聞こえない程度の声量で、男たちは下卑た話を続ける。実はそのガキことヒスイには呪いが効かないわけだが、それを知らない男は、ヒスイが苦しむ様子を想像して楽しんだ。

徐々に、男たちの魔の手がリコリス侯爵領に伸びようとしている……それを、今は誰も気付いていない。

翌日。
なんとかアルメリア姉さんたちからの説教を回避した僕は、今日にでも屋敷を出ることをクラウス様たちに伝えた。
すると、案の定アルメリア姉さんたちは不満顔を浮かべる。あまりにも性急だとぼやいていたが、一度口にした以上は誰も止めない。
一応、家具作りはクラウス様の屋敷でもできるため、中庭に出て呪力で家具を作っていく。そこへ、後ろから足音が近付いてきた。

「ん？」

声をかけられないので、おそらく使用人じゃない。そう思って振り返ると、屋敷からローズが出てきた。真っ直ぐ僕のほうへ向かってくる。

「ローズ様？」

「こんにちは、ヒスイ様。お邪魔でしたか？」

「いえ。家具を作っているだけなので問題ないですよ」

「よかった……ちょっと、ヒスイ様にお願いがあって」

「お願い？」

「ヒスイ様は今日にでも屋敷を出て外で暮らすのでしょう？」

「はい。その予定です」

ベッドもクローゼットも作った。テーブルや椅子もあるし、最低限、あの新居で暮らすための準備は万全である。

「でしたらその前に……私の神力の授業を見学していきませんか？」

「授業？　というと、確か家庭教師を雇っているんでしたっけ」

「ええ。今日、これから授業が始まります。一緒に教えてくださいとは言いません。見学だけでもどうですか」

「見学……」

話を聞く限り、ローズは神力に関して知識はあっても技術や経験はほとんど無い。要するに、これから学ぶのは神力の基礎だ。もう基礎は修めている僕からすれば、授業内容など退屈すぎて欠伸が出る。

けど、クラウス様には恩があるし、彼女の手伝いをするとも約束した。今日くらいは授業を見学するのも悪くない。これからは本当にたまにしか教えられないだろうし。

素早く結論を出し、僕は頷いた。

「分かりました。僕でよければアドバイスくらいなら。必要かどうかは疑問が残りますが」

「まあまあまあ！　ありがとうございます、ヒスイ様！　嬉しいですわー！」

両手を上げてローズはその場でくるくる回る。たかが授業を一度見学するだけで大袈裟だな。悪い気はしないけどね。

しばらく僕の家具作りを見学していくと言ったローズと共に、昼食を取るまでずっと雑談しながら家具を作った。その後、ダイニングルームで美味しい料理を食べ、客間へ向かう。そこで神力の訓練を行うらしい。

階段を上がってローズと共に二階へ。

僕の部屋とは反対方向にある空き部屋に入った。そこで待つこと十分。遅れて、部屋の扉が開かれた。

「ローズ様、お待たせしました。神力の勉強を……ん？　誰ですか、そちらの少年は」

入室してきたのは、男性にしては声色の高い、二十代くらいの青年。どうセットしているのか気になるジグザグに曲がった前髪を一本、左側に垂らしたオールバックだ。残りの髪は、肩ほどまで伸びている。

第一印象は、すんごいちゃらい奴。

まず、ここはリコリス侯爵邸だ。上位貴族の侯爵とそのご令嬢が住んでいる。にもかかわらず、男は扉をノックすることなく開けた。貴族間でなくとも無礼に当たる行為だ。

加えて、僕が誰か知らないのに敬意の欠片も無い口調。曲げられた眉を見れば、招かれざる客だ、と言ってるように感じる。

ローズの隣にいるのだから、僕も高位貴族と普通は勘違いしてもおかしくない。実際のところ、底辺男爵家の末っ子なわけだが。

「この方はヒスイ様です。私の恩人で、隣のクレマチス男爵領から来ました」

「クレマチス？　そんな領地ありましたっけ？」

この野郎。ウチは貧乏底辺ど田舎男爵領ではあるが、言い方ってものに気を付けろ。好きじゃなくても多少はプライドくらいある。

「まあいいでしょう。私はグレーゲル。クラーキン子爵家の次男です」

「ご丁寧にどうも」

本当は頭も下げたくないほど悪辣な印象を抱いたが、ローズの手前、家庭教師の彼と喧嘩するわけにもいかない。子供らしく素直にいこう。

「それで、ローズ様。なぜ今日は彼がここに？」

「ヒスイ様も神力が使えるんです。その才能はお父様もお認めになるほど。なので、ヒスイ様にも何かアドバイスをもらえればと」

「わ……私がいるのに？」

「もちろんクラーキン公子様を邪見にするつもりはありません。言い方は悪いですが、ヒスイ様はあくまでおまけ。人が多ければ、それだけ気付くことが増えるでしょう？」

「それはそうですが……チッ。まあいい。君の参加を特別に許可しましょう。ローズ様がここまで仰るならね」

ばさりと緑色のローブを翻し、子爵子息は数歩後ろへ下がった。そして、再び不敵な笑みを浮かべて口を開く。

「では早速、神力の訓練に入ります。準備はいいですか？　ローズ様」

「はい。よろしくお願いします」

「君はその辺で座って見ていたまえ。余計な口はなるべく出さないようにね？」

「……はい」

ウザすぎる、こいつ！

確実に僕を目の敵にしているな。いきなりもう一人、アドバイスをする人間が増えればいい印象は抱かれないと思っていたが、露骨に態度に出ている。

普通はそういうのは隠すものだ。僕が自分の家より下の男爵子息だから舐められているのか？この街に来る前、バジリスクと緑竜を討伐したことを聞けば、態度も変わるだろうが……って、あ。

今更ながらに、面倒な事実に気付いた。

先ほどローズは、僕も神力が使えるとあの男に説明した。しかし、バジリスクや緑竜の件がバレたら、僕が魔力も使えるということが判明する。問題は、その話を知ってる人がクラウス様とローズ以外にもいるということ。

冒険者ギルドのギルドマスターと、登録時に担当してくれた女性職員のアリサさんだ。あの二人から情報が漏洩するとは思えない。が、不必要な重荷を背負うことはなかった。事前にローズには口止めしておくべきだったか？

「ささ、前にやったところの復習を」

「前……というと、確か神力を右手に集めて、治癒の力を発現させればいいんですね？」

「その通りです。私が実践してみせましょう！」

「え？」

始まった訓練内容に、思わず僕は声が出た。幸いにも、二人は僕の声を気にせず訓練を続ける。

グレーゲルが、右手で拳を作り、それが黄金色に淡く輝いた。

神力の発動だ。見るからに操作と制御能力が低い。光も薄ければ、大きさもギリギリ拳を覆う程度。

「なにあれ～。本気でやってるつもりなのかな？　出力がゴミもいいとこだよ」

僕の背後から、フーレの呟きが聞こえてきた。自分と僕が基準の彼女にとって、グレーゲルの神力はゴミらしい。

言い方はかなり酷いが、あれではまともに治療などできない。精々が擦り傷を治す程度だ。

さすがに全力じゃないよな？　もの凄いドヤ顔を浮かべているが。

「私も……ッ！」

グレーゲルの神力を見たローズが、自らの掌に神力を集める。見様見真似だ。けど、クラウス様が駆け出しと言っていた通り、簡単には神力を放出できない。厳密には、神力は放出されているが、放出量も制御能力も低すぎる。光がまったく見えていない。

「それではいけませんよ、ローズ様。もっと集中して！　神力を集めるのです！」

「は、はい！」

お叱りを受け、ローズは額に汗を滲ませながら体に力を入れていく。ただ、神力の発動に力は必要ない。そのほうが能力が使いやすくなる気持ちは分かるが、成長していく過程で削ぎ落としていく部分だし、何よりローズの技量はそれ以前の問題だ。

「あの……ローズ様の訓練、初心者向けとは言えない内容ですが」

「へ？　そ、そうなんですか？」

「なんだね君。邪魔するなと言ったはずだが」

面倒な奴だな、とグレーゲルは顔をしかめる。反対にローズは、僕に助けを求めるような表情を浮かべていた。

最初は見ているだけで終わる簡単な仕事かと思ったが、想像を絶する指導のやり方に、口を挟まずにはいられない。

「邪魔はしませんよ。僕は、ローズ様がより早く神力を習得できるようにアドバイスしたいだけです」

「それが邪魔だと言ってるんだ。何か私のやり方に文句でも？」

「ええ」

「なっ⁉」

即答した僕に、グレーゲルは額に青筋を刻む。

短気なのか結構怒ってるな。理由は察するが、このままではローズの才能が潰されてしまう。彼女は逸材だ。八歳で神力を覚醒させたのなら、天才にだってなれるかもしれない。あくまで可能性の話だが。

「そ、そこまで言うのなら……いいだろう。君の、子供の戯言を聞いてあげよう」

別にお前に言うわけじゃないんだけど……発言が許可されたので、遠慮なくローズにアドバイスを送る。

「では一つ目。ローズ様に神力の放出の具体的なイメージを授けます。いきなり説明もなく神力を放出するのは難しい。体内を巡る神力を感じ取り、それを少しずつ、血液のように手先へ流し込むイメージを構築してください。まあ、その前に感じ取る訓練からスタートですけどね」

「神力を、感じ取る……」

案の定ローズは、あの男から詳しい神力の訓練内容を聞いていなかった。ぱちぱちと両目を開閉させた後、言われるがままに、集中するために目を瞑る。

「能力が覚醒したということは、すでにローズ様は神力を知覚しています。それを意識的に動かせるようにしてください。放出はまだです。第一歩は、神力の操作」

「体内を巡る神力を知覚して……操る……」

あらゆる能力に言えることだが、その力を知覚し、操れるようになって初めて使えるのだ。操作を無視して放出から始めるなど、あまりにも愚行。

クラウス様の話だと、王都にある学園を卒業したんじゃないのか？　基礎中の基礎だぞ？　わざと教えなかったか、憶えていなかったか、底抜けの馬鹿なのか……どれも可能性があって怪しいな。

「ゆっくりでいいですよ、ローズ様。能力を鍛えるということは、一朝一夕ではいきません」

「はい。分かりました」

「くっ！　そんな訓練では、他の者たちに置いていかれますよ⁉」

「置いていかれる？　ローズ様は八歳で神力を覚醒させたんですよ？　むしろ置いていく側でしょう」

能力は早くても十歳を超えてから、と言われているのに、ローズは二年も早く覚醒した。二年分のアドバンテージがある。急がず、彼女のペースで覚えさせるべきだ。

「黙れ！　私は王都の学園を卒業したベテランの神官だ！　お前のようなガキよりよっぽど神力に詳しい！」

「へぇ……それは凄い」

さっきの放出が本気じゃないなら、その話を信じてもいいな。でも、仮にさっきの放出量が全力なら僕には遠く及ばない。フーレも、

「はぁ？　こんなゴミ虫よりヒーくんのほうがよっぽど凄いんですけど？　亀とドラゴンくらい違うよ？」

と僕の後ろで言ってる。だが、なぜ例えが亀とドラゴン？　生物として違いすぎないか？

「なら、どちらがより強い神力を放てるか、勝負しますか？」

「お前……！　調子に乗るなよ！　私に勝てると思っているのか⁉」

「思っていなきゃ、挑んだりしませんよ」

「いいだろう。お前に教えてやる。世界は広いってことをな！」

そう言ってグレーゲルは、自らの右手を前に突き出して神力を練り上げる。残念ながら、放出量は先ほどと変わらない。制御能力も低いから光の密度が最悪だ。

「ククク、どうだ？　これが本物の神力だよ」

「いいえ。本物の神力と言いたいなら、せめてこれくらいは光らせないと」

僕は笑みを浮かべて右手を上げた。掌に神力を集める。眩い光が部屋全体を明るく照らした。グレーゲルの数倍は光っている。

「はあああ⁉　こ、こんなガキが……これほどの神力を⁉」

「僕は基礎訓練を集中的に続けてきました。その成果がこれです。基礎を疎かにするとどうなるか、もうご理解いただけましたね？」

「さすがヒスイ様。美しい光ですね……」

訓練そっちのけでローズが僕のほうをうっとりとした表情で見つめる。君は訓練してなよ……。

「ふ、ふざけるな！　こんなの認められるか！　僕の半分くらいしか生きていなさそうなガキが、僕より神力を使えるはずがない！　何か……そう！　魔法道具でも使っているんだろう⁉　この詐欺師め！」

「いい加減にしてください！」

びしりと人差し指を僕の顔に向けるグレーゲルだったが、先にローズの沸点が限界を迎えた。

「先ほどから目に余る言動。ヒスイ様は男爵子息とはいえ、我が家に招かれた客人。口を慎みなさい！」

「ろ、ローズ様……も、申し訳ございません」

「私に謝っても意味ないでしょう。ヒスイ様に謝ってください」

「くっ！　……申し訳、ありませんでした……」

悔しそうな声で、絞り出すようにグレーゲルは頭を下げて謝った。

謝罪があったなら僕もこれ以上は言うまい。神力を消し、同じく頭を軽く下げた。

「いいえ。僕のほうこそ大人げなかったですね。ローズ様にはご迷惑をおかけしました」

皮肉を交えて謝罪する。グレーゲルは体を震わせて今にも暴れ出しそうだったが、ローズの手前、なんとか我慢して顔を上げる。

「すみません、ローズ様……急用を思い出したので、本日の訓練はそちらのヒスイくんにお願いしてもよろしいでしょうか？」

「え？　それはどういう……」

「また後日、ということで！」

問答無用。ローズの返事を最後まで聞くことなく、グレーゲルは脱兎(だっと)の如く部屋から逃げ出していった。

仕事を任されたくせに、それを自分勝手な理由で放棄していくとは。ここまで愚かだと、逆に関心するな。後で何を言われるのかくらい考えつくと思うが。

静かになった部屋の中で、ローズがこちらに振り返る。

「行ってしまいました」

「行ってしまいましたねぇ。どうしますか？　神力なら僕が教えますよ」

「いいのですか？」

「元はといえば、僕が邪魔したようなものですから。責任を持ってローズ様の家庭教師になります」

「せ、責任⁉」

急にローズが顔を真っ赤に染める。

「ローズ様？　大丈夫ですか？」

なんだかそこだけ切り取られると、僕がローズに何かいやらしいことを迫っているように思えて気まずいんだが……。

一応訊ねると、ローズはびくりと肩を跳ねさせた後、大きく体を後ろに下げた。

「な、なんでもありません！　神力の訓練！　神力の訓練を再開しましょう！　あの男はクビにします！」

流れでグレーゲルがクビになった。職務放棄したんだ、当然っちゃ当然か。

「じゃ、じゃあ……さっき僕が教えた通りに、まずは神力の操作から入りましょう」

「分かり……ました……～～～！」

なおも顔を赤くしたまま、ローズは神力の訓練に戻る。しかし、何かがずっと気になっているのか、イマイチ集中力に欠ける。訓練は早々に終わってしまった。

▼△▼

「え？　ローズの家庭教師が逃げた？」

その日の夜。ダイニングルームに集まったクラウス様に、僕自らが日中に起きた騒動を説明する。

「はい。グレーゲル様の訓練内容が不適切だと思ったのは事実ですが、勝手にやりすぎたという自覚もあります。クラウス様、申し訳ございません」

食事の前に深々と頭を下げる。すると、対面の席に座っていたローズが慌てて声を上げた。

「ヒスイ様は悪くありません！　あの方が愚かだったのです！」

「らしいよ？　ヒスイ殿。私としても、話を聞く限り、あまりよい練習内容だったとは言いにくいね。むしろ、家庭教師より優秀なヒスイ殿がローズに神力を教えてくれるんだ、ラッキーなくらいさ。まあ、それはそれ。これはこれ。後日、クラーキン子爵には抗議の手紙を送っておくとしよう。私の大事なローズの才能に、傷がつくところだったからね」

おお……クラウス様の目にめらめらと燃え盛る炎が宿っている。もしも僕がいなかったら、ローズが中途半端な神力しか覚えられず、周りと差ができるところだったかもしれないんだ、怒って当然。暴れないだけでも立派だ。

「改めて正式に、ローズの家庭教師を任せていいかな？　君は君なりに忙しいとは思うけど」

「お任せください。できる限り尽力します」

「うんうん。もちろん給金は弾むよ。楽しみにしていてくれたまえ」

「いえ、お金は必要ありません。すでに、クラウス様からは充分なものをいただいていますし」

「それを言うなら我々は命を救われた。それに比べれば今までの恩返しなど軽いよ。それに、お金が必要なんだろう？　貰っておきたまえ」

「クラウス様……感謝いたします」

やっぱりクラウス様には敵わないな。こちらのことを慮(おもんぱか)って言葉を選んでくれた。これ以上の固辞は逆に失礼に値する。再び頭を下げてお礼を告げた。

「ああ、そうだ。忘れない内にヒスイ殿には話しておこう」

「話？」

「近頃、また体調を崩す者が増えてね。外で暮らす君に言うのもなんだが、街中では病気に気を付けてくれ。流行り病かもしれない」

「なるほど……分かりました。神力が使えるので、病気くらいはなんとかなるとは思いますが」

「はは！　それもそうだね。仮に治らなかったら、街の教会を訪ねるといい。神官たちや……エレボス教徒なる者たちが治してくれるよ」

「エレボス教徒たちが？」

まさかクラウス様の口からその名前が出てくるとは。思わず驚く。

「さすがに知っていたか。彼らのことを」

「街中で見かけました。昨日は声もかけられましたし」

「それはまた……大変だったね」

クラウス様は僕に同情の眼差しを向けた。ひょっとして、クラウス様もエレボス教徒たちに何かされたのかな？　じゃなきゃ、あんな目は向けない。

「クラウス様は彼らに詳しいのですか？」

「いいや。君と大差ないと思うよ。ただ、彼らのせいで迷惑を被っている領民がいてね。苦情が届くんだ、当家に」

「苦情……」

昨日のエレボス教徒とのやり取りを思い出して、「ああね」と納得する。遠回しに迷惑をかけられていたのか、侯爵は。

「私も彼らと一度話したことがある。ずいぶんエレボスなる神に執心しているようだが、彼らの態度は穏健とは言い難い。それどころか、三女神を排除しようとしている節すらあって、困ったものだよ。正統派の神官たちから、追い出すよう抗議の声も上がっている」

「大変ですね」

「まったくだ。しかし、彼らは治癒術に長けている。現状、流行り病が発生している可能性のある我が領から、病を治せるほどの使い手を追い出したくはない。難儀な話だ」

クラウス様は盛大にため息を吐いた。顔色から疲労の色が窺える。

「僕のほうでも何か気付いたことがあったら協力しますよ」

「ありがとう、ヒスイ殿。肩の荷を下ろせそうだよ」

そこまで話して、ようやくキッチンのほうから料理が運ばれてきた。熱々の料理を前に、僕は思考にふける。

他の信仰を認めないエレボス信者たち。街中ではおそらく呪いに倒れる者が多く、それを治療する手立てをエレボス教徒たちは持っている。

クラウス様は本来なら、彼らエレボス教徒たちを街から追い出したいが、状況が状況なので簡単にはいかない。

どうも……エレボス教徒にとってこの状況は、かなり都合がいい。偶然と言われればその通りなのだが、引っかかるのはなんでだろう？　僕がエレボス教徒たちを不気味だと思っているから？

いや、考えるのはよそう。無駄に彼らを疑うのも悪い。ただ宗教に熱心な連中かもしれないし、どこにも彼らが呪いを広めたという証拠は無い。

第一、マッチポンプをして彼らに何か得が……あるな。エレボス神の教えを領民たちに教え、広げられる。なんせ病を治せるのなら、それは患者にとっての恩人に他ならない。

やっぱり怪しいな。

スープを飲みながら、僕は念のため警戒心を持っておくことにした。

ぐっすり眠って早朝。

鳥の囀りで目が覚めた。上体を起こすと、さも当然のように、僕の周りには三人の女神がいた。全員、僕の体を抱きしめながら眠っている。

「妙に暑苦しいと感じたのはこれが原因か……」

クレマチス男爵邸に住んでいた頃は、ベッドが小さくて一緒に寝ることは難しかったが、リコリス侯爵邸にあるベッドは大きい。僕たち全員で寝転がってもギリギリ問題ない。

だからかな、この屋敷に寝泊まりするようになってから、アルナたちのスキンシップが激しくなった。主にこうして一緒に寝ようとしてくる。

最初はいなくても、朝目を覚ますと必ず横にいる。

ちなみにカルトは、僕の下半身――太ももに頭を預けている。大変まずい絵面だ。何度も危険だから止めてくれ、と言ったが、カルトは「あなた様の足で寝られなければ、わたくしの居場所がございません……」と瞳を潤ませながら反論してきた。

泣かれると弱くて、それ以上強くは言えず、結果こうなる。

「もうすぐ冬だからいいけど、まだ暑かったり寒かったり微妙な季節なんだよねぇ……何より、僕も男の子なんだよ？」

どこが、とは口が裂けても言えないが、体の一部が強制的に、生理現象的に大きく元気になる。そうなると、女性の前では恥ずかしい。

「……くすくすくす。分かっていますよ、それくらい。ですが、我々は気にしません。あなた様も慣れてください」

僕の太ももを枕にしていたカルトが起き上がった。がさついていない声からして、最初から寝ていなかったのは明白だ。

「慣れろって……そう簡単にいったら、人間には羞恥なんて感情は存在しなくなるよ」

「難儀なものですねぇ。いっそ、我々で慣れておくのはどうですか？　いえ、というよりわたくしで」

「カルトで？」

「はい。わたくしの体は、殿方の欲を掻き立てると自負しています。無論、わたくしの体に触れていいのは、異性だとあなた様だけですが、どうでしょう？　練習にはもってこいですよ？」

カルトが起こした体を前に突き出す。頭が僕の首元へ乗っかり、大きな膨らみが胸元に当たり、形をぐにゃりと変えた。

次いで、カルトの体からいい匂いがする。声色が耳元で囁かれ、僕の正常な判断を奪う。

視線を少しでも下げれば、視界いっぱいに潰れたカルトの胸が。

「い、いや……僕、まだ八歳だから……」

確かにカルトは魅力的な女性だ。三人の女神の中でも、一番女性らしい体つきをしている。

だが、家族に手を出すのは倫理的にどうなんだろう？　彼女たちが合意してくれるなら、僕としても興味がないわけじゃない。

問題は、僕の体が八歳という点。前世では小学校低学年だぞ？　手が早いってレベルじゃない。

「年齢など些末なこと。そもそも、あなた様くらいの年頃から色事にふける貴族もいるらしいですよ？」

「マジか」

さすが異世界。僕が知る倫理観なんてぶっ壊してくれる。

「大マジです。なので、あなた様がわたくしの体を弄ぼうと、それは合法。わたくしを知らぬその他大勢に非難される謂れはありません」

「傍から見たら、完全にヤバい奴だけどね」

カルトが見えないってことは、そういう行為を僕一人でやってるように見えるってことだ。完全に頭がおかしいと思われる。それはそれで嫌だな⁉

「ここにはわたくしたちだけ。心行くまで楽しみましょう」

ずいっと、更にカルトが顔を近付け、唇が――、

「ダメに決まってるでしょ」

触れる前に、左隣で眠っていたアルナがカルトをビンタした。彼女の体が面白いくらいの速度で吹き飛び、壁を透過して外に消える。

「た……助かったよ、アルナ」

視線を横に向けると、アルナが目を擦りながら起き上がった。

彼女は小さく欠伸を噛み殺すと、不満げな顔で言う。

「あの蛇女……抜け駆けは無しって言ったのに、隙を見てはヒスイを襲おうとするわね……一度、

苦しめたほうがいいかしら?」

完全に目が据わっていた。こういう時のアルナは、本気で言ったことを実行する。

「まあまあ。カルトにも悪気はないよ、きっと」

「ヒスイがそんなんだから、あの子がつけあがるのよ！　襲われてもいいの⁉」

「よくはないけど……喧嘩以上の暴力は、さすがにカルトが可哀想かなって」

喧嘩でもかなり酷い目に遭っているが、苦しめる、という言葉が僕の心に引っかかる。大差ないはずなのに、人間の価値観とは面倒なものだ。

同じことを思ったのか、アルナは呆れたようにため息を吐く。

「ハァ……普段、散々ぶっ飛ばしてるんだからいいじゃない。変なところで細かいわよね、ヒスイは」

「ごめん。でも、みんな大切な家族だからさ」

「……そう。悪い気はしないわ」

機嫌を戻したアルナは、自らの薄紫色の髪をふわりとかきあげる。わずかに波打つ髪が、さらさらと左右に揺れて美しい。

カルトの日本人を彷彿とさせる黒髪もいいが、一風変わったアルナの髪も僕は好きだ。当然、フーレの乙女チックな桃色髪も捨てがたいけどね。

「あ、そういえばフーレは……本気で寝てるね」

「寝てるわね」

フーレの存在を思い出した途端、視線を右隣に落とす。カルトやアルナと違ってガチの睡眠を貪っている。

「精霊って睡眠は不必要じゃなかったっけ？」

「寝なくていいだけよ。寝ることもできる。特に彼女は神力の使い手だから、眠気を生み出すのも簡単よ」

「なるほどね」

つまりフーレは、僕に合わせて強制的に眠ってくれたってことか。アルナは浅い眠りを選び、カルトは睡眠自体を拒否した。女神たちはそれぞれ、眠る理由も眠るかどうかも違う。個性が出るね。

そうこう話している間に、アルナにぶっ飛ばされたカルトが帰ってきた。タイミングよくフーレも目を覚ます。

「酷い目に遭いました……」

「ん……んん？　カルトちゃん、なんかボロボロだね……どしたの？」

「いえ、何も。アルナのいつもの癇癪ですよ」

「ああね」

「二人共殴るわよ」

誰が癇癪を起すって？　とアルナが低い声で呟く。その瞬間、ぼーっとしていたフーレまでもがびしりと背を正して、カルトと共に頭を下げた。

「なんでもありません！」

「なんでもないよ！」

最強の女神であるカルトとフーレが唯一恐れる存在……それは、同格にして最強の生き物と称される戦の女神アルナだ。

極めた魔力は、カルトの操る呪力に匹敵するほどの火力を生み出し、どれだけ殴られても立ち上がる、フーレ並みのタフネスさを併せ持つ。

個々の長所はカルトやフーレに軍配が上がるが、最終的にはバランスのいいアルナが一番強いらしい。前に聞いた限りじゃ、二対一で戦ってもアルナには勝てないとか。

「まったく……あなたたちは軽口と軽率な行動を控えなさい。精霊としての威厳を最低限でもいいから保つように。ヒスイに悪い影響が出るわ」

「威厳ねぇ」

「わたくしたちにそのようなものがあるとでも？」

「ドヤ顔するな」

「はい」

再びアルナの圧にカルトが屈した。いつまでも見ていたくなる光景だが、眠気も取れたし、今日はやりたいことがある。

建築が終わり、内装用の家具も作った。永住権を手にし、冒険者登録も済ませてある今、初めての依頼に挑戦するべきじゃないかな？

本当はあまり急ぐ必要もないんだが……ちょっと自分のワクワクと好奇心が抑えきれない。アルナたちから許可も貰ったし、どんな依頼があるのか楽しみだ。

アルナが二人の女神たちを説教している間に着替え、僕は先にダイニングルームへ向かう。朝食を食べた後、冒険者ギルドへ向かった。

三人の女神たちと共に、リコリス侯爵邸を出て西側に走った。

すぐに多くの冒険者たちで賑わう冒険者ギルドに辿り着く。

木製の二枚扉を押すと、室内からほんのりとアルコールの臭いが漂ってくる。前に来た時よりマシだが、相変わらず朝昼晩を問わず、酒を飲む冒険者が多いな。

周りの視線が、圧倒的最少年の、無駄に目立つ髪色の僕に殺到した。他は若くて二十代。早朝は特に、ベテランの冒険者の姿がたくさん見られた。

彼らの間を、じろじろ見られながら通り抜けていく。そうして受付の前に出ると、ちょうど顔見知りの職員が僕に笑いかけてきた。

「あら、ヒスイくんじゃない。今日はずいぶん早いのね」

「おはようございます、アリサさん。依頼を請けたくて、いてもたってもいられませんでした」

「ふふ。そうなのね。強くても子供らしくて可愛いわ」

「か、可愛い……」

馬鹿にされるより男心を傷つけられる。異性からの可愛いにはいろんな意味があるらしく、どちらかというと好意的らしい。前世で知り合いがそんなことを言ってた。

でも、僕の場合は複雑だ。外見は子供だが、中身は成熟した大人だからね。

「ところで、依頼はどこで確認すればいいんですか？　前に聞きそびれてしまって」

「依頼はそこにある掲示板に張り出されているわ」

アリサさんが僕の右側を指差す。視線で追うと、受付側から見て左側に大きな掲示板が立てかけられていた。表にはびっしりと紙が留められている。

「この街も結構栄えているからね。依頼はそこそこあるわよ。ただ、ヒスイくんは特例を設けたとはいえ、まだまだ駆け出し冒険者。ランクは最底辺のEよ」

「ランク？」

そういえば、貰った冒険者カードに書いてあったな。

「冒険者の実力や功績を示す階級のこと。上から順にS・A・B・C・D・Eとあって、ヒスイくんは一番下ね。依頼にはランクごとに制限があるの。C以上のランクじゃないと請けちゃダメ、みたいな」

「なるほど……血気盛んな駆け出しや、ランクに合わない依頼を冒険者たちが請けられないようにする配慮ですね」

「そうそう。ヒスイくんは賢いわねぇ。中には、ランク制度に文句を言ってくる人もいるのに」

なでなでなで。

アリサさんは受付から身を乗り出して、僕の頭を撫でる。慈しむような視線は止めてほしいな……周りから凄い見られている。恥ずかしい。

「ルールっていうのは、全て人のために作られたものですからね。安全を考慮するなら、大人しく従うべきかと」

「偉いわ、ヒスイくん！　他の冒険者がみんなヒスイくんみたいな考え方だったら、私たち職員も楽なのに……」

ハァ、とアリサさんがため息を吐いた。その言葉の中から、これまでの苦労が伝わってくる。

「――と、話が逸れたわね。とにかく、ヒスイくんは簡単な依頼しか請けられないわ。いくらドラゴンを倒した猛者でも、ランクだけは弄れないの」

「問題ありませんよ。最初からコツコツ頑張っていく予定でしたし」

「うんうん。何事もコツコツが一番よね。でも、くれぐれも気を付けてね？　どれだけ強い人でも、魔物を前にしたら少しの油断が命取りになるわ。……まあ、しばらくは魔物と戦うようなことはないでしょうけど」

「あはは……分かりました」

もう嫌ってほど戦っています、とは言えないな。

僕は素直に頷くと、手を振ってアリサさんと別れる。彼女に教えてもらった掲示板の前へ移動した。

掲示板の近くには、僕以外の冒険者が結構いた。屈強なマッチョや、艶やかな格好をした魔女風の美女、盗賊と見間違えそうな黒い外套を羽織り、顔までフードで隠した男性などなど、個性的な面々が集まっている。全員、どの依頼を請けるか悩んでいるのだろう。僕も彼らの傍で依頼書を確認する。

「なになに……迷子の猫探し？　犬の散歩代行？　街中を流れる川の……ドブ浚い⁉」

な、なんだこの依頼。どれも街中で達成できるものばかりだ。もっとこう、外に出て薬草を採取するとか、ゴブリンを倒したりするんじゃないのか⁉

現実と妄想の差に、僕は打ちひしがれた。よく見ると、

薬草採取やゴブリンの討伐依頼はあるが、どちらも僕では請けられない。薬草採取は一番下のラ

ンクでも受注ＯＫだが、条件に「薬草に詳しい人」という一文が記されている。

そりゃあそうだ。薬草を知らなきゃ、どの薬草をどうやって採ればいいのか分からない。商品になるのだから、品質は大事だ。最低限勉強しろってことらしい。

そしてゴブリン討伐依頼は、僕の一つ上のランクだ。

それってつまり、最低ランクじゃ魔物の討伐は許されていない。地味なお手伝いをこなしてランクを上げなきゃ、まだ冒険者とは言えないってこと？

「馬鹿な……ここまでしっかりしているなんて……」

僕が想像していた冒険者ギルドは、実力至上主義。多少の荒事も頑張ってこなしてみろや！という感じだった。しかし、蓋を開けてみれば、前世のホワイト企業並みに安全を考慮されている。

余計な犠牲を出さないように、ルールが徹底されていた。

「あらら。ヒーくんなら簡単に魔物を討伐できるのに、やれることが少ないね」

「というか、これじゃあ外にも出られないじゃない」

「くすくすくす。いっそ、依頼を請けずに外で魔物を倒し、その素材を卸したほうが儲かるのでは？」

「「確かに」」

後ろで楽しそうに女神たちが話してる。

確かに、じゃないよ……それじゃあ僕が憧れた冒険者ライフじゃない。ただの冒険者、みたいな人だ。

けど、先ほどアリサさんにルールは厳守するべき、と言った手前、いきなりルールに背くことはできない。ここはざわつく心を抑え、小さな依頼からコツコツ達成していこう。

雑用をこなす覚悟を決めて、僕でもできそうな依頼を選ぶ。掴み取ったのは……迷子の猫探し。

「これなら僕でもできるかな？」

足は魔力で強化して走り回れる。近距離なら生き物の気配を探れないこともない。何より、フーレが生み出してくれたタンポポがいる。タンポポも、僕の頭上で、

「ぴぴ！」

とドヤ顔を浮かべて鳴いた。やる気満々である。

決まりだね。僕は依頼書を手に、再びアリサさんのほうへ戻った。だがその前に、影が一つ、僕の眼前を遮る。

「おい、お前」

「？　はい」

正面を塞いだのは、身長二メートルにも届きそうなゴリゴリのマッチョマン。頭はスキンヘッド。つるつるの頭皮が、明かりを反射してわずかに輝いていた。

武器は斧を背負っている。僕より大きな斧だ。肩出しのワイルドな服装も合わさって、なんだか戦士っていうより、冒険者っていうより、野盗のリーダーに見える。

「なんでお前みたいなガキが冒険者になってるんだ？　昨日の会話、聞いたぜ。冒険者カードを発行してもらってたよな？」

「ええ、まあ」

こ、これってあれか？　異世界ファンタジーものの定番、「冒険者ギルドで駆け出し冒険者が、ベテラン冒険者に絡まれる」やつううう⁉

テンプレだ。まごうことなきテンプレだ。まさかここまで王道を往く者がいるとは思いもしなかった。

正直、昨日の時点で絡まれるかなぁ？　と期待していたが、昨日は何事もなくて肩透かしを喰らった。そこにきて、今日。僕は先輩冒険者に絡まれている。

嬉しさに肩が震えた。それをビビッているのだと勘違いしたスキンヘッドの男が、凶悪な顔を前に突き出して声を荒らげた。

「ハッ！　こんなことで怖がっていたら、冒険者なんてやっていけねぇぞごらぁ！」

凄い大きな声だ。きっと他の冒険者や職員たちにも聞こえているだろう。そろそろ職員の誰かが、「冒険者同士の喧嘩はご法度です！」と止めにくる。僕はそれを待っていればいい。

最初から、最強主人公みたいに、喧嘩を売ってきた野郎をボコボコにする趣味はない。穏便に済ませられるならそれが一番だ。

……そう思っているのに、なぜか一向に誰も近づいてこないし話しかけてこない。職員も止めるつもりがなかった。

ひょ、ひょっとして？　ひょっとするのか？　冒険者なら、騒動くらい自分で解決してみせろ、的な⁉　あれだけ冒険者の命が云々かんぬん言ってたくせに、アリサさんまで静観⁉　殴り倒さないとダメなの⁉

僕は誰も助けてくれない現状に絶望した。肩をがくりと落としてスキンヘッドの男を見上げる。

「結局、何が言いたいんですか？」

「決まってるだろうが！　無茶な真似はしない！　行動範囲は限定する！」

……ん？

「外には出ない。金の使い道には気を付ける。先輩冒険者にアドバイスを求めるのもいいな。他にも、冒険者ギルドには書庫があるから、そこで魔物や薬草の知識を付けるといい。知識はどれだけあっても無駄にならないからな」

「あ、あのー……もしかして、僕にアドバイスとかしてますか？」

なんだか風向きが変わったぞ。山賊みたいな顔して、内容は凄く真っ当だ。

「当たり前だろうが！　どうしてお前みたいなガキが冒険者になったのかは知らねぇが、きっと光るもんがあったに違いない。だったら！　俺ら先輩冒険者が、少しでもお前の負担を取り除いてやるって寸法さ！　感謝しな！」

「………」

め───めっっっっっちゃいい人やんけ！

人のことは外見で判断しちゃいけません、とは小学校でも習う常識だが、それにしたって外見とのギャップが半端ではない。ゴリラが人間に成長したと言われても信じるくらい野性味溢れる人なのに、言動は繊細でこちらへの配慮をこれでもかと含んでいた。

やだ、好きになっちゃう……。

僕の心は思わずときめいてしまった。

「あ、ありがとうございます。無茶しないように気を付けますね……」

なるほど。いい人だから誰も止めなかったのか。止める必要がなかったのか。

「それより、お前の頭の上にいるヒヨコ」

「え？　ああ……タンポポですか」

「タンポポちゃんっていうのか。可愛い名前じゃねぇか」

タンポポちゃん……呼び方まで可愛いな。もしかして小動物とか好きなタイプか？　雨の日に、街路に捨てられていた子犬とか拾うリーゼント系ヤンキーなのか⁉

「よかったら触ります？　忠告してくれたお礼に」

「いいのか⁉　じゃ、じゃあ……遠慮なく」

おそるおそるといった風に、スキンヘッドの男は僕の頭上に手を伸ばした。

なんだかこれから、僕の頭を握り潰しそうな雰囲気を感じる。タンポポも男の迫力にビビッのか、

「ぴぴ――――⁉」

と大きな声を上げ、ぺしんっ、と右羽根で男の手を叩いた。

「ちょ、タンポポ⁉　親切な人なのに叩いちゃダメだよ！」

僕が即座に注意すると、しかしスキンヘッドの男性は、

「へへ、いいってことよ。むしろ可愛らしいじゃねぇか。俺を見たら動物はたいてい逃げ出しちまうからな。血気盛んで羨ましい限りだぜ」

笑みを浮かべていた。鼻をかいて満足げに笑っている。

恐ろしいくらい善人だ！　ギャップ萌えすぎるだろ‼

冒険者ギルド……恐るべし……。

▼△▼

あのあと、軽くスキンヘッドの男と話して、僕は猫探しの依頼を請けた。

スキンヘッドの男は名前をダグラスさんという。気さくで優しくていい人だったなぁ。いきなり冒険者の知り合いが増えて嬉しかった。いつの時代も、ぼっちは心が磨り減っていくからね。

「うーん……ヒーくんがあの変な男の影響を受けて、ムキムキになったら嫌だなぁ……」

「そうなったら、フーレの力で元に戻しましょう。魔力があるんだし、筋肉なんて飾りよ、飾り」

「くすくすくす。最終的にわたくしが、筋肉量が外見に出ないよう調整すれば完璧ですね」

「「ナイスアイデア」」

「いや、さらっと恐ろしい話を僕の周りでしないでくれないかな?」

冒険者ギルドを出てすぐ、三人の女神が隠す気もないのか、普段と同じ声量で何やら話し合っていた。内容は僕のマッチョ化阻止計画。

止めるのはいいけど、神力や呪力で肉体を改造するのはちょっと。乱暴だよ三女神。

「だってだって、さっきの人を見ていたヒーくんの眼差しは、尊敬の感情がとっても強かったんだよ!? 心配になります!」

「杞憂だよ、フーレ。僕はあの人みたいになりたいとは思っていない」

僕の理想は今のまま、細マッチョくらいがちょうどいい。ゴリゴリはビジュアル的に……ね。申し訳ないけど、僕に似合うとは思えない。

「分かっているならいいの。ほんの冗談よ。ねぇ、カルト」

「ええ。わたくしたちはあなた様の意思を尊重します。勝手に肉体改造など……ふふ」

「本気の目に見えたけど？」

「気のせいよ」

頑なにアルナは認めてくれなかった。まあ、本人たちがそこまで言うなら僕の気のせいか……。

もやもやを頭の中から追い出し、意識を切り替える。

「じゃあ、依頼のほうに集中しようか」

「依頼内容は迷子の子猫探し、ですか」

「うん。僕はカルトたちみたいに飛べないし、走って探すしか方法はないね」

「別に飛んで探せるとは思うよ？」

「へ？　僕が……空を？」

フーレがいきなり変なことを言い出した。ぱちぱちと目を開閉させ瞬きする僕に、彼女は続ける。

「だってヒーくんには私たちの力があるじゃん。空を飛ぶために必要なのは……例えば風だね」

「風……あっ、呪力を性質変化させて操るってことね」

「正解正解せいかーい！」

盛大にフーレが手を叩いて拍手する。

「確かにその方法なら僕は空を飛べるね。でも……」

「目立つわよ、きっと」

「だよねぇ」

アルナの言う通り。今も上空を見上げてみるが、誰一人として飛んでいない。箒(ほうき)にまたがる魔女はもちろん、ドラゴンに乗った騎手も存在しない。

飛べないほうが当たり前なのだ。そんな中で飛行してみろ、一夜にして街の有名人になる。どうやって空を飛んだのか、と他の人たちに詰め寄られても困るし、その手は使えない。

「でしたら、光を曲げて周りから見えなくするのも手ですよ」

「呪力ってなんでもありだなぁ」

「目元だけ残せば、視界不良に陥ることもないでしょうし」

「悪くないけど、透明人間になりたいわけじゃないから、止めておくよ」

「それが利口ね。楽するのは、必要な時だけでいいわ。普段から訓練を疎かにしちゃダメ。ヒスイはそれをよく理解してる」

「アルナに叩きこまれたからね」

彼女は他の二人の女神に比べてかなり厳しい。訓練を不当な理由でサボろうものなら、きっと地獄を見るだろう。

幸いにも、僕はそんなこと一度もしたことはないし、何かされたこともないが。

「それで～？　迷子の子猫がいそうな所に心当たりはあるのかな？」

「残念ながら」

フーレの問いに、僕は肩をすくめて苦笑する。その間も街中を駆けていくが、依頼書に載っていた特徴を持つ猫の姿はどこにも見えない。

「クレマチス男爵領には、猫の一匹もいなかったものね」

「周りが大自然だからね。大半は村に辿り着く前に死んじゃうと思う」

哀しい話だ。そもそも、この世界で野良の猫は街の外には出ない。自分たちの身が危険だと知っている。そのせいで、割と都会のリコリス侯爵領の街中には、それなりに猫がいた。

「私が探し出してもいいけど、それじゃあヒーくんが望む結果にはならないよね？」

「うん。僕の力で達成しないと。甘えるのはよくない」

「やっぱりヒーくんって素敵！　男らしくてカッコいい！」

「ぴぴ！」

「ん？　どうしたの、タンポポ」

「ぴー！」

こっちこっち、と言わんばかりにタンポポが僕の頭を羽根で叩き、逆方向を左の羽根で差した。

「あっちに迷子の子猫がいるのかい？」

「……ぴっ」

やや逡巡（しゅんじゅん）したあとにタンポポは頷く。

どうしてタンポポは、フーレと同じくらい神力が使えるわけでもないのに、こんな早く対象の位置を当てられるんだろう？　フーレも少しだけ驚いていた。

「わぁ、タンポポの探知速度は凄いねぇ。私にも負けてないかも？」

珍しくフーレが、三人の女神以外を褒める。

彼女たちはなまじ高すぎる能力を持つがゆえに、評価のラインもおそろしく高い。タンポポはフーレが生み出しただけあって、チート級の才能を有しているらしい。

さすがにこれはずるいかと僕は声を出す。

「ちょっと簡単すぎるね。タンポポには悪いけど、ここから先は僕が見つけるよ。大きく場所を絞ってくれただけでも助かる」

「ぴー……」

えー、とタンポポがふてくされる。でも、そうしないと子猫探しが秒で終わっちゃう。僕の経験にはならない。

ごめんね、と言ってタンポポの頭を軽く撫でると、僕はしらみつぶしに街の東区画を走り回る。

相手は子猫だ、狭い場所にも細い場所にも入り込める。隘路も見逃さず、僕は全力で走った。まるで忍者のように、時には屋根を伝って。

するとしばらくして異変を見つける。子猫じゃない。僕が見つけたのは……道端に倒れた男性。

「大丈夫ですか？」

人の目を確認しながら地面に降り立つと、素早く倒れた男性に近付き、彼の肩に触れる。

「ッ⁉」

その瞬間、言い知れぬ気持ち悪さを感じた。

「ヒスイ、感じましたか？」

背後からカルトが言った。

「今のが？」

このタイミングでカルトが声をかけてきたってことは……あれ、だよね？

「はい。その男性、呪われていますよ」

そう、呪い。

僕は訓練の一環でカルトに何度か呪いを見せてもらった。実際に自分が使ったことはないが、なんとなく呪いというのは効かなくても気持ちが悪くなる。まるで、泥の中に体を浸からせているかのような、不愉快な気持ちが湧き上がる。

「どうしてこんな所で……この人、命を狙われるくらいの大物とか？」

なんの変哲もない、ボロボロの布を纏った男性にしか見えない。

だが、呪いとはそうそう生まれるものじゃないし、使えるものでもない。彼が恨まれていたか、呪われた何かに触れでもしない限り。

「わたくしは知りませんが、呪いにはパターンがあります。ひょっとするとその男は、感染したのかもしれませんね」

「呪いって他の人に移せるの？」

「移ります。それだけ呪いというのは強力なんですよ」

「へぇ……」

ということは、彼はただ単に呪われた人に触れただけの可能性もあるな。その場合、彼以外にも呪いを受けている者がいる。

「とにかく、今は彼を教会まで運ぼう。下手に僕が処置をしてミスしたら怖いし」

「今のあなた様なら余裕だと思いますよ？」

「それでも怖いんだよ。人の命を預かるっていうのはね」

過剰な自信に導かれてはいけない。プロに任せて、穏便に済ませるべきだ。訓練はおいおい積んでいけばいいんだし。

僕は倒れていた男性を持ち上げ、西区のほうにある教会を目指した。当然ながら、自分より明らかに大きな人間をお姫様抱っこする僕の姿は、住民たちにじろじろ見られる。ちょっと恥ずかしいけど、患者は放っておけない。

我慢して教会までノンストップで街路を駆けた。

教会に行くと、室内は人の声で賑わっていた。

否。賑わう、という表現は適切ではない。多くの患者が押し寄せているだけだ。それが重なり合って騒音と化している。

「最近、体調不良を訴える人が多いってクラウス様も言ってたけど……こんなに多いなんて思わなかったな」

扉を開けてすぐ、右にも左にも患者が倒れている。傍には神官たちが。彼らは忙(せわ)しなく室内を動き回っていた。

その内の一人が、入口に立った僕に気付く。急いでこちらに駆け寄ってきた。

「そちらの男性は？」

「あ、東区で倒れていました。どうやら呪われているらしいです」

「また呪い⁉　どうしてこんなに呪われた人が多いのよ！」

チッ、と舌打ちした神官さんが、大きな声を上げて両腕を伸ばした。僕が持つ男性を引き取ってくれる。

「呪いが多い？　やっぱり、ここにいる患者さんのほとんどは呪いを受けているんだ……」

「ええ、間違いありません。少量ではありますが、呪力の反応を感じます」

「微弱すぎて、僕はすぐには気付けなかったよ」

「仕方ありません。呪いの感染は珍しい」

「珍しいの？」

「普通、呪いというのは対象を確実に殺すための力です。それゆえに、一人を対象に使うのが当たり前」

僕もそんなイメージがある。藁人形とか作って、老婆が針や釘を刺すのだ。

「しかし、今回の呪いは他者へ伝染する代わりに、呪いの効果が弱い。これでは人の命を奪うまではいきません。神官たちでも時間をかければ治せるでしょう」

「みたいだね。事実、回復してる人もいる。神官たちは忙しそうだけど……ん？」

カルトの言葉を聞いてぐるりと周りを見回した時、偶然にも黒い装いを纏うエレボス教徒らしき集団を見つけた。

他の神官たちは白を基調とした服を着ているから、その違いがよく分かる。

「出た、おかしな宗教団体」

アルナも僕に続いてエレボス教徒たちに気付く。彼らも患者の体調をなんとかしようと動き回っていた。当然、懸命に行動してくれるエレボス教徒たちに感謝を示す者も多い。

実に、きな臭い光景だ。

「ヒスイは、あの方たちが怪しいと踏んでいましたね」

「まあね。今でもそう思ってる」

タイミングがあまりにもよすぎる。呪いの効果が弱いことも含めて、彼らがエレボス神を知らしめるために呪いを撒き散らしたとしか考えられない。

「彼らの誰かが呪いを使ったか、その手のアイテムを持っていたか。可能性としてはあります。ですが……」

「依然、証拠が無い」

仮に僕が彼らの悪事を患者たちに吹聴しようと、子供の戯言だと切り捨てられる。下手をすれば非難されるのは僕だ。

クラウス様の客人である以上、そんなリスクは負えない。姉さんたちにも迷惑を掛ける。

「彼らが犯人だとすれば、あなた様が邪魔をすれば尻尾を出すかもしれませんよ？」

「僕が邪魔？　どうやって？」

「犯人をあの者らに限定するなら、彼らの目的は、自分たちが崇める神の知名度を上げること。つまり、多くの人を救い、感謝されること。ならば、ヒスイが彼らの代わりに患者たちを治療してやればいいのです」

「……妙案だね。誰の迷惑になるわけでもないし、彼らの計画が狂えば必ず僕に何かしようとするはず。それをあえて受けることで、彼らの悪事を明かすと」

「ええ」

「危険じゃない？　そこまでする必要があるの？」

アルナはカルトの提案に否定的だった。気持ちは分かるが、僕は即答する。

「あるよ。この街はクラウス様たちの街だ。今はアルメリア姉さんとコスモス姉さんが住んでいる。せっかく永住権なんて貴重なものも手に入れたんだ、そこをずかずかと踏み荒らされるのは嫌だよ」

「そう。なら、あとは根性じゃない？」

「頑張れ～、ヒーくん！　患者は多いし、解呪は大変だよ～」

「なあに、これも将来のための奉仕活動さ」

僕は無理やり空元気を出して、服の袖を捲る。そして、神官の一人に声をかけた。

「あの、すみません」

「はい？　なんでしょうか」

「実は僕、神力が使えるんです。たぶん、解呪もできるかと。お手伝いさせてくれませんか？」

「は？　いやいや……子供が何を言ってるんですか。仕事の邪魔なので帰ってください」

まあ、八歳の子供がいきなり手伝います！　と言っても信ぴょう性は皆無か。

仕方ないので僕は、実際に神力の光を強く右手に集めて放った。教会内が黄金色の輝きに満ちる。

「ま、まぶしっ⁉　今のは……神力⁉　本当に使えるんですか⁉」

「ご覧の通り。まだ手伝っちゃダメですか？　帰ったほうがいいですか？」

「お願いします！　今は一人でも多くの手を借りたいくらいなんです！」

だよね。ほぼ全ての神官が忙しそうにあっちへいったりこっちへいったり。休む暇もないって感じだ。

それに、フーレが解呪は難しいし大量の神力が必要になるって言ってた。それも結局は人手が必要だ。断られることはないと思っていたよ。

嬉しそうに僕の手を握り頭を下げる神官に、「お任せください。頑張ります」と伝え、僕も早速、教会内にいる患者の治療を始めた。

▼△▼

教会におかしな子供がやってきた。

エレボスという神を崇める信者の一人は、もの珍しい緑色の髪の少年を見てそう思った。

「誰だ、あの少年は」

「さあ……ここいらじゃ見ない髪の色だな。さっき大人の男を担いでいたから、たまたま呪いにかかった患者を運んできただけじゃないか？」

「はぁ？　お前、あんな子供が大人を運べると思ってんのか？」

「事実だよ。俺もびっくりしてる」

「ふうん……まあいい。あのガキが誰だろうと、俺たちのやることは変わらない。さっさと呪いを解いちまおう。神力は回復したか？」

「俺はまだ。つうか別に急ぐ必要はねぇだろ。上からも、ほどほどに治してやれって言われてるし」

「まあな。けど、もう結構休憩してるぞ？　いい加減動き出さないと、患者だけじゃない、神官たちにもどやされる」

黒いローブを羽織った男の一人が、わざとらしく肩をすくめてみせた。もう一人の男が、やれやれと首を横に振る。

「だな。いくら効果の薄い呪いって言っても、解呪は死ぬほど大変なんだが」

「それもこれも、配られた魔法道具のおかげよ。これがなきゃ、俺たち程度の使い手じゃ、こんな呪いも解くことはできやしねぇ」

「馬鹿！　それは誰にも言うなって言われただろ！　バレたら俺たちが殺されちまう！」

「おっと。悪い悪い。でも安心しろって。周りは患者だらけ。こんな中で聞き耳立ててる奴はいねぇよ」

「ったく……調子に乗るのも大概に…………ッ⁉」

男の一人が、台詞の途中で狼狽えた。もう一人の男もびくりと肩を震わせる。

それは、大規模な神力の発光。神の力を彷彿とさせる黄金色の輝きが、一瞬にして教会内を光で覆った。あまりの眩しさに、男二人は目を瞑ってしまう。

「くっ⁉　な、なんだ？」

「この反応は……神力か？　いや、それにしては強すぎる……！」

少しして、光が収まってくると、男二人は目を開けて光の発生源を探る。すると、二人の視線がいきついたのは、先ほど見た緑髪の少年だった。

まだほんのりと手が光っている。感知した位置からして、間違いなく閃光を放ったのはあの少年ということになる。

「おいおいおい……今のはなんなんだ？　あのガキが神力を使ったのか？」

「ありえねぇだろ！　見たとこ十歳にも満たない子供だぞ⁉　化け物か？」

「きっと超高性能な魔法道具を持っているに違いねぇ」

「光の強さはそうだろうけど、もっと重要なことがあるだろうが！」

「重要？」

「あのガキ、あの歳で神力が使えるんだぞ？　聞いたところによると、リコリス侯爵の娘が八歳で神力を覚醒させたとか」

「娘だぁ？　どこからどう見ても男だろ。可愛い面してやがるが、子供はあんなもんだ」

リコリス侯爵領に住んでいる人間なら誰でも知っている、領主の娘の才能。だが、緑色の髪の少年は娘には見えない。

将来は女遊びでもしそうなほど顔立ちは整っているが、それでもまだ見分けはつく。何より、領主とその妻には顔立ちも髪の色も似ていない。

「侯爵の知り合いかもな。小奇麗な格好しているし、要注意人物だぞ」

「ハッ！　お前、ガキにビビッてんのか？」

「ちげぇよ。上の連中が欲しがる逸材だって話だ。お前も知ってるだろ？　リコリス侯爵のご令嬢ローズも欲しがってるくらいだ、上も黙ってない」

「なるほどねぇ……って、あのガキ！　凄い早さで患者の呪いを解いていってるぞ⁉」

話しながら呆然(ぼうぜん)と少年を眺めていた男の一人が、信じられないものを見る。

少年――ヒスイが、近くにいた患者に手をかざし、圧倒的な量の神力を放出して患者の呪いを解き始めた。

その神力の制御能力、操作能力もさることながら、一番彼らが驚いたのは、ヒスイの放出量の多さ。

常人なら倒れるほどの神力を放出しているというのに、一向に休む気配がない。

「嘘(うそ)だろ……あんだけ神力をぶっ放したら、下手すると死ぬぞ⁉　なんでケロッとしてやがる⁉」

「想像以上の逸材だな。もしかすると、さっきの神力は魔法道具による補助が無かったかもしれない」

「あ？　どういうことだ」

「神力を増やすことができる魔法道具は希少だ。あのガキがそれを持っている可能性は低い。仮に持っていたとして、その価値は国宝級と言える」

「つまり……あいつは王族ってことか？」

「なわけねぇだろ。王族に緑色の髪を持つ少年がいるって話でも聞いたのか？」

「いや……聞いちゃいねぇけどよ……」

「隠し子がいてもおかしくないが、あのガキの才能だと決めつけたほうがよほど信じられる。王族は基本的に金髪だからな」

「でもよぉ」

男の一人が納得できないのか、情けない声を絞り出す。

「二十年は生きてる俺たちでさえ、神力の扱いはまだまだぺーぺーだぞ？　それを、あんな乳臭いガキが……」

「世の中には理不尽なくらい才能を持っているガキがいるもんだ。俺だって認めたくない。でも、上の連中だって化け物揃(そろ)いだよ。上手く立ち回るためには、いろんな考えを常に巡らせろ」

「へいへい。それで？　あのガキはどうするよ。このまま放置していたら、あっという間に俺らの手柄まで取られちまうぜ？」

「ああ……しかし、俺たちにできることは限られてる。なるべくエレボス教の名声を落とさないよう、精一杯患者を治すぞ」

「了解。ガキの身柄は？」

「……解呪のあと、尾行する」

短く答えた男の一人が、その場から立ち上がる。もう一人の男を連れて、近くに倒れていた患者に触れる。

横目でヒスイを見つめながら、ぼそりと呟く。

「計画の妨げにならなければいいが……」

目の前がピカッと光った。

僕が放出した神力は、制御能力と操作能力をそこそこ備えた状態で、目の前の男性を侵す闇を消し飛ばす。

闇が晴れると、横になっていた男性はどこか表情が安らぐ。これで解呪成功だ。

「おー、ヒーくんすごーい！　逆転の発想だね」

僕の後ろでは、解呪する姿を眺めていたフーレが、ぱちぱちと大袈裟（おおげさ）に拍手しながら歓声を上げた。

彼女が褒めるほどのことではない。

僕がやっているのは、膨大な神力を湯水の如く使って、半ば無理やり呪いを消し飛ばしているに過ぎない。本来はもっと緻密なコントロールが必要になるらしいが、ぶっつけ本番で細かい調整はできない。かといって練習していると患者さんたちにも悪いし、僕はいっそのこと、神力の消費量が増加するが、普通よりは手軽な方法を取った。

それが、神力の量にものをいわせた解呪である。

この方法のメリットは見た通りだ。未熟な僕でも呪いをなんとかできる。

だが、欠点は一度の解呪に大量の神力が消費されること。二年前からコツコツ神力の訓練をしてきた僕でさえ、ほんの数十分で神力の総量が底を尽きそうになっている。

それでも、解呪の感覚を少しずつ摑んできた。何より、今の僕でも呪いを解けるということが分かって安心する。いざって時、家族を守れる。

問題は……。

「おお！　これはまるで、光の女神様の再来のようじゃ……」

「ありがたや、ありがたや……」

僕が神力を使ったことで、教会内にいる神官たちや、治療されたばかりの患者たちが祈りを捧げている。僕をフーレの使徒か生まれ変わりとでも思っているのだろうか？　非常に気まずい。

「あのー……神力が切れたので僕は帰りますね。お疲れ様でした」

「お、お待ちください！　あなた様にはお聞きしたいことが！」

「そういうのはご遠慮します。僕、秘密主義なんで！」

群がってくる人々を薙ぎ払う――わけにはいかず、アルナとの訓練で鍛えた足運びを使い、ひらりひらりと躱し、間をすり抜けながら教会を出た。

後ろからまだまだ信者たちは追ってくるが、僕は一度も止まることなく、わずかに魔力で脚力を強化して逃げ切った。


「せ……セーフ！」

リコリス侯爵邸の正門をくぐり、敷地内に。

後ろを振り向くと、僕を追いかけてくる影は一つも無かった。ホッと胸を撫で下ろし、頭の上に鎮座しているタンポポを摑んで下ろす。

「ん？　タンポポ？　なんだか顔が険しいけど、どうかした？」

「ぴぴ……ぴっ」

なんでもない、とタンポポはすぐに視線を前にやった。それまで見ていたのは、僕が通ってきた道。

首を傾げながらも気にせず屋敷の中に入る。直後、タイミングよくアルメリア姉さんと顔を合わせた。

「あら……おかえりなさい、ヒスイ。今日は早いですね。何かありましたか？」

「ただいま、アルメリア姉さん。ちょっとゴタゴタしててね。クラウス様に話があるんだ」

「侯爵様に？　私も聞いていい話でしょうか？」

「アルメリア姉さんも？　別にいいけど……楽しい話じゃないよ？」

どうせあとでアルメリア姉さんとコスモス姉さんには伝えなきゃいけないことだ。一度に全員に話したほうが効率がいい。僕が許可すると、アルメリア姉さんはにこりと笑って言った。

「ヒスイの顔を見て、ただごとではないと。コスモスも誘いますね。書斎でいいですか？」

「うん。あ、もしローズ様を見つけたら一緒に呼んでくれると助かる」

「分かりました」

手を振ってアルメリア姉さんと別れる。

彼女はコスモス姉さんを呼びに。僕は直接クラウス様のいる書斎へ向かった。


コンコン、と書斎の扉をノックする。

「誰かな」

室内からクラウス様の声が聞こえてきた。

僕は声を抑えて答える。

「ヒスイです。クラウス様にお話が」

「ヒスイ殿か。どうぞ、入ってくれ」

「失礼します」

最近はクラウス様と話すことが多いなぁ、と思いながらも入室する。書斎にはクラウス様の姿しかない。

「急にすみません」

「構わないとも。いつでも来てくれ、と言ったのは私だ」

「ありがとうございます」

「それで、話とは？」

一度ペンをテーブルの上に置く。僕が真面目な話をしに来たのだとクラウス様は察していた。

「現在、教会に多くの患者が運び込まれていることはご存じですよね？」

「もちろんだとも。君にも話したかな、確か」

「先ほど、僕は偶然教会に行く機会がありました。その時、患者たちの体から呪力――もっと厳密に言うと、呪いを発見しました」

僕の台詞に、クラウス様は一切の動揺を見せない。最初から知っていたのだろう。領主なら当然だ。

「そうか、ヒスイ殿も見てしまったのだね、あれを」

「なぜ街中に呪いが？」

「理由は不明だ。調査中だが、さほど呪いの規模は大きくない。幸い……と言うべきなのかな？」

「しかし、このままでは更に広がる恐れもありますよ？」

「それはない。安心してくれ。徐々に呪いの報告例が少なくなっているんだ。君も知ってるエレボス教徒たちのおかげでね」

「……いずれ終息する、と」

「私はそう思っている。無論、呪いを誰かが撒き散らしたのなら、また急激に呪いが広まる可能性もあるが」

「僕はその可能性を疑っています」

毅然（きぜん）とした態度でそう告げた。クラウス様はわずかに眉を下げる。目も細められた。

「根拠は？」

「呪いの効果です」

「呪いの効果？」

「本来、呪いとは相手を確実に殺すための技。一人一人に強大な呪力をぶつけるのが常識です」

「そうだね。私もよく聞く呪いの印象はそれだ」

「けれど今回の呪いは、効果が低く、逆に複数の人間に感染します。具体的な感染方法は調べていませんが、明らかに悪意を感じられる。殺意とは違う、純粋な悪意を」

「純粋な……悪意」

クラウス様は「なるほど」と呟き、一度目を瞑ってから背もたれに体を預けた。

「ヒスイ殿の危惧は尤もだ。私も君の話を聞いて怪しいと思った。だが……」

「証拠は何もないから、そもそも備えようがない、と」

「そうなるね。犯人はいる。けど、犯人を捜すのは難しい。発展した我が領地では特にね」

「僕は目星をつけています。あくまで、目星程度ですが」

「――エレボス教かい？」

「！　よく分かりましたね」

言い当てられて僕は驚く。

クラウス様は不敵に笑った。

「簡単さ。仮にヒスイ殿の予想が当たっていたとして、呪いをばらまくことで利益を得るのは誰か。それは、治療を行い名声を高めているエレボス教だ」

「さすがですね、クラウス様」

僕と同じ発想だ。やはり誰から見ても今のエレボス教徒たちは怪しすぎる。

「それほどでもないよ。怪しいと睨んでも、それ以上は詮索できない。彼らのガードはかなり固いからね」

「犯人だったら絶対に尻尾は見せないでしょう。でも、僕に考えがあります」

「考え？」

「彼らは神力による治療行為で名声を稼いでいます。なら、それを僕が横から掻っ攫えばいい。すでに先ほど、十人あまりの患者を治してきました。僕の神力を見た患者や神官たちが、それはもうしつこくて……」

「なっ⁉　そんなことをしたら、君が目立つじゃないか。いいのかい？」

「呪いをばらまいた犯人を捕まえるためなら、ある程度は仕方ありません。下手をするとアルメリア姉さんたちにも火の粉がかかりますから」

そう言った瞬間、背後の扉がノックされた。

「リコリス侯爵様、そちらにヒスイが来ていませんか？」

「アルメリア嬢か。来ているよ。入りたまえ」

「失礼します」

扉を開けて三人の少女たちが入ってきた。アルメリア姉さんの次に入室したローズを見て、クラウス様が目を見開く。

「ローズ？」

「ごきげんよう、お父様。何やらヒスイ様が大切なお話をするとのことで、私もこの場に同席させていただきますね」

「ローズも呼んでいたのか」

「ええ。呪いの話はローズ様も他人事ではありませんから」

「呪い？」

何のこと、とローズが首を傾げる。アルメリア姉さんとコスモス姉さんも頭上に疑問符が浮かんでいる。

僕は先ほどクラウス様に話した内容を三人にも聞かせた。もしかすると、面倒な相手がこの街にいるかもしれない、というおまけを付けて。

話を聞き終えた三人は、それぞれ似た感想を抱く。

「呪い……ここ数日、外へ出たこともありましたが、患っている方を一人も見ませんでしたね」

「患者は東の区画に集中しているらしい。たぶん、最初に呪われたのも東区画の人だろうね」

「ヒスイは平気なの？　苦しくない？」

コスモス姉さんが僕の体をぺたぺたと触ってくる。

「大丈夫だよ、コスモス姉さん。僕は呪いに強い体質なんだ。神力だって使えるし」

「そう……でも、あんまり無茶しないでね？　怒るわよ」

「は、はい！」

最後のほう、コスモス姉さんの低い声が漏れた。僕は咄嗟（とっさ）に敬礼のポーズで答える。

昔から姉三人には頭が上がらない。半ば反射的に頷いてしまう癖がある。

「よろしい。でも……残念ね」

「残念？」

コスモス姉さんの顔色が曇る。

「実は明日、みんなで買い物に出かけようと思ってたの。ローズ様が誘ってくれて」

「ですが、呪いのことを考えると自重したほうがよろしいかと」

ローズも残念そうに顔を伏せた。

まだまだ八歳、遊び盛りで我慢が利かないだろうに、クラウス様のためになんとか気持ちを抑えている。

こんな顔を見せられたら、クラウス様も無碍(むげ)にはできない。

「いいよ、買い物くらい」

「え?」

「呪いの影響は今のところ治まりつつある。それに、呪いの感染力はそこまで強くない。強ければ今頃はとっくにみんな呪いにかかってる。私と護衛の騎士がいれば問題あるまい」

「お父様! ありがとうございます!」

「やったー! 侯爵様、本当にありがとうございます!」

ローズに続き、コスモス姉さんもキラキラと瞳を輝かせて頭を下げる。可愛らしい少女二人に感謝されて、クラウス様もまんざらではなさそうだ。

買い物とあっては、アルメリア姉さんも喜ぶ。本を買ういい機会だからね。お金をあとで渡しておこう。

「ヒスイ殿もどうかな?」

「僕は用事があるのでまた今度。冒険者としての仕事が残ってて」

帰ってから思い出したが、僕は子猫をまだ見つけられていない。明日、急いで、タンポポの力を使ってでも探し出す予定だ。

状況が状況だからね、タンポポの力を借りないと。

……あれ？　そういえば、タンポポはなぜあの男性のことを僕に伝えなかったんだ？　タンポポほどの探知能力があれば、子猫と一緒に男性のことにも気付けたはず。

たまたま気付かなかった？　あえて触れなかった？　それとも、タンポポは最初からあの男性を見つけてほしくて僕に指示をした？

一つ気になると考えが頭から離れない。クラウス様との話し合いを終えたら、いっそタンポポに聞いてみることにした。

「えー、ヒスイはこれないの？」

「ごめんね、コスモス姉さん。やりかけの仕事があるから。終わったらすぐに合流するよ」

「ほんと!?　約束ね！」

「うん」

あくまで早く終わったら、ね。エレボス教徒たちのこともあるし、あまり時間はないと思うけど。

ニコニコ笑うコスモス姉さんと言葉を交わしたあと、幾つかの注意事項をクラウス様が伝え、僕たちは揃って書斎から出ていった。

「ねぇ、タンポポ。一つ、質問いいかな？」

自室に戻った僕は、ベッドに座るなりタンポポを掌に乗せて訊ねる。

「ぴ？」

首を傾げるタンポポ。なるべく簡潔に言った。

「今朝、君が僕に手を貸してくれただろ？　迷子の子猫探し」

「ぴ」

「でも、実際にはあの男性を助けることになった。ひょっとして……君は、最初からあの男の人を助けさせようとしていたの？」

「ぴ……ぴぴ」

か細い声で鳴くと、タンポポは小さく頷いた。

やはりか。

「そっか。別に怒ってるわけでも責めているわけでもないよ。むしろ、人を助けられたんだ、お礼を言いたいくらいさ。ありがとう、タンポポ」

タンポポの頭を優しく撫でる。気持ちよさそうにタンポポが鳴く。

「ぴ〜！」

「でも、よく誰かが倒れているって分かったね。コスモス姉さんを助けた時と状況が少し似ていたからかな？」

あの時は姉さんの近くに魔物がいた。けど、今回は何もいなかった。それでもピンチだとタンポポが僕を引っ張ってくれたから、早期に男性を見つけることができたのだ。放置しておけば、呪いがどんどん広がっていくと知らずに。

「ぴぴ、ぴぴぴ」

タンポポは首を横に振った。どうやら違うらしい。

「え？　別に探知はしていないってこと？」

ここにきて衝撃的な事実を知る。

「てっきり僕は、君がフーレみたいに探知能力を使っているとばかり……」

じゃあ、タンポポはどうやってコスモス姉さんやあの男性の居場所を見つけられたんだ？　見つけたというより、まさか先に知っていた、とか？

タンポポの力はあまりにも正確だった。わずかな狂いもなく対象を発見している。それも、コスモス姉さんに限っては、見通しの悪い森の中で、だ。

探知能力じゃないとすれば、先に彼女たちがそこにいることを知っていたとしか思えない。

「――予知能力？」

同じ考えに至ったのか、いつの間にか隣に並んでいたフーレが、小さく囁いた。

「ありえた未来が視えるなら、これまでの行動にも頷けるね」

びしり、とフーレが指を順番に立てていく。言葉に合わせて、人差し指から中指、薬指と。

「一つ。ヒーくんのお姉さんを見つけた件。ヒーくんのお姉さんが魔物に殺されちゃう未来を見たんだろうね。そして二つ。ダンジョンでの道案内。間違った道を選んだ時の未来が視えたから、安全な道も分かった。最後にあの男の人。何かしら騒ぎになったか、ヒーくんが子猫を探している最中に見つけたか。そんな未来が視えていたら、まあ助けたくもなるよね」

「凄いじゃないか、タンポポ！　未来予知なんて羨ましいよ！」

それも、確定された未来じゃない。ありえる未来を予知する能力。確定していないのだから、タンポポの行動によっていくらでも未来を変えられる。まさに無限の力だ。

「私でも未来予知はできないもん！」

えっへん、と何故かフーレが胸を張る。タンポポも得意げになっていた。

「タンポポは偉大だなぁ」

どこからどう見てもちょっと太ったヒヨコにしか見えないが、フーレが生み出しただけあってとんでもない力を隠し持っていた。欠点なんてあってないようなものだ。

「今後も、不利益になる未来が視えたら教えてね？」

「ぴぴ！」

了解、とタンポポが右の羽根を上げる。もう一度僕はタンポポの頭を撫でた。

「……あ、けどそうなると、子猫探しは難儀しそうだね」

僕は最初、タンポポの力を頼って子猫を探そうと思っていた。だが、タンポポの力が探知ではなく予知なら話は変わってくる。いきなり子猫の未来を視ろ！　と言われても、タンポポが困るだけだ。

結局、地道に探していくしかないか……。

ベッドの上に転がり、まあなんとかなるだろ、の精神で目を瞑る。大量の神力を使った影響か、すぐに眠気がやってきた。

▼△▼

太陽が顔を出す前の夜更け。

東区画の一角に、黒いローブを着た集団が集まっていた。その中の一人が、意識の無い男性を見下ろす。

「これがエレボス様への供物か」

「はい。身寄りのない、友人や知人もいない男性を捕まえました。元より路上暮らしなので、誰も気にしないでしょう」

男の呟きに、取り巻きの一人が答える。

「よし。では早速、このアイテムを男の体に埋め込む。強力な呪いを発生させるアイテムだ、以降は絶対にこの男に近付くな」

男が懐から四角い箱を取り出した。箱は黒く、まるで生きているように血管が浮き出ていた。

「畏まりました。ですが……計画より早くありませんか？　そのアイテムを使うのは、もう少し先だったはず」

「思ったよりこの地の領主が利口でね。我々を警戒しているらしい。それに、部下たちから報告を受けただろう？　件の神力を使う少年……彼が現れた以上、事前に起こした呪いによる騒ぎは早々に終息する。だが、それでは困る。まだまだエレボス様の教えを説かねばならない。我々が活躍せねばならないのだ。この地で深く根を張るために」

一歩、男が前に出る。

意識を失い倒れている男性に目線を合わせると、地面に膝を突いた体勢で手にしていた箱を男性の胸元に当てる。直後、箱の形がわずかに変形した。ぐにゃりと歪み、男性の体に張りつく。最後には、どんどん体の中に入っていって――姿を消した。

「……何も、起きませんね」

「アイテムがこの男の体と融合するまでに時間がかかる。そうだな……だいたい、数時間もすれば目を覚ますだろう。その時には、ただ呪いに操られる獣と化しているがね」

ククク、と男が喉を鳴らして笑った。

「止める方法は確か……」

「命を奪えばいい。常人より遥かに強くなるが、我々が力を合わせれば一瞬だ。所詮、呪いに抗えぬ木偶。精々呪いを盛大に撒き散らし、最後には我らの功績となってもらおう」

男はそれだけ言って踵を返す。もう用はないのだと背中が物語っていた。

他のメンバーたちも男を追って続々とその場から立ち去っていく。

「しかし……ここにきて謎の少年が我々の計画を邪魔してくるとは。いったい、その子供は何者なんだ？」

「入ってきた報告によると、リコリス侯爵邸に泊まっているようですが」

「リコリス侯爵に息子はいない。隠し子も聞いたことがない。外からの客人だな。問題は、素性が分からないってことか」

「ええ。珍しい髪色ですから、調べればすぐに出てくると思いましたが……少なくとも、王都に該当する貴族はいませんね」

「珍しいとはいいえ、緑髪くらいいるだろう？」

「いても、詳しく調べることはできません。少なくとも、少年の両親は王都にいない貴族か平民ですね」

「ふうん。もっと調べるように部下を突っつけ。もしくは……この騒動にかこつけて殺してしまおうか」

にやり、と男の口角が吊り上がる。

しかし、それをもう一人の男性が止めた。

「いえ、むしろ仲間に引き込むほうがよろしいかと」

「仲間、ねぇ。その少年、三女神を信仰しているらしいけど？」

「洗脳すればいいのです。我々の得意技でしょう？」

「確かに。そうやって勢力を拡大してきたな」

妙案だ、と男は納得する。最後に、笑みを崩さないまま言った。

「じゃあ決定だ。少年には、いかにエレボス様が素晴らしいかを語ってあげよう」

六章　異界の鬼

たっぷりと睡眠を取った翌日。

魔力による強化を使い、早朝から街中を走り回る。

エレボス教徒や神官、元患者たちの目を気にしながらだと動きに迷いが生まれるが、それでも僕なりに頑張った。

それが功を奏したのか、思ったり早く迷子の子猫を発見する。依頼書に載っていた通りの黒い毛に、緑色の瞳。異世界の猫はなんとなく幻想的に見えるなぁ、と思いながら子猫を抱き上げ、なるべく急いで冒険者ギルドに戻る。

見つけた子猫は、ギルド側が預かってくれた。依頼主に連絡し、引き取りに来てもらうらしい。

僕の依頼が正式に達成された。預けた時点でクリアとなる。少額の報酬を受け取り、その日は冒険者ギルドを出て帰路に就いた。

「少ないね、報酬」

ふわふわと周りで浮かぶ光の女神様が、僕の握り締めた硬貨を見てぽつりと零した。

「一番簡単な依頼だからね。報酬は雀の涙ほどさ」

「これなら訓練してたほうが有意義だと思うなぁ」

「前にヒスイが言ってたじゃない、冒険者としての仕事には意味があるって」

「アルナちゃん、それはそうだけどさ〜」

「気持ちは分かるわ。けど、ヒスイは別にサボってない。魔力と神力の訓練だってしてる。長い目で見守っていきましょう」

「くすくすくす。わたくしもアルナの意見に賛成です」

「むぅ。二人共気長さんだねぇ……ん？　なんだか向こう側が騒がしくない？」

唐突に、東区画のほうから悲鳴が聞こえてきた。フーレが気付くのと同時に、僕たちも違和感に気付く。

東区画側から複数の住民が走ってきた。血相を変えている。悲鳴の中には、答えを示す言葉も含まれていた。

「た、大変だ━━！　向こうで男が暴れてるぞ！」

「殴られた奴はみんな倒れたってマジか⁉　何が起こってやがる！」

「暴動だ暴動！　みんな逃げろ━━！」

「誰かが暴れてる？」

聞こえてきた内容は、あまりにも平穏とはかけ離れたものだった。しかも、これほど複数の住民たちが騒いでいるってことは、小規模でもない？

気になった僕は、暇を持て余していたので東区画に向かう。タンポポも、

「ぴー！　ぴぴ！」

僕の頭をばしばし叩きながらそちらを指している。やっぱり向こうには何かあるんだ。

魔力を足に巡らせると、跳ねるように人混みを避けて事件の中心へ。

騒動の原因と思われる男はすぐに見つかった。通りの真ん中に立って暴れてる。

「ぐ……があああ！」

年齢は三十代くらい。身なりは綺麗とは言えない。

肩まで伸びた髪を乱暴に振りながら、見境なく周囲の人間に暴行を加えていた。

彼の足下には、すでに被害者たちが血を流して倒れている。

「あれは……」

通りで暴れている男を見て、僕は真っ先に——呪力の反応を感知した。

「ひょっとしなくても呪いにかかってる？」

「間違いありませんね。これまでの呪いとは違い、非常に強力です。あの男の心臓部分を中心に、呪力が溢れ出している」

答えてくれたのはカルトだ。切れ長の目でじっくりと男を観察するように見つめている。

「ただ事じゃないね。ここにきて更に強力な呪い……確実に、呪いを広めようとしている何者かの仕業か」

きょろきょろ周りを確認するが、怪しい人物は他にいない。

普通、何かしら行動を起こしたら、経過が気になるものだ。犯人は現場に戻るとも言うし、油断しないよう注意しつつ、僕は全身に魔力を滞りなく巡らせていく。

「止めるつもり？」

「もちろん。見たとこ、被害者たちも呪いに感染してる。あの呪いも、これまでの呪いと同じだ。僕が止めないと、どんどん被害が広がる」

「そう。なら、精々殺さないように注意しなさい。解呪（かいじゅ）するにしても、まずは動きを止めないとね」

「分かってるさ」

僕は拳を構える。

今回の相手は丸腰の人間だ。体から放出された呪力が、質量を持って周囲を破壊しているが、それでも手加減する必要がある。

なぜなら剣を使えば、ほぼ確実に殺してしまう。僕は殺し合いがしたいんじゃない、彼を助けたい。

なるべく打撃で相手の意識を奪うことを考え、地面を蹴って暴れまわる男に肉薄した。

「うるあああああ！」

僕が接近すると、半ば反射的に男が動いた。腕を鞭（むち）のように振るう。その攻撃を半身になって避けた。真横で空気が切り裂かれる音が聞こえる。

「速い！　けど、攻撃が直線的すぎるよ！」

右腕を引く。ガラ空きになった男の懐へ僕はパンチを放った。吸い込まれるように拳が男の腹部にめり込む。

威力は極力下げたが、それでも常人なら気絶するほどの衝撃を受けたはず。

そう思った僕は、直後に繰り出された男の反撃を見て、目を見開いた。

「なっ⁉　今のを喰（く）らって無事なのか⁉」

バッと男の拳を後ろに跳んで避ける。男は口から大量の涎（よだれ）を垂らしながらも、血走る瞳で僕を睨（にら）んでいた。

「どうやら呪いの影響で肉体が頑丈になっていますね」

「そんなこともできるんだ、呪いって」

「薬と同じですよ。多大な効果を得られる代わりに、苦痛を伴う。良薬になることもあれば、ただの毒にもなる」

「なるほどね。少しだけ厄介だな……」

これじゃあ僕の計画が破綻する。先ほどの一撃で終わっていれば、すぐにでも解呪に移れたものを。

加えて、生半可な攻撃じゃ倒れないとなると、もっと強い衝撃を与えなきゃいけない。下手すると力の調整をミスってあの男を殺してしまう。

さすがに殺人は重い。先ほどまで僕の様子を見ていた証人がたくさんいたから、罪に問われることはないだろうが……僕自身が、人を殺した事実に耐えられるかどうか。

あからさまに外見の違う、化け物である魔物でさえ、初めて戦った時には躊躇した。今は慣れたものだが、同じ形を持つ人間が相手となると……キツいな。

わずかな逡巡。迷いが現れ、そこを男に突かれる。

「があああぁッ！」

「ッ」

男がレスリングのように姿勢を低くして、獣めいたタックルをしてくる。

それを横に躱すと、男は切り返して戻ってきた。ずっと暴れているはずなのに、体力まで増えているのか？

「ごめん」

謝罪の言葉を追加し、右手の指を全てピンと立てる。細く真っ直ぐに立てた右手で、男の背後に回って首元をぶっ叩く！　いわゆる手刀というやつだ。

「ぐぎゃ⁉」

男は盛大に息を吐き出した。前のめりな姿勢だったことが災いし、地面を削りながら転がっていく。

手刀を構えた状態で男を注視するが、一向に立ち上がる気配はなかった。

どうやら意識を刈り取ることには成功したっぽい。ホッと胸を撫で下ろし、ゆっくり男に近付く。

仰向けにすると、かすかに胸が上下していた。

「呼吸はあるね。セーフ……」

段階的に威力を上げて攻撃しようと思っていたが、二発目で無事、暴徒の鎮圧に成功した。

「あなた様、急いで呪いを解いたほうがいいですよ。その男に付与された呪いは、これまで以上のもの。このままでは確実に死にます」

「了解。まだまだコントロールは甘いからね……物量で勝負させてもらうよ」

右手を男の心臓部分に当てる。

先ほどカルトが、この男の心臓部分に大きな呪いの源泉がある、みたいなことを言っていた。つまり、そこを潰せばいい。シンプルだが、僕ほど神力の量に自信があれば問題ない。

意識を目の前のことに集中させ、全力で神力を放つ。

ぱぁっと周囲が黄金色の光に覆われた。僕自身、ここまで神力が強いと目を開けていられない。

だが、効果はあった。

「ぐあああああああ⁉」

倒れていた男が、呪いを無理やり消し飛ばされそうになって苦しんでいる。

カルト曰く、この反応は呪いが消え去る際の抵抗らしい。それが人体に痛みという情報を送り、手放されないようにしがみついているとかなんとか。

要するに、患者がもの凄く苦しんでいようが、解呪を止めたりしてはいけない。止めたら呪いの思う壺だ。

患者に申し訳ない気持ちを抱きながらも、僕は神力の出力を一切緩めることなく放出し続けた。その時間が一分、三分、五分……と続く。

次第に患者の苦しむ声が弱くなっていき、五分後には完全に聞こえなくなった。それを合図に、僕は神力の放出を止める。

「……ふぅ。安らかな表情をしているね。成功だ」

光が消えたあと、男の顔色は元に戻っていた。元々が健康だったかどうかは分からないが、人間として正常な顔色を浮かべている。呼吸も問題ない。

「お疲れ様、ヒーくん。力技だけどいい感じの解呪だったよ！」

フーレがグッと親指を立てて僕を称賛するが、素直には受け取れないな。

「本当はもっとフーレみたいに上手く神力のコントロールができたらいいんだけどね」

「あはは。習いたてだからしょうがないよ。解呪に必要なのは、微細な神力の操作能力と制御能力。加えて、体内の呪いを知覚できるくらいの感知能力も必要になる。力技で解決できるだけでも凄いんだよ？」

「そっか。でも、まだ終わりじゃないよ」

ちらりと正面を向く。僕の視線の先には、男の暴走で襲われた複数の男女の姿が。

倒れている彼らもまた、呪いを移されている。原因になったこの男よりは呪いは弱まっているが、それでも放置すれば命にかかわるだろう。

「人数的に神力はギリギリ持つかな?」

立ち上がった僕は、苦笑してから患者たちの下へ向かう。なんだかんだ、今日も大変な一日だ。

やれやれ、と肩をすくめる。しかし、本当に大変なのはここからなのだと、僕はすぐに知ることになる……。

▼△▼

呪いの被害者による事件から数時間。

呪いを解いた患者たちを教会に預けたあと、女神たちと雑談しながら街の外へ出た。結界に守られている自宅に戻ると、そこで休憩しながら呪力の鍛錬に移る。

呪いを知るには実際に呪いを生み出すのが効率的だ、とカルトに言われて午後からずっと呪力の練習をしていると、結界の外から複数の叫び声が響いた。

声色から男性だと分かる。何やら僕を呼んでいるっぽい。

結界は物理的に侵入者を阻むが、音まで防いではくれない。仮に防げても、僕は防音設定はしないつもりだ。万が一、今みたいに僕を呼ぶ誰かが来た時に困るからね。

ひとまず鍛錬を中止し、声のしたほうへ走った。木々の隙間をするりと抜けていくと、ちょうど結界の向こう側に数名の騎士たちが。騎士たちは僕を見つけるなり大きな声で言った。

「ヒスイ様！　お助けください！　侯爵様とローズ様が！」

酷く焦った様子だ。クラウス様とローズに何かあったらしい。

「落ち着いてください、皆さん。クラウス様とローズ様に何が？」

「呪いです！　侯爵様とローズ様が呪いを受けてしまい……」

「なっ⁉」

そういえば今日、アルメリア姉さんたちと一緒に買い物へ出かけると言ってた。その時に、今回の事件に巻き込まれたのか！

僕がいた東区画の近くにはいなかった。そもそもあそこは住宅街。買い物をするなら西か南のはず。

つまり、呪いを受けた誰かが、命からがら逃げたあとでローズたちと接触したのか。

人のいいローズのことだ、傷付いた患者を見捨てられなかった、というところだろう。クラウス様が感染した経由も、ローズが呪われたなら理解できる。

「二人の容態は？」

「苦しそうに呻いてはいますが、命に別状はありません。ただ、侯爵様はともかく、ローズ様のほうは……子供なので」

「呪いが続くとまずい、か」

「はい。侯爵様は急いでヒスイ様を呼ぶように伝えたあと、意識を失いました。どうか、我々と屋敷まで来ていただけないでしょうか？」

「分かりました。今の僕の神力の残量だと、二人を同時に治せるか不安ですが……やってみます」

「ありがとうございます！」

騎士たちは揃って頭を深く下げた。クラウス様の人徳がいかほどか、この光景から伝わってくるな。

僕は結界から外へ出て、騎士たちを先頭に走り出す。その途中、アルメリア姉さんたちのことも聞いた。

「ところで、僕の姉……アルメリア姉さんとコスモス姉さんは大丈夫なんですか？」

「アルメリア様とコスモス様でしたら、侯爵様が制止したので事なきを得ました。呪いは感染する、と事前に話を聞いていたので」

「よかった……」

不幸中の幸いだな。あの二人が呪われていないことに安堵し、これ以上人数が増えていないことにも安堵……いや待て。

「あの、クラウス様とローズ様はどうやって屋敷まで帰ったんですか？」

話を聞いていて思った。呪いを受けて二人がダウンしたなら、屋敷へ送り届けた者がいたはず。もしかしてその者は、侯爵たちから呪いを移されたんじゃ……。

こういう悪い予感は当たるものだ。騎士たちはどこか気まずそうな表情で答える。

「騎士が数名、呪いにかかりました。呪いを受けながらも屋敷へお二人を届けたのです」

「それは……騎士の鏡ですね」

「はい。自慢の部下です」

今まで話していた人は、騎士団の団長か。よく見ると、前にドラゴン退治の時にも見かけたな。強そうな人だからすぐに思い出した。

「では、主に報いた立派な騎士も僕が助けます。見殺しにはできない」

「本当ですか⁉　でも……神力が……」

「あてはあります。心配しないでください」

視線を横に向ける。二十メートルほど離れた位置で僕を見守っていた光の女神フーレが、僕の視線を受けて意図を察した。グッと親指を立てる。「任せて」だ。

「ありがとうございます。ありがとうございます！」

団長と思われる男性騎士は、走りながら器用に泣いていた。気持ちは理解できる。僕はくすりと笑ったまま、声をかけるなんて無粋な真似はせず、静かに走り続けた。


休むことなくリコリス侯爵邸までの街路を駆ける。

本来街の門はとっくに閉まっている時間だったが、侯爵家の騎士の権限を使って無理やり開けた。騎士の人たちが僕の家へ来た時もそうだったのだろう。思ったよりスムーズに南門が開き、その後は人混みをかきわけて進んだ。

先頭を走る騎士たちが大きな声で住民たちを退(ど)かしてくれたおかげで、ほとんどタイムロス無く屋敷に入る。一階にあるクラウス様の部屋へ。ノックするのも忘れて僕たちは雪崩れ込んだ。

「クラウス様！」

室内に足を踏み入れると、ベッドの上にクラウス様が倒れていた。瞼(まぶた)を閉じて寝ている。

「体から黒いモヤ……呪力の反応がある」

聞いていた通り、クラウス様は呪いにかかっていた。呪力の濃度は、あの呪われた男ほどじゃないが、それに襲われた患者たちと同じだ。接触することで呪いの効果は落ちる。これなら、解呪自体は簡単だ。

「早速、解呪を始めます。決してクラウス様に触れないように」

「ハッ！　お前は部屋の前を見張れ！」

「了解しました！」

騎士たちが僕の指示を聞いて慌ただしく動き出す。部屋に残ったのは騎士団長とその部下二人。扉の前に二人の騎士を配置し、残ったメンバーはローズの部屋へ。

三人もの騎士が見守る中、僕はクラウス様に近付き、腕に触れる。

「フーレ、頼んだよ」

ぼそりと呟き、僕は体内を巡る神力を全力で放出した。眩い黄金の光が、閃光の如く部屋を照らす。

「ぐっ！　あああ！」

呪いが神力による攻撃を受け、宿主たるクラウス様に痛みという名の危険信号を送る。

ベッドの上で、意識を失っていたはずのクラウス様が暴れ出し、背後の騎士たちが狼狽える。

「ひ、ヒスイ様？　侯爵様は大丈夫なんでしょうか？」

「問題ありません。呪いを解く際、呪いが宿主の体に痛みを送っているだけです。呪いが消えたら治まりますよ」

「それって本当に大丈夫なんですか⁉」

「苦しいってだけで、後遺症などは残らない……はず」

「ヒスイ様⁉」

これまで僕が解呪を担当した患者は、全員後遺症らしきものは無かった。だから大丈夫……だとは思うけど、一応断言しない。それが騎士たちの不安を煽ることになっても。

　これ以上の問答は不要と判断した僕は、返事をすることなく静かに神力をクラウス様に注ぎ続ける。そんな時間が五分も流れると、やがてクラウス様の顔色が元に戻った。先ほどまでは真っ青で死人みたいな表情だったのに。

　神力の光が光量を落とし、やがて消えた。瞼を開けた騎士たちの目に、穏やかなクラウス様の顔が映るのだろう。やや震えた声が聞こえた。

「おお……侯爵様の顔色が！」

「呪いは消えました。しばらくするとクラウス様も目を覚まします。それまではこの部屋でクラウス様を守ってください。外には結界がありますが、呪いを使った犯人が何をするか分かりません」

「ハッ！　ありがとうございます、ヒスイ様！」

　三人の騎士が順番に頭を下げる。土下座でもしそうな勢いだな。凄い忠誠心だ。

「いいえ。それより僕は、急いでローズ様のところに行きます。部屋に誰かが訪ねて来ても、極力僕以外は追い返してください」

「畏まりました」

　大人しく僕の指示に従ってくれる騎士たちに別れを告げて、部屋を出てローズのもとへ向かった。

　屋敷の廊下を魔力無しの全速力で走る。

すぐにローズの部屋の前に到着したが、なぜかそこにはアルメリア姉さんとコスモス姉さんの姿が。

「アルメリア姉さん？　コスモス姉さんも……なんでこんな所に？」

「ヒスイ！　よかった……あなたは無事だったんですね」

僕を見るなり、アルメリア姉さんとコスモス姉さんが揃って抱きついてきた。二人分の重みを受け止める。

「今日、買い物をしていたらローズ様が……」

「心配になって見にきたと」

「はい」

「だって、私たちは何もできなかった……」

いつも元気なコスモス姉さんが、唇を噛み締めて俯く。落ち込んでいた。

「二人の気持ちは分かるよ。同じ立場だったら僕も落ち込んでいたと思う。けど、ローズ様はお優しい人だ。今回の件を二人のせいにはしない。事実、アルメリア姉さんたちは何かをしたわけでもないんだからさ」

二人を抱きしめながら優しい声でなだめる。

「むしろ、ローズ様が治ったら、笑顔で話しかけてあげなよ。きっとそっちのほうが喜ぶよ」

「ヒスイ……」

「ほら、泣いちゃダメ。コスモス姉さんには笑顔が似合ってる」

涙を滲ませたコスモス姉さんの目元を袖で拭いた。彼女はぷるぷると体を震わせるが、必死に泣くのを堪えている。

「僕に任せて。ぱぱっとローズ様の体を侵す呪いを解いてみせるから」

そう言って二人の体を離す。扉の前に立っていた騎士たちに目配せをすると、僕は一人、ローズの部屋の中へ入る。

ベッドの上に、クラウス様と同じようにローズが倒れていた。顔色がクラウス様の時より悪い。呪いの効果は同じでも、年齢的、身体的差でローズのほうが深刻だな。

「待っててください、ローズ様。苦しいのはあと少しですよ」

ローズの傍に行く。

すると、ローズがタイミングよく目を開いた。僕の気配に気付いたんだろうか？

「ヒスイ……様？」

「こんばんは、ローズ様。助けにきましたよ」

「申し訳……ございません……ご迷惑……を、かけます……」

「迷惑だなんてとんでもない。ローズ様を困らせた人が悪いんですよ。ローズ様は被害者なんだから、気にしないでください」

ローズの手に触れる。そこからゆっくりと神力を流していった。

「ッ！　痛みが！」

「我慢してください。これから呪いを消し飛ばして、すぐに楽にしますからね」

「……はい。私は、ヒスイ様を……信じています……」

「必ず助けます。ご安心を」

そう言うと、ローズの意識は再び落ちた。安心したのか、苦しみに負けたのか。どちらにせよ、僕のやるべきことは変わらない。

神力の放出量を徐々に上げていき、全力でローズの体を蝕む呪いを吹き飛ばす。

部屋の中には、ローズの悲痛な叫び声が響いた。

廊下では、声を聞いたアルメリア姉さんたちが中へ入ろうとするが、どうにか騎士が止めてくれる。

そのまま誰の邪魔も入らずに五分。ローズの体からも呪いが消えた。

「ハァ……ハァ……さすがにちょっと、疲れたな……」

短時間で大量の神力を消費した。僕の中の神力はほぼ空だ。空になると虚脱感というか倦怠感というか、酷く体が重くなった気さえする。

その場で尻もちを突いて倒れると、頭上に女神たちが降ってくる。

「神力をたくさん使ったねぇ、ヒーくん。OKを出したのは私たちだけど、ちょっと無理しすぎなんじゃない？」

「あはは。フーレたちの訓練に比べたら、こんなの無理の内には入らないよ」

「言うじゃない。文句でもあるのかしら？」

ずいっと、女神アルナが僕に顔を近付ける。アメジスト色の瞳が、こちらの心を見透かすように細められた。ちょっと怖い。

「じょ、冗談だよ！　冗談。僕がみんなに文句があるわけないだろう？　ね？」

「くすくすくす。わたくしとしては、アルナの訓練は少々やりすぎな気もしますけどね」

「あんたはどっちの味方よ」

「はいはい。それより、さっさと立ちなさい、ヒスイ。部屋の外にいるお姉さんたちが結果を待っているわよ」

「うん。早く知らせないと、騎士たちを薙ぎ倒して入ってきそうだ」

そんな力があるわけもないが、気迫だけは素晴らしい二人だ。困るのは騎士たちだし、さっさとローズの吉報を知らせてあげよう。

息を大きく吐いたあと、重い体を起こして立ち上がる。扉のほうへ行き、ドアノブを捻って開けると、直後に二人の姉が矢継ぎ早に言葉を繰り出した。

「ヒスイ！　ローズ様はどうなりましたか⁉」

「部屋の中からすんごい悲鳴が聞こえてきたけど大丈夫なの⁉」

「落ち着いて、二人共。ローズ様の呪いは無事に消えたよ。今はぐっすり寝てる」

僕の言葉に安心したのは、アルメリア姉さんたちだけじゃない。扉を守っていた二人の騎士もまた、笑みを浮かべて喜び合う。

「ローズ様が起きるまでは静かにしていようね。邪魔するとローズ様の体に悪い」

「分かりました。我々は部屋に戻りましょう、コスモス」

「……はあい。ヒスイはこのあとどうするの？　家に戻るの？」

「ううん。その前にまだやることが残ってる」

「やること？」

首を傾げるアルメリア姉さんたち。僕は彼女たちから視線を外し、騎士たちを見た。

「呪いが移った騎士たちはどこにいますか？」

「離れの宿舎にいます。この屋敷の隣ですね」

「ありがとうございます。……そういうわけで、患者が残っているんだ。二人共、くれぐれも外には出ないように。大人しく待っててね？」

「はい」

「分かってるわ！」

よしよし。ここまで言えばクラウス様やローズに突撃したりしないだろう。特に心配だったのはコスモス姉さんだが、アルメリア姉さんがいれば止めてくれる。

二人に手を振って、今度は騎士たちが寝泊まりしている宿舎を目指した。

▼△▼

人の寝静まった夜更け。

静寂に包まれた街中の一角で、黒いローブを羽織った男性が忌々(いまいま)しそうに呟く。

「どういうことだ！　せっかく貴重なアイテムを使ったというのに、ほとんど成果を得られなかっただと？」

それは今朝のこと。呪いのアイテムを犠牲者の男に埋め込み、強力な呪いをばら撒(ま)こうとした。

だが、運悪くヒスイに見つかり、アイテムを内包した男はあっさり無力化されてしまった。

それだけならまだしも、アイテムが生み出す呪いさえヒスイに消される始末。これにはエレボス教徒たちも頭を抱えた。

「まさかあの少年が、あそこまで強いとは……」

「いくら能力を持たない凡人とはいえ、呪いのアイテムによって強化されていた。それを、正面から殴って気絶？　あのガキは何者なんだ！」

「名はヒスイ・ベルクーラ・クレマチス。年齢は八歳。どうやら、隣のクレマチス領から来た人間ですね」

「クレマチス領？　……ああ、男爵が領地を治めているあの田舎か」

「はい。年齢からして三男かと。長男と次男はもっと年上ですし、特徴も違う」

「ではヒスイとやらが持つ能力は？　子供が出せる身体能力を超えているように思えたが？」

「神力以外はなんとも。二つの能力を持っているとは考えられませんし……」

「チッ。結局、身元が分かっただけか」

悔しそうに男の一人が舌打ちする。

ヒスイのせいであらゆる計画がパーになったのだ、怒りが収まらないのも頷(うなず)ける——と他のメンバーたちも同じ気持ちを抱いていた。

しかし、こうなるとエレボス教の浸透が難しい。

今、街中ではヒスイの名声が響いている。その前には、同じく治療活動していたはずのエレボス教の名すら霞(かす)むほどだ。

「件(くだん)の少年、ヒスイ・ベルクーラ・クレマチスはいかがしましょう。このまま放置しておけば、必ず計画の邪魔になりますよ」

「すでに邪魔になっているからね。とはいえ……勝手にこちらが計画を進めるわけにはいかない。上の判断を仰ぎたい」

「それでしたら、先ほど一通の手紙が届いていました」

「手紙？」

「はい。上からの手紙です。話し合いの直前だったので、終わったあとに確認するべきかと思い」

「見せてくれ」

「こちらです」

男の一人が懐から手紙を取り出す。それを全員の代表でもう一人の男性が受け取った。封を切り、中身を見ると……。

「ククク……そうか。相変わらず上の連中は耳聡（みみざと）いな。もう件のガキの話が伝わっている。どうやら、私以外にも連絡係がいるようだな」

手紙を読み終えた男が、手紙を渡してくれた男を睨む。だが、それも一瞬。情報源は多いに越したことはない。決して自分が軽んじられているわけではないと自らを諌（いさ）め、男は手紙を返した。

「中にはなんと？」

「計画を進めても構わないそうだ。呪いもどんどん沈静化されている。侯爵にも警戒され、新たにヒスイというガキまで現れた。ここから我らが巻き返すのは難しい。そこで、いっそその少年を殺してしまおう。我々にはまだアレが残されている」

男が懐から一つのアイテムを取り出し、周りの仲間たちに見せる。

小さな心臓だ。誰のものかは分からないが、なぜか鼓動を刻んでいた。見ているだけで気分が悪くなると多くの信者たちが目を逸らす。

「なんのアイテムなんですか？　それ」

「短時間ではあるが、面白い化け物を呼び出せるアイテムさ」

「化け物？」

「安心しろ、あのガキを殺して街を滅茶苦茶にしたら勝手に消える。使用者である俺の命令も聞くはずだ」

「ずいぶん警戒なされていますね、あの少年を」

「そりゃあ警戒もする。ガキのくせに解呪ができるんだぞ？　ひょっとすると呪力を探知できるのかもしれない。もしくは、そういう効果を秘めた魔法道具を持っているか。しかも、使い捨てとはいえ、強化系のアイテムの使用者まで正面から倒すほどだ。仮にぶつかれば、我々に勝機はない。そこで、このアイテムだ」

　不気味な心臓を手に持った男は、喉を鳴らして楽しそうに笑う。瞳にはありありと悪意の感情が宿っていた。それは一種の——妄信。自分たちが正しいという、どこまでも勝手な思い込み。だが、それに関してツッコむような野暮な者はこの場にいない。全員がエレボス教のために覚悟を決める。

「作戦はいつ決行されますか？」

「明日だ。早ければ早いだけいい。平穏など破り捨てろ。件のガキを殺せなかった場合は、捕まえて洗脳だな。弱っていた場合に限るが」

「畏まりました」

アイテムを持った男以外のメンバーが揃って頷く。

まだ街中は呪いの騒動で落ち着きがない。だからこそ、更なる混沌の中に人々を叩き落とす。そこには、純粋な悪意以外には何もない。

▼△▼

滅茶苦茶爆睡した。

クラウス様やローズ、彼らお抱えの騎士団の面々を治療した僕は、前に教会で大活躍した時と同じくらい寝込んだ。

気付けば早朝を超えて昼過ぎ。目を覚ました瞬間、外が明るくてびっくりした。

いつの間に寝ていたのか、と。

続けて時間を確認したあとは、目玉が飛び出るんじゃないかと思えるくらい目を見開き、急いでクラウス様のもとへ。

部屋の前には二人の騎士が立っていた。クラウス様がいまだ部屋にいるのは明白。許可をもらい入室すると、すでに元気そうなクラウス様の姿がベッドの上にあった。

「クラウス様、もう起き上がっても平気なんですか？」

布団の上で資料を眺めているクラウス様に声をかける。クラウス様は柔らかな笑みを浮かべて答えた。

「ヒスイ殿のおかげで元気いっぱいだよ。君のほうこそ、今起きたのかい？　体に不調は？」

「僕のほうもたくさん寝たので元気いっぱいです。すみません、勝手に部屋を借りて、こんな時間まで寝ちゃって」

「なぜ謝る必要があるのかな？　君は私だけじゃない、最愛の娘ローズの呪いも解いてくれたと聞いたよ。部下の騎士までお世話になったんだろう？　むしろ、そこまで迷惑をかけて申し訳ない」

クラウス様が資料から視線を外し、僕を数秒見つめてから頭を下げた。

慌てて両手と首を左右に振る。

「あ、謝らないでください、クラウス様！　クラウス様は被害者なんですから」

「そう言ってくれると幾ばくか気持ちが楽になるよ。君には世話になってばかりだね。緑竜から命を救ってもらい、街中での騒動を解決してもらったり、またこうして命を助けてもらったり。もはや、我々は何を返せばいいのか分からない」

「気にしないでください。別に、クラウス様たちから報酬をもらいたいがために助けたわけじゃありませんから。僕が助けたかったから助けたんです」

「――そうはいきませんよ、ヒスイ様」

不意に、背後の扉が開いて誰かが入ってきた。次いで聞こえてきた声に、僕はぽかーんと口を開けたまま固まってしまう。

「ローズ？　自分の部屋で休んでいなさいと今朝注意したばかりじゃないか」

クラウス様の部屋に入ってきたのは、クラウス様の実の娘であるローズだった。長い赤色の髪をさらりとかきあげると、彼女はにやりと笑って言った。

「ヒスイ様が目を覚ましたというのに、私だけ除け者にするのはいかがなものかと」

「別に除け者にしたつもりはないよ。どうせヒスイ殿は、私と話したあとでお前のほうへ行くだろうからね」

「では、部屋に戻る代わりにヒスイ様も私の部屋へ参りましょう？　お礼についていろいろ話し合わねば」

「え？　ですから僕は別に……」

「ダメですよ」

ローズがぴしゃりと僕の言葉を遮る。人差し指を立て、「めっ」と声を上げた。

「ヒスイ様は欲がなさすぎます。人の命を救ったのですから、もっと多くの報酬を要求すべきです！　わたしくたちも、助けられた恩を返さなければこの地の領主としての沽券にかかわります」

「それって気持ちだけ受け取ればいいのでは？」

「それではいけません。これは当家のプライドの問題なのですから」

「そうですか……分かりました。それなら拒否するのは良くないですね」

ここまで言われてなおも断るのは、逆に失礼だ。お金はいくらあったって困らないのだから、出せる人からは貰えばいい。アザレア姉さんと合流する時に、少しでも姉さんに楽させてあげられる。

僕は両手を上げ、降参のポーズを作って笑う。ローズもつられて微笑んだ。

「話が決まったようで何よりだ。お礼に関してはローズと好きに話し合ってくれ。突拍子もないものでなければ受け入れよう」

「ありがとうございます、お父様」

ぺこりと頭を下げたローズは、続いて僕の腕をがっしりと摑んだ。

「ささ、いつまでもお父様の邪魔をしてはいけません。じっくりと、たっぷりと話し合いましょう？」

「は、はぁ……お手柔らかに？」

どう返事をしていいのか迷った結果、僕はおかしな言葉しか出せなかった。

ローズの意外にも強い力で引っ張られ、廊下に出る。

その時、不意に遠くのほうから嫌な気配を察知した。

「？　なんだ？　今、確かに何か……」

「ヒスイ様？　どうかされましたか？」

僕の腕を引っ張っていたローズが、急に足を止めた僕に怪訝（けげん）な眼差しを向ける。

「いえ、ちょっと街の外で何か嫌な気配が……ッ」

話しながら僕の表情はどんどん険しくなっていった。

最初に感じた嫌な気配が、時間の経過と共に濃くなっていく。これほど離れているというのに、不安や悍（おぞ）ましさを覚えるのはなぜだ？

僕の疑問は頭上に現れた混沌の女神カルトの一言で解消される。

「珍しいですね。異界より魔物を呼び出す儀式を行っている者がいるとは」

異界の儀式？　何やらただごとではない響きだ。

「気になるな……すみません、ローズ様。お礼の話はまた今度」

「え？」

「僕、行かなきゃいけない所があるんです！」

そう言って無理やりローズの拘束を解き、脱兎の如きスピードで廊下を駆けた。勢いよく屋敷から飛び出すと、門を守る騎士たちに声をかける暇すら惜しんで跳躍する。

高い門を超え、地面に着地するなり再び地面を蹴った。ほとんどトップスピードで街中を走る。

走りながら、カルトに先ほどの話を問う。

「カルト、異界から魔物を呼び出すってどういうこと？」

「そのままの意味です。あるんですよ、次元や空間を超えて生き物を呼び出すアイテムというものが。わたくしの呪力に近い力を感じますが、まったくの別物ですね。くすくすくす……面白い」

「召喚系のアイテムか……いったい誰が」

「見に行けば分かりますよ。街からそう離れていませんし」

「わざわざ人目を避けるくらいだ、よほどバレたくないんだろうな、そいつは」

街の近くで化け物を呼び出すってことは、狙いは街の襲撃か？　だとしたら、僕なら街中で召喚の儀式とやらをする。わざわざ街から離れた所で化け物を召喚するメリットは、召喚主が誰にも姿を見られないこと。つまり、呼び出しているところを見られるとまずい奴が犯人ってわけだ。

僕の脳裏に、エレボス教徒たちの姿が思い浮かんだ。今のところ、該当するのは彼らくらい。

「いいじゃない。楽しめそうな予感がするわ」

カルトの傍を浮かんでいるアルナが、腕を組んだ状態で不穏なことを言う。女神たちはそれぞれ楽観的だった。

「ヒーくんへの試練だね！　不気味な相手だけど大丈夫そう？」

「見て、戦って無理そうなら私がやるわ。平気よ」

「それって僕が死んでもしょうがないよねって言ってる？」

訊ねると、アルナは視線を逸らした。無言で逸らしやがった！

もー！　また無茶振りだよ！　と抗議したくなったが、自分の力で問題を解決することがどれだけ大切かはよく学んでいる。例えば僕が、全ての脅威を女神たちに頼んで退けたとしたら、僕自身は成長しない。それでもたいていのことは女神たちが解決してくれる。普通なら問題はない。

けど、万が一のことがある。それに、力があって何もしないのは怠慢だ。僕は、なるべく姉さんたちに褒められるような人間になりたい。そうなると、やっぱり女神たちには極力頼りたくない。

特に、今回みたいな戦闘メインのイベントは。

「頑張りなさい、ヒスイ。珍しい相手は貴重よ。いい体験ができるわ」

「う、うん……死んだらごめんね？」

「その時はフーレが復活させて第二ラウンドね」

「鬼か⁉」

まさかの、相手を倒すまで続けるパターン⁉　僕が死んだらあとは任せろ、とかじゃないんだ。

日に日にアルナのスパルタが増しているような気がして、僕は思わず白目を剝きそうになる。

ギリギリ倒れなかったのは、現在進行形で未知のエネルギーが膨れ上がり、何かが生まれようとしているからか。

更に走る速度を上げ、一分一秒を争うように疾走する。

▼△▼

南門を守る騎士に冒険者カードを提示し、街の外に出た。

件の化け物を召喚しようとしている者は、垂れ流された嫌なオーラを辿っていけばすぐに見つけられた。

森の中、隠れるように黒いローブの集団が地面に座って円を描いている。彼らの中心に、ぽつんと小さな心臓が置いてあった。

「うっ……なんだ、あの心臓。取り出されているのに動いてるぞ」

離れた位置にあるのに、隠れている僕の耳にもどくん、どくんと鼓動が聞こえてくる。

「見たところ、あの心臓に神力や呪力を注いでいますね。心臓自体は神力や呪力を持っていないことから、召喚には相応のエネルギーが必要になるのかと」

「止めたほうがいいよね、間違いなく」

「私としては、化け物が出てきてくれたほうが嬉しいんだけど」

言うと思った。街を出るまで訓練のことしかアルナは頭になかったからね。でも、まだ召喚されていないなら話は変わる。

「到着するまでに化け物がいたら戦うつもりだったけど、わざわざリスクは冒せないよ。僕を無視して街に行ったら困るし」

「そうね。残念だけど、妨害したほうがいいわ」

「よし、じゃあ行くね」

鞘から剣を抜いて、魔力を纏った状態で茂みから飛び出す。

勢いよく、一番近くにいたローブの人間を襲う。無論、剣の側面で背後から殴りつけた。

「かはっ⁉」

奇襲は見事に成功。エネルギーを注ぐのに集中していた黒ずくめの男は、口から息を吐いて倒れた。

一撃で意識を刈り取る。

「貴様は！」

僕の存在に気付き、地面に座っていた男女が次々に立ち上がった。武器を構えて鋭い視線を向けてくる。

「半信半疑だったが、やはり君は駆けつけてくるんだね……ヒスイ・ベルクーラ・クレマチスくん？」

「僕の名前を知っている⁉」

僕から見て一番奥にいる男が、けらけら笑って呟いた。

向こうはこちらの素性を調べ上げている。そんな気はしていたが、ずいぶん情報が早いな。漏れたとしたら、冒険者ギルドか。

「君は本当に我々の邪魔をするのが好きだね。何者なんだい？　呪力はともかく、このアイテムが発するエネルギーを知覚できるなんて、ただ者ではない」

「僕のことは調べたんじゃないの？」

「何も見つからなかったさ。ただの底辺貴族の三男ってことくらいしかね」

「だったらそれが全てだよ」

剣を構える。一度儀式は中断したが、自動的にエネルギーが吸われているのか、心臓の鼓動も強い気配も一向に消えない。いっそ、あの心臓を破壊したほうがいいか、と判断する。

そこからは速かった。目にも止まらぬスピードで、僕は地面に置かれた心臓めがけて接近する。

「させるか！」

咄嗟に奥にいた男が、袖を捲りながら右手を前に突き出した。手首に紫色の腕輪が付いている。

その腕輪が、一瞬、怪しく光って黒いモヤを僕に飛ばす。

「呪力か。残念だったね」

その攻撃は呪力による呪い。簡易的に呪いを発動させる魔法道具なんだろうが、黒いモヤは僕に当たって――虚しく霧散した。苦しみも違和感も与えはしない。

「なに⁉　呪いが弾かれただと⁉」

「僕に呪いは通じないよ。頑丈なんだ、体が」

なんて冗談を返しながらも、一足で心臓の前に辿り着く。剣を振り上げ、容赦なく振り下ろした。

鈍色の輝きが、心臓を二つに斬り裂く――直前、心臓から腕が生えた。真っ赤な腕が、僕の剣を受け止める。

「なッ⁉」

ありえないだろ、と内心でぼやきながらも僕は次の行動へ移る。瞬時に後ろへ下がった。

「危ない危ない。あと少しでも君が速ければ、我々の計画は取り返しのつかないことになっていたよ」

つい今しがた動揺していたはずの男が、ぱちぱちと手を鳴らす。その間も、メキメキという嫌な音を立てて、心臓から生えた腕が地面に手を突き、徐々に肉体を構成する。

まずは腕から腕の先、胴体が生成される。血肉が地面の上の心臓を覆い、肩、胸、腹部と伸びていく。

すると平行して首から上までもが現れた。肌の色と同じ真っ赤な顔には、紫色の瞳と黒い角が生えている。怒りの感情を張りつけたかのような形相に、僕はぽつりと言葉を零した。

「……鬼？」

そう。赤色の化け物は、僕が知る前世の日本に伝わっていた鬼に酷似している。両腕、両足と肉体が完全に顕現すれば、その予感がより強く僕の心臓を奮い立たせた。

「これこそが我々の奥の手だ！　この世界とは異なる異界より呼び出した怪物！　君はこの化け物を相手に、どれほど戦えるかな？」

「グオオオオオオオオオオ!!」

両足を地面につけた赤鬼が、耳を覆いたくなるほどの絶叫を響かせる。周囲からは鳥が飛び立ち、ガサガサと遠くでは魔物が逃げていく姿が見えた。

「さあ行け！　街に襲撃をかける前に、その邪魔者から排除するのだ！」

奥にいる男が赤鬼に指示を出す。赤鬼は僕の顔を見つめてから、拳を作って突っ込んできた。

「——ッ！　速い！」

五メートルはある距離を一瞬で潰された。僕の二倍以上はある巨軀が、気付けば目の前に。反射的に剣を振るが、赤鬼の皮膚に当たってもけたたましい金属音を上げるだけ。かすり傷すらつかない。

「嘘だろ!?」

どんだけ硬いんだよ！

愚痴を漏らした僕に、赤鬼が腕を振るう。回避が間に合わず、剣を盾に攻撃を受け止めた。衝撃が全身を貫き、ふんばりがきかずに後ろへ吹っ飛ぶ。大木の一つに激突し、とんでもない痛みが背中に走る。

「くっ……強い。全力ではなかったとはいえ、あれだけ魔力を込めても斬れないなんて……」

おそらく今の僕が全力で魔力を込めてもあの赤鬼は倒せない。致命傷になりえない。

「どうするの、ヒスイ。あいつ、今のあなたより強いわよ？　前のバジリスク戦みたいに、体を壊しながら攻撃してみる？」

頭上ではアルナが僕のことを見下ろしていた。フーレはどこか心配そうに。カルトは赤鬼に興味津々だ。

「……あんまり、姉さんたちを心配させたくないな」

確かにあの無茶な強化は僕の奥の手と言えるが、奥の手は出さないほうがいい。本当にピンチになった時に使うものだ。

それに、僕にはこの状況を打破する手がないわけじゃない。魔力より更に火力を高めて攻撃すればいいんだろう？　あてはある。

血を吐きながらも立ち上がり、応急処置程度に神力を使う。

「グルルル……！」

赤鬼が動きを止めて僕を見つめる。思った以上に頑丈でびっくりしたか？　こっちも同じだよ。馬鹿みたいに硬くて馬鹿みたいな力を持っている。連中が無茶をしてでも呼び出した理由がよく分かった。

その上で、僕はあの鬼を見過ごせない。

さっき、奥にいる男が街を襲撃させると言ってた。それはつまり、あの赤鬼が街中に解き放たれるということ。最悪、アルメリア姉さんたちの身に危険が及ぶかもしれない。そんなこと、僕が許せるはずがない。

「来いよ。僕の大切な家族には、指一本触れさせない‼」

血を吐き、手にしていた剣を放り捨てる。

ふつふつと湧き上がる激情を、右手に力として具現化させた。

掌に赤色のエネルギーが集束する。もう片方の左手には、紫色のエネルギーが。

呪力プラス魔力。

全力で魔力を放出しても勝てないのなら、魔力で呪力を強化するまで。僕が今使える最大最強の一撃を、あの赤鬼に喰らわせる。いくら頑丈といっても、斬撃に対する硬さ。圧倒的な質量を叩きこめば、たとえば異界の怪物だろうと倒せるはずだ。倒さなくちゃダメなんだ！

二つの力を組み合わせる。紫色の魔力の中で、重なった呪力が太陽のように燃え滾っている。

僕が使う攻撃は、光線。

最も殺傷力が高く、指向性を持たせやすく、なおかつ生み出しやすい攻撃がそれだった。ぐるぐるとエネルギーが渦を巻き、数倍にも数十倍にも威力を底上げしていく。

ただらぬ気配に、赤鬼の後ろにいた男が声を震わせて叫ぶ。

「な……なんだその力は⁉　どうしてお前は魔力と呪力が使えるんだ⁉　神力も使っていたようだし……お前はいったい――」

男の台詞の途中、僕を危険だと判断した赤鬼が地面を蹴った。攻撃が繰り出される前に僕を潰してしまおうという算段だ。

素早く肉薄し、鋭い爪を振り下ろす。爪でさえ、僕の体を貫くことができそうな鋭利さを誇っている。

だが、僕にその攻撃は届かない。焦って単調になった赤鬼の攻撃を、集中力を乱さないまま半身になって避ける。

わざわざ、自分から僕に近付いてきてくれるとはね。この距離なら外さない。絶対に……当たる！

喉を焼き切らんばかりに叫ぶ。腹から声を出す。

「ぶっ――飛べえええええ！」

構築した呪力が、魔力と完全に混ざり合って黄金と化す。掌に浮かべた小さな太陽が、閃光を放って前方を照らした。

熱が、光が、呪力が、魔力が……現実を残酷に切り取る。

円状だった。一瞬にして彼方まで飛んでいった光が、前方の景色を円状に切り取る。

地面は抉（えぐ）れ、木々は消滅し、遥（はる）か遠方まで破壊の痕が続く。

攻撃範囲にあった全てが、光に触れた全てが消え去る。あとに残ったのは、その光景を見ていた僕や、攻撃に巻き込まれなかったエレボス教徒たちだけ。正面から攻撃を受けた鬼は、ものの見事に――蒸発した。

「馬鹿な……ありえない……。こんなの……人間が出せる力じゃない……」

奥にいたエレボス信者の男は、赤鬼の背後にいたため、一緒になって消し飛んだ。残った彼の部下と思われる黒ずくめの連中は、一様に膝を突いて倒れる。抵抗どころか、逃げる気力すら残っていない。

「さすがにちょっとやりすぎちゃったかな？」

めいっぱい魔力と呪力を込めた。あれだけ頑丈な赤鬼ですら、塵となって消えるほど。過剰すぎたかもしれない。

「そんなことないよー！　いい一撃だった。ヒーくんカッコいい～」

「悪くなかったわね。さすが私の魔力」

「いいえ、先ほどの攻撃は呪力あってこそ。魔力はおまけです」

「はぁ？　魔力が無きゃあそこまで強くならないでしょ。認めなさい。魔力のおかげだって」

「認められません。断じて、否です！」

「こんな状況で喧嘩しないでくれよ……あはは……」

まだ敵は残っているというのに、マイペースな女神たちだ。しかし、残った信者たちはもう戦えないと思う。あと少しだ。疲れた体に鞭を打って、僕は片っ端から膝を突いたエレボス教徒たちを捕まえていく。特に抵抗もなく、生きたまま彼らを捕らえることに成功した。

エレボス教徒たちを引きずって街に戻る。
赤鬼の叫び声は街中にまで届いており、「何事だ⁉　魔物か⁉」と南門を守っていた騎士たちは半ばパニックに陥っていた。
これから街に入ろうとしていた商人や冒険者らしき集団も、襲われるのではないかと怯えていたので、僕が「何もなかった」と嘘を吐く。事実、赤鬼は討伐したのだから嘘でもない。

僕みたいな子供が平然と帰ってきたことを踏まえて、彼らは一応の平穏を取り戻す。

ただ、引きずっていたエレボス教徒に関しては当たり前だが質問された。適当に、「襲われたから返り討ちにして捕まえた。クラウス様のもとに連れていく」といい、街中へ入る。

彼らは僕がクラウス様と懇意にしてることを知っていた。おかげで犯罪者と疑われることなく、時間を取られることもなく通してもらい、周りの人たちからじろじろ見られながらも、クラウス様のいる屋敷へ向かう。


「エレボス教の者が、この街を襲撃しようとしていた？」

屋敷に着いてすぐ、縄で縛り上げたエレボス教徒たちをクラウス様の眼前に突き出す。そして、これまでの呪いによる騒動、先ほどの赤鬼の件を簡潔に話した。全てを聞き終えたクラウス様は、じろりと鋭い視線でエレボス教徒たちを見下ろす。

「お前たちが我が領民を傷付け、ローズまでをも……！」

今にも剣を抜いてしまいそうな雰囲気だ。まあ斬られても治せるからいいか、と見守っていると、クラウス様は予想に反して落ち着き、怒りを吐息に混ぜて発散する。

「傷なら治せますよ？」

家族を害された者の気持ちはよく理解できる。クラウス様にそう言うと、しかしクラウス様は首を左右に振った。

「……やめておくよ。領主たる者、怒りに身を任せてはいけない。ヒスイ殿のおかげで娘は無事だしね」

「そうですか」

怒りに身を任せて、強化した呪力をブッパした僕とは器の大きさが違うな。どうやら僕は、領主には向いていないらしい。最初から分かっていたが。

「殺すより情報を引き出すほうが大切だ、という打算的なものさ。どちらにせよ、褒められたことじゃない」

椅子から立ち上がったクラウス様は、剣を手にエレボス教徒たちの前に移動した。切っ先を一人の首に当てる。

「そういうわけで、君たちには選択肢を与えよう。苦しむか、大人しく情報を吐くか。どちらか好きなほうをね」

「殺せ！　我々エレボス教徒が仲間を売ることはない！」

「まあ、想定内の反応だ」

ため息を吐き、クラウス様は剣を下ろした。

最初から簡単に情報を得られるとは思っていない。僕も、彼らの信仰心だけは認めてる。

「しばらく牢屋（ろうや）に入ってもらおう。私が直々に訊（き）く。君たちの体にね」

「ッ！」

エレボス信徒たちは明らかに動揺するが、それでも一切何も話そうとはしなかった。

口をきつく結び、殺意の籠もった目でクラウス様を睨む。

しかし、急に異変が起きた。

「――がはッ⁉」

信者の一人が、口から血を吐いたのだ。

遅れて、他の信者たちも次々に吐血する。苦しみ、暴れ出した。

「こ、これは⁉」

「呪いか！」

いち早く呪力の反応に気付いた僕は、慌てて神力を纏うが、放出は間に合わない。浄化より先に信者たちの息の根が止まる。

力無く横たわる彼らの表情は、悲痛に歪んでいて、どこか幸せそうにも見えた。

「くっ！　せっかくヒスイ殿が捕らえてくれたというのに……」

「予め呪いを掛けておいたんでしょう。もしくは、呪いを宿したアイテムでも持ってたのかな？」

作動しないと呪力を感知できない。周到だな。

「すまないね、ヒスイ殿。君の努力を無駄にしてしまった」

「いいえ。僕も間に合いませんでした。不幸な事故ということで」

誰も悪くない。しいて言うなら呪いを掛けた奴だ。

「死体はこちらで片付ける。疲れているだろう？　ゆっくり休んでくれ」

「ありがとうございます」

お言葉に甘えて僕は一足先に自室へ戻った。

フーレの力を使えば死者を蘇らせることもできるが、死人に鞭を打つような真似はしたくない。

何より、フーレの力をそんなことに利用するのはね。胸が痛む。どうせ情報も吐かない。

長い廊下を歩きながら、ようやく胸のつかえが取れた。
呪い騒動も、これで一件落着だ。

終章　これまでの仕返し

異界から化け物を呼び出し、クラウス様の街を襲撃しようとしていたエレボス教徒たち。

彼らの蛮行は、事前に化け物の気配を察知した僕が打ち砕いたものの、主犯格は死亡。その一端を担った僕は、釈然としないまま次の日を迎える。


「あぁ……ヒスイ様のお顔は、寝ている時でさえ素敵です」

暗闇の中で、聞き覚えのある声が響いた。

徐々に意識が覚醒していき、ゆっくり瞼（まぶた）を開けると……なぜか、僕の目の前にローズがいた。同じような体勢で寝転がっている。

「──ローズ様⁉」

鮮明になっていく思考。現実に意識が追いついた時、僕はばっと勢いよく体を後ろに下げた。跳ねるようにベッドの上で飛び起きる。

「おはようございます、ヒスイ様。疲れは取れましたか？」

「お、おはようございます……疲れは、大丈夫、ですが……どうして部屋の中に？」

「二日続けてヒスイ様が屋敷に滞在してくれたので、つい寝顔が見たくなっちゃいました」

悪びれる様子もなく、ローズがにこーっと満面の笑みを浮かべる。

おかしいな……確かに僕は、クラウス様のご厚意で屋敷に泊めてもらった。心配するアルメリア姉さんとコスモス姉さんを落ち着かせるためにも、あと数日は滞在していくつもりだ。

しかし、寝る前には部屋の鍵は閉めた。リコリス侯爵家は、そういうプライベートな面を尊重してくれる。

でも目の前にローズがいた。おそらくマスターキー的なやつで扉を開けたんだろう。子供とはいえ、同じ八歳の男女がベッドの上で同衾（どうきん）なんて……ちょっとエッチだよ！

自分でも何を言ってるのか分からなくなってきたが、少なくとも恥ずかしくていたたまれない状況だ。

「い、いけません！　ローズ様。みだりに男に近付いては……」

「ヒスイ様なら大丈夫ですよ。ヒスイ様は我々の英雄ですから」

「クラウス様と同じことを言いますね」

「はい。お父様が仰っていた言葉なので」

「なるほど」

いやいやいや、英雄が相手でも女の子が無防備に近付いいちゃダメだよ⁉　男は獣だ。簡単には色欲を制御できない。惑わされ、理性が壊れ、「バレなきゃいい」の精神で犯行に及びかねない。

僕は鋼の精神を持つと自負しているが、それにしたって本能がどう動くかは分からない。この世に絶対はないのだ。

熱のこもった顔に右手でぱたぱたと風を送る。ドクドクと激しく鼓動を刻む心臓が痛いくらいだ。

だが、当の本人はケロッとしている。僕に襲われるだなんて微塵（みじん）も考えていないんだろう。彼女の顔を見ていると、不思議と心が落ち着いてきた。

「それで？　ローズ様は何をしに僕の部屋へ？」

「ですから、ヒスイ様の寝顔を見に」

「……本当にそれだけ？」

「はい！」

元気いっぱいに答えてくれてありがとうございます。クラウス様の教育はどうなっているんだ⁉

「じゃあもう帰ってください、自分の部屋に。こんな所をクラウス様にでも見られたら、僕の人生が……」

終わる、と言いかけた時、部屋の扉がノックされた。

「――ヒスイくん？　起きてるかな？」

お、終わった……。

扉の向こう側から聞こえてきた声は、つい今しがた脳裏に浮かんでいたクラウス様のもの。

ローズはベッドの上にいる。こんな所を見られたら極刑だ。僕が親なら間違いなくやる。

ひとまずローズには静かにしてもらって、僕が扉越しに答えようとしたら、それより先にローズが口を開いた。

「お父様、ヒスイ様ならもう起きていますよ」

ろおおおおおずうううううううう⁉

平然と答えたローズに、僕は血管が千切れるんじゃないかと思えるほど心の中で野太い叫び声を上げる。目をかっ開き、あわあわと大量の汗が噴き出した。

「ローズ？　お前もヒスイくんに会いに来ていたのか。失礼するよ」

ガチャ、という音と共にクラウス様が部屋に入ってくる。

さすがにクラウス様の屋敷で、「入らないでください」とは言えず、僕はガタガタと部屋の隅で震えた。

けど、僕の不安とは裏腹に、ベッドの上で座るローズを見ても、クラウス様は特に顔色を変えることなく言った。

「おはよう、ヒスイくん。そんな所で何をしているのかね？」

「え？　あ……いえ、なんでも……」

拍子抜けする反応だ。もっと鬼もかくやというくらいブチギレるかと思っていたが、いつものクラウス様だ。

「それよりお父様、何のご用ですか？　わざわざ足を運ぶなんて珍しい」

「それが……なんとも悩ましい話を聞いてね」

「悩ましい話？」

「ヒスイくん、君にお客様だ」

「お客……様？」

誰だ？　この街に来たのはつい最近だし、知り合いなんてほぼいない。侯爵邸まで来るとなると、更に僕の記憶には……。

「なんでも、君の父親と兄を名乗っているらしい」

「――」

一瞬、息が止まった。時間すら止まったかのように、僕は絶句する。

父と……兄が、この屋敷に……街に来ている？

ありえない。ありえるはずがない。クレマチス男爵邸からこの街までどれほど距離が離れていると？　まさか、クレマチス男爵領を通ってリコリス侯爵領に向かう商人の馬車に乗ってきた？　それくらいしか思いつかない。

「ヒスイ様のご家族……確か、あまり仲はよくないと聞きましたね」

「は、はい。父も兄も僕に興味なんて無いはずなのに、どうして……」

「おそらく、どこからか君の噂を聞いたんだろう」

「僕の噂？」

「知らなかったのかい？　今や君は、この街で一番の有名人だよ」

「え⁉」

なにそれ、と表情だけでクラウス様に訊ねる。

「呪いを解いた英雄だよ、君は。どれだけの人が助けられたことか。あの日、教会にいた人が吹聴し、まことしやかに囁かれているんだ。光の女神フーレ様の使徒がいる、と。特徴は緑色の髪ってね」

「そ、そんな……」

いつの間に。

僕が知らないところで、勝手にフーレの使徒にされていた。思えば、教会内でも凄い騒ぎだったたし、噂にならないほうがおかしいか。

「いえーい！　ヒーくんは私の使徒でーす！」

部屋の片隅、僕とは反対の位置にいるフーレが、両手を上げて喜んでいた。とびきりの笑顔が今だけは憎たらしい。

「何がフーレの使徒よ。どちらかっていうと私の使徒じゃない」

「フーレだけ目立つのはズルいです。許せません」

「残念でした〜。人前で見せたのは神力だけだもんね〜。そりゃあ私の使徒だって思うよ、誰でも。事実、その通りだし！」

「違う！」

「違います！」

女神たちの間では、僕が誰の使徒かで揉めていた。別に使徒じゃないし、使徒になるんだったら三人の使徒だよ……。

「どうする、ヒスイくん。そんなわけで、有名になった君を、力が使えるということを知った家族が連れ戻しに来たかもしれないが……追い返すかい？」

「……いえ、クラウス様にはこれ以上迷惑はかけられません。僕がなんとかします」

僕の予想では、父と兄はアルメリア姉さんたちを取り返しに来た。その過程で、僕の話を聞いて居場所を突き止めたんだ。ひょっとするとクラウス様の言うように、僕も連れ戻しに来たのかもしれないが、もちろん帰る気はさらさらない。アルメリア姉さんたちも返さない。

「ふふ、遠慮しなくていいんだよ。きっと、私の力が必要になるさ」

「？」

ずいぶん自信満々にクラウス様はそう言うが、僕は何のことか分からなかった。答えを得る前に、着替えて客室へ向かう。

ローズ、クラウス様を伴って客室へ。

扉を開けると、高級ソファの上でふんぞり返る父と兄グレン、ミハイルの姿があった。

「おっ、やっときたかヒスイ。遅いぞ！」

父がティーカップをテーブルの上に置いて、いきなり声を上げた。

出された菓子が完食されている。食べさせるために用意したものとはいえ、他家で恥ずかしい真似するなよな……。

内心ですでに呆れながらも、僕は彼らの対面に座った。その隣にローズとクラウス様も腰を下ろす。

「いきなりなんの用ですか、父さん」

「アルメリアとコスモスだ。グレンから聞いたぞ、お前が連れ出したんだってな」

やっぱり二人か……予想通りだな。

「僕が自分の力で、お金で何をしようと勝手です」

「ふざけるな。アルメリアの奴、体調が回復したんだ、早くジェレメー子爵のもとへ嫁がせないといけない」

「子爵は四十代ですよ⁉　アルメリア姉さんが可哀想だとは思わないんですか⁉」

「それが貴族の結婚というものだ。家のために尽くす、当然だろ」

「くっ……！」

こいつ、と言いかけてなんとか堪える。

今、父さんたちをぶっ飛ばして強制的に屋敷から追い出すのは簡単だが、娘や息子は親のもの。婚姻先を決める権利は親が持っている。これは王国の法律だ。ルールだ。どれだけ能力を持っていようと、僕にそれを覆すことはできない。

「まあまあ、落ち着きたまえ、クレマチス殿。貴殿のご令嬢は、娘のローズと仲良くしてもらっている。急にいなくなってしまっては哀しいよ」

話を聞いていたクラウス様が、僕に助け船を出してくれた。

「申し訳ございません、侯爵様。我々は貧乏でして。隣の領と仲良くやっていかないと生活すらままならないのですよ」

「クラウス様に失礼ですよ、父さん」

「お前は黙ってろ！　俺は絶対にアルメリアたちを連れ戻すからな！　もちろんお前もだ。力を覚醒させたらしいな。魔力じゃないのが残念だが、まあ役には立つだろ」

「断る！　僕もアルメリア姉さんもコスモス姉さんも帰らない！　勝手に生きるから、そっちも勝手にしてくれ！」

「ダメだ。お前は俺の所有物。逆らう権利はない！」

法律を盾に、父は僕たちに強制帰還を命じた。たとえ無理やりにでも連れ戻されたとして、誰も父を非難できない。それが守るべきルールなのだから。

しかし、僕は魔力を使ってでも逃げる。家族を連れて逃避行でもなんでもしてやろうとさえ考えていた。

ソファから立ち上がり、部屋を飛び出そうとする。だが、その前にクラウス様が僕たちの間に割って入る。

「困りますね、クレマチス殿。ヒスイくんもアルメリア嬢もコスモス嬢も、我が家の客人だ。嫌がる三人をそのまま見送ることなど私にはできない」

「でしたら国王陛下にでも陳情なさってください」

「うんうん。ルールを守るのも大切だ。……そこでどうかな？　もう少しばかり、彼らを見守ってもらえないだろうか」

ぱちん、とクラウス様が指を鳴らすと、廊下で待機していたのか、一人の執事が大きな袋を持って入ってくる。そして、手にしていた袋をテーブルの上に置いた。

「中に金貨が三百枚入っている。ヒスイくん、アルメリア嬢、コスモス嬢の三人で三百枚だ」

「三百⁉」

クラウス様の言葉を聞いて、僕は耳を疑った。

金貨三百枚。前世でいうと三百万くらいだが、物価が圧倒的に前世より安いこの世界では、優に一千万以上の価値がある。数年、数十年は遊んで暮らせる。貧乏男爵から見たら、破格すぎる金額なのは間違いない。

父も兄たちも、袋を前に目の色を変える。

「念のために言っておくと、これはあくまでヒスイくんの献身に対する正当な報酬だ。ヒスイくんが当家、我が領に滞在してくれているということは、それだけ利がある。父親であるあなたには、その金を受け取る権利があるわけだ」

「だからこの金でヒスイを売れ……と？」

「いいや。言っただろう？　献身への報酬だと。ヒスイくんが今後も我が領に滞在するのなら、活躍に応じて再びお金を支払う。なんせ、ヒスイくんはあなたの息子なのだから」

「そりゃあいい！」

これが今回限りではない、と聞いて父が上機嫌になる。グレンとミハイルも、僕の利用価値が高まって嬉しそうだ。自分たちの立場が脅かされるとは微塵も考えていない。これが金の効果か。普段は冷静なミハイルも、大金を前に思考が鈍っている。

「では、理解してくれたところでお開きとしよう。金を持って帰ってくれ。仕事があってね、忙しいんだ」

「分かりましたよ、侯爵様。――ヒスイ、侯爵様に迷惑をかけるなよ？　それと、まだアルメリアたちを連れ戻すことは諦めてないからな」

「それだけの大金を貰っておいて？」

「侯爵様の話だと、金はヒスイが稼いだものだ。あの女共は今のところ何の役にも立っていない」

「そうだそうだ。結婚相手を見つけてやっただけでも感謝してほしいね」

父に便乗してグレンまで声を上げる。

「なるほど……」

侯爵の前だというのに、この連中は相変わらずだ。金を受け取っても態度が柔らかくなることはない。どうしようもなく、嫌な奴らなんだ。

僕はソファから立ち上がる。金の入った袋を大事そうに抱きしめる二人の前に歩み寄った。

「あ？　なんだ、ヒスイ。帰りたくなったのか？　お前はまだ使えるか――」

グレンは最後まで喋れなかった。僕がグレンの顔を思い切り殴ったからだ。

衝撃を受けてグレンは吹っ飛ぶ。壁に激突し、意識を失った。

「な……なな!?　グレン兄さんに何をするんだ、ヒスイ！」

「見たまんまだよ。ムカつくから殴った。反省はしてない」

もう我慢の限界だ。クラウス様が金を払い、僕の有能さが露見した以上、グレンたちに昔のようにへりくだる必要はない。こちらには侯爵もついているし、父は現金な男だ。金の卵を産むガチョウである僕を、簡単には金づるから離さない。そう考えるはずだ。

事実、倒れたグレンを一瞥した父は、目を吊り上げるだけで何も言わなかった。なおも大事そうに金の入った袋を抱き締めている。

「こんなことが許されるとでも思っているのか！」

「許されないならどうするの？　僕を家にでも連れ帰る？」

「それがお望みなら……」

「ダメだ、ミハイル。落ち着け」

父が声を荒らげるミハイルの肩に手を置き、首を左右に振る。

「お父様！　なんで……」

「ヒスイにはまだやるべきことがあるだろう？　それを終わらせてからでも遅くはない」

「ッ……分かったよ」

悔しそうにミハイルが拳を握り締める。まるで被害者みたいな面をしているが、全て自分たちが蒔いた種だと理解してほしい。

僕だって、実の兄を殴るのは気分が……意外と爽快だったな。これまでの鬱憤が嘘のように晴れた。せっかくだから帰る前にもう一発殴っておこうかと思ったが、これ以上はまずいとクラウス様に止められる。

「覚えておけよ……ヒスイ！　僕は絶対にお前を許さないからな！」

そう言ってミハイルは、鼻血を出して白目を剝いているグレンを頑張って父と一緒に外まで運んでいった。重いだろうに大変だなぁ。ざまぁみろ。

玄関を出た彼ら一行を、二階の窓から姿が見えなくなるまで眺め続けた。しばらくして、完全に見えなくなったことでホッと息を吐く。

「ふぅ……すみませんでした、クラウス様。お手を煩わせて」

振り返り、背後に立つクラウス様へ頭を下げる。

「構わないよ。私が勝手にやったことさ。それに、君に恩があるのは本当だしね」

「おかげで助かりました。猶予ができたので、また雲隠れでもしようかと思います」

次は王都かな？　せっかく永住権まで手に入れたのに、父やグレンに居場所がバレたのなら、そう簡単に追ってこられないであろう王都まで行くのがいい。充分に金は手に入った。物価が高い王都でも暮らしていけるはずだ。

「まあまあ。そう急ぐものでもないよ。私に任せてくれ。いい話があるんだ」

「いい話？」

首を傾げる僕に、クラウス様は楽しそうに言う。

「君の現状をさっくりと解決する、妙案がね」

詳しい内容までは話してくれなかったが、近日中には分かるとのこと。

僕の抱える問題が本当に解決するなら、それに越したことはないが……念のため、王都へ行く準備も済ませておこう。アルメリア姉さんたちにも教えておかないと。

最後に少しだけ雑談を交え、僕とクラウス様は別れる。

なんだかんだ、風向きは悪くない。今後も僕は、自分の力や、築いた絆（きずな）を元に姉さんたちに幸せな人生を過ごしてほしい。

僕自身も、まだまだスローライフを諦めたわけじゃない。むしろ、より一層、静かな暮らしがしたいと思った。

「ヒーくんヒーくん！　最後の一発、凄くよかったね！」

「どうして魔力を使わなかったの？　使えば一撃でやれたのに……」

「くすくすくす。殺してしまってはもったいない。これまでの痛みをじっくりたっぷりお返ししないと」

「物騒だなぁ、三人共」

大丈夫。必ず僕の夢は叶（かな）う。

だって僕には……三人の女神たちがついているのだから。姉さんと女神たち。彼女たちがいれば、僕はどこへ行っても頑張れる。

窓から見える太陽を仰ぎ、心まで清々（すがすが）しく晴れ渡る。今日も、いい訓練日和だな。

あとがき

この度は『どうやら貧乏男爵家の末っ子に転生したらしいです〜3女神に貰った3つのチートで、最高のスローライフを目指します！〜』の2巻をご購入いただき、まことにありがとうございます。

読者の皆様のおかげで、こうして2巻を発売することができました。

前回の1巻が今年の八月に発売したので、それから約四ヶ月も経っています。この本を手に取ってくれた読者の皆様は、すでに肌寒さを感じている頃でしょうが、本作を書いている私は、夏の猛暑に虐められてました。

エアコンは壊れるわ、無駄にデカい虫は出るわ、日差しは眩しいわで……いやぁ、今年の夏も大変でしたね。

そんなこんなで、のたうち回りながら執筆した本作、2巻では、1巻でほとんど登場しなかったアルメリアがイラストで描かれました。

キッカイキ様の描くアルメリアは、まさに私が想像した通りの令嬢。特にお気に入りのキャラクターです。

他にも、初めて登場した新キャラクター『ローズ』。

主人公ヒスイの実家の割と近く？　に住む侯爵令嬢である彼女を助けるところから、2巻の物語が始まります。

神力で姉を助けたり、家族を外に連れ出したり、タンポポの力が判明したり、呪力を使って物を作ったり、呪いを解いたり……。

2巻は割といろんなイベント、話がありましたね。皆様が少しでも楽しめたなら幸いです。ヒスイも大きく成長し、家族との関係にも変化が？

今後、彼らはどうなってしまうのでしょうか⁉ 作者にも、それは分かりません（笑）。

次の3巻が発売したら、ぜひ、その目で見てください！

最後に、2巻を売り出してくれたDREノベルス様。忙しいのに根気強く作品作りを手伝ってくれた編集者様。私に合わせて素敵なイラストを描いてくれたキッカイキ様。何より、本を買ってくれた読者の皆様！

本当にありがとうございます。3巻でまた会えると嬉しいですね！

DRE NOVELS

どうやら貧乏男爵家の末っ子に転生したらしいです２
～３女神に貰った３つのチートで、最高のスローライフを目指します！～

2024年12月10日　初版第一刷発行

著者　反面教師
発行者　宮崎誠司
発行所　株式会社ドリコム
〒141-6019　東京都品川区大崎2-1-1
TEL　050-3101-9968
発売元　株式会社星雲社（共同出版社・流通責任出版社）
〒112-0005　東京都文京区水道1-3-30
TEL　03-3868-3275
担当編集　石田泰武
装丁　AFTERGLOW
印刷所　TOPPANクロレ株式会社

ISBN978-4-434-34934-8

レベルカンストから始まる、神様的異世界ライフ
～最強ステータスに転生したので好きに生きます～

反面教師
［イラスト］りりんら

『あなたは転生しました。これから自由な生活が待っています』

　前世が日本人だったこと以外の記憶を失い異世界で目覚めた青年マーリン。転生特典で与えられた非常識なステータスに振り回されつつ、彼は自由な異世界ライフを謳歌したいと思い冒険者になる。

　獣人美女と冒険したり、エルフ姉妹の悩みを解決したり、街を襲う強力な魔物を撃退したりと気ままな暮らしを楽しむマーリン。ところが、自由に生きている内に何故か『この世界の神様』とそっくりだと、一部から崇められることになってしまい……!?

　全てを手に入れてから始まる、苦境知らずの異世界ファンタジー!!

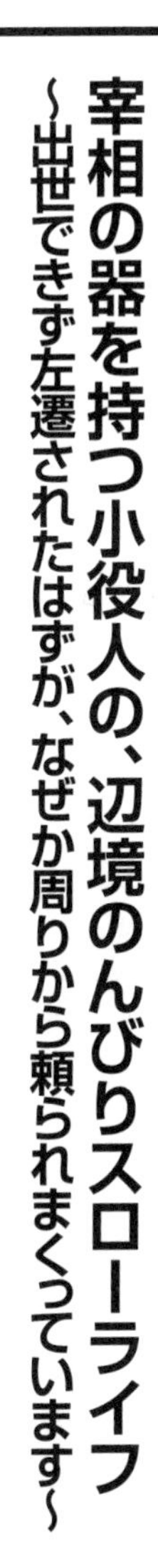

宰相の器を持つ小役人の、辺境のんびりスローライフ
～出世できず左遷されたはずが、なぜか周りから頼られまくっています～

あわむら赤光
［イラスト］TAPI岡

超難関の官僚採用試験を最年少突破したが、コネ採用と侮られて出世とも無縁のゼン。ついには辺境へと左遷されてしまうが――

「やったあ左遷だああああああああああああああああっ」

殺人的な仕事量にうんざりしていたゼンは、逆に大喜び。親友の大狼キールを連れ、念願の田舎のんびり暮らしを満喫することに！

釣りをしたり、命を狙われる皇女エリシャを匿ったり、役場で百人分の仕事を一瞬で処理したり、軍隊でも手こずる魔物を退治したり。

「ああ、田舎っていいなあ。毎日のんびりできるなあ」

やがて皆がその才覚に気づく男の、頼られまくり辺境スローライフ！

DRE NOVELS